A bela e o highlander

LECIA CORNWALL

A bela e o highlander

Tradução
Sandra Martha Dolinsky

1ª edição
Rio de Janeiro-RJ / São Paulo-SP, 2022

VERUS
EDITORA

Copidesque	Revisão
Érica Bombardi	Lígia Alves

Título original
Beauty and the Highland Beast

ISBN: 978-65-5924-097-5

Copyright © Lecia Cornwall, 2016
Direitos de tradução acordados com Taryn Fagerness Agency
e Sandra Bruna Agencia Literaria, SL.
Todos os direitos reservados.

Tradução © Verus Editora, 2022
Direitos reservados em língua portuguesa, no Brasil, por Verus Editora. Nenhuma parte desta obra pode ser reproduzida ou transmitida por qualquer forma e/ou quaisquer meios (eletrônico ou mecânico, incluindo fotocópia e gravação) ou arquivada em qualquer sistema ou banco de dados sem permissão escrita da editora.

Verus Editora Ltda.
Rua Argentina, 171, São Cristóvão, Rio de Janeiro/RJ, 20921-380
www.veruseditora.com.br

CIP-BRASIL. CATALOGAÇÃO NA FONTE
SINDICATO NACIONAL DOS EDITORES DE LIVROS, RJ

C835b

Cornwall, Lecia
    A bela e o highlander / Lecia Cornwall ; tradução Sandra Martha Dolinsky. - 1. ed. - Rio de Janeiro : Verus, 2022.

    Tradução de: Beauty and the highland beast
    ISBN 978-65-5924-097-5

    1. Ficção americana. I. Dolinsky, Sandra Martha. II. Título.

22-78563	CDD: 813
	CDU: 82-3(73)

Gabriela Faray Ferreira Lopes - Bibliotecária - CRB-7/6643

Revisado conforme o novo acordo ortográfico.

Seja um leitor preferencial Record.
Cadastre-se no site www.record.com.br e receba
informações sobre nossos lançamentos e nossas promoções.

Atendimento e venda direta ao leitor:
sac@record.com.br

*A todos aqueles que sofreram, persistiram, sobreviveram
e fizeram do mundo um lugar melhor.*

Prólogo

Carraig Brigh, Escócia, 1706

Quatro membros do clã Sinclair foram buscar Moire da Fonte no meio da noite. Era urgente, disseram, invadindo seu casebre, balançando-a bruscamente para acordá-la. Batiam a cabeça nos feixes de ervas que pendiam das vigas baixas e negras do teto, faziam caretas e se persignavam ao ver o estoque de raízes nodosas e bagas secas ali, todas tão murchas quanto a velha Moire. O odor de suor masculino substituiu o cheiro verde e poeirento das plantas, fez as narinas dela tremularem e atiçou seu medo.

Ela mal teve tempo de se enrolar em um xale antes que a pegassem pelos braços e a levassem para fora. Não eram rudes, apenas firmes no que diziam — ela iria com eles, querendo ou não. Eles a puseram sobre um cavalo, atrás de um dos homens, e saíram cavalgando tão depressa quanto haviam chegado.

— Quem os mandou a mim? Aonde estamos indo?

Suas perguntas ficaram sem resposta.

Moire concluiu que alguma pobre garota estaria tendo um bebê e precisavam de sua ajuda. Devia ser alguém importante; por que outro motivo mandariam quatro homens buscar uma parteira tarde da noite? Os cavalos subiam as baixas colinas ao longo da costa em direção à aldeia de Carraig.

Ela sentiu a boca secar quando saíram do caminho que levava à aldeia e pegaram o que subia em direção ao castelo de Carraig Brigh. Não havia mulheres grávidas em Carraig Brigh. Não havia nada além de loucura e morte ali. Moire gemeu baixinho, contorceu-se e tentou descer do cavalo, mas o braço forte do cavaleiro a manteve no lugar.

— Calma, velha. Você será bem paga — rosnou ele.

Eles a estavam levando para curar o filho do chefe. O terror a fazia suar; e o vento frio, tremer. Ela havia ouvido histórias sobre Alasdair Og Sinclair, contadas com assombro e em sussurros. Um dia, o homem que eles chamavam de *Laird* dos Mares partira de navio em viagem à França, coisa que já havia feito cem vezes ou mais. Semanas depois, voltara para Carraig Brigh estranho, louco. Seu navio havia sido tomado; e sua tripulação, morta. Ele gritava durante o sono, assediado por sonhos malignos, e sangrava por feridas que não se curavam. Dizia-se que Alasdair Og fora amaldiçoado, condenado a lutar pela posse de sua alma contra um demônio preso em sua mente.

Não importava quanto ouro Sinclair oferecesse; se Moire não pudesse ajudar o filho dele, ela é que teria que pagar — com a vida. O chefe Padraig Sinclair chamara outros curandeiros a Carraig Brigh, provindos de lugares distantes, que utilizavam conhecimento e poções de que ela nunca havia ouvido falar. Nenhum deles conseguira restaurar a saúde e a sanidade de Alasdair Og. Diante do fracasso, dizia-se que o chefe os jogara do alto do castelo e observara enquanto seus corpos arrebentados afundavam no mar, ao lado da frota de navios do clã — navios que não mais navegavam, visto que seu capitão estava louco.

Como os Sinclair haviam ouvido falar de Moire? Ela era uma alma humilde, discreta, que cuidava da antiga fonte da Deusa e ajudava somente aqueles que a procuravam. O medo anestesiava a sensação do vento gelado enquanto Moire olhava para a torre angular de Carraig Brigh — um dedo preto e torto erguendo-se de um sólido punho de pedra.

— Vocês estão enganados — lamuriou-se ela quando passavam por baixo dos dentes de ferro do portão. — Sou uma simples parteira.

Ninguém lhe deu ouvidos, e o vento carregou suas súplicas por sobre a beira do penhasco e as afogou na baía abaixo.

Na muralha externa, homens estavam de guarda sob a luz de tochas castigadas por vendavais. Não havia um rosto amigável entre eles, nem houve uma palavra de boas-vindas.

Alguém a tirou do cavalo, segurando-a pelo braço enquanto a arrastava através da muralha. A grade caiu, e o som do guincho metálico fundiu-se a um humano, um lamento de pura agonia que descia da torre, fazendo as entranhas de Moire se enroscarem em sua espinha dorsal. As pessoas ali se agitaram nervosamente, benzendo-se ao elevar sua atenção para a estreita janela acima. O homem que escoltava Moire pegou uma tocha do guarda mais próximo quando este abriu uma porta de ferro e puxou a mulher escada acima.

— Você faz mesmo magia, velha? — perguntou ele. — É melhor que consiga conjurar uma cura.

Ela tropeçou. *Uma bruxa.* Eles pensavam que haviam chamado uma bruxa.

— Sou uma parteira, somente uma parteira — protestou ela de novo, ofegante.

Os degraus curvos de pedra eram íngremes, mas ele não deu tempo a Moire de pegar fôlego. As velhas pernas dela não se comparavam às longas e musculosas dele. Ela o puxou pela manga, dizendo:

— Por favor, houve um engano.

— Não houve engano, Moire da Fonte. Foi você, e nenhuma outra, quem nos mandaram buscar. O chefe chamaria o diabo em pessoa se achasse que poderia salvar seu filho.

— O que há de errado com ele? — perguntou ela quando encontrou coragem.

— Já ouviu falar de Jean Sinclair? — grunhiu ele.

— Sim, claro. A jovem chamada Sagrada Donzela de Carraig Brigh — respondeu Moire.

— Isso mesmo. Ela era prima de Alasdair Og, sobrinha do chefe. Padraig ficou contrariado quando ela decidiu fazer votos sagrados e se enclausurar em um convento francês. — Ele passou a mão no rosto. — É uma história triste. Eles partiram da baía de Sinclair para Berwick à noite, mas foram emboscados por soldados ingleses. Alasdair Og pensou que havia sido um engano, que tivessem sido confundidos com piratas talvez, ou sequestrados por resgate. Imaginou que seriam apenas alguns dias de atraso, uma troca de moedas, e retomariam seu caminho. Mas eles não pediram resgate; pegaram o ouro que Alasdair Og carregava, os bens e o navio, e assassinaram a tripulação. Então, espancaram Alasdair Og quase até a morte, e jogaram Jean e ele no calabouço do Forte de Coldburn.

Moire levou a mão à garganta, sentindo um tremor correr por sua espinha.

— O pior de tudo foi o que fizeram com a pobre Jean. Eles a estupraram, torturaram e, depois, mataram-na na frente de Alasdair Og. Ele estava acorrentado à parede, não pôde fazer nada para ajudá-la. Ela suplicava ajuda a Deus. Era apenas uma menina. Eles disseram que, sendo ela católica e highlander, não era melhor que uma bruxa idólatra. Era um ódio não só pelos escoceses, mas por Alasdair Og em particular. Eles o chamavam de pirata, culpavam-no por coisas que não tinham nada a ver com os Sinclair. Aquilo não tinha nada a ver com a pequena Jeannie, disse Alasdair a eles, mas não lhe deram ouvidos. Ele chafurdou em seus próprios excrementos durante quinze dias, acorrentado, ferido, escutando-os baterem nela, quebrarem seus ossos e a atormentarem. Eles o mantiveram vivo para que testemunhasse os gritos de Jean.

— E depois? — perguntou Moire.

O homem fez uma careta.

— Eles a enforcaram como herege no pátio, forçaram Alasdair a se levantar e assistir pela janela. — Um degrau acima, o homem fitou Moire. — Ele não consegue esquecer. É por isso que o chamam de louco: ele tem pesadelos, sente uma dor constante, que começa ao anoitecer. Você pode ajudá-lo?

Ela pestanejou. Acaso a Sagrada Donzela estaria assombrando Alasdair Og Sinclair? Talvez fosse coisa do demônio, afinal. Moire sabia pouco sobre o Deus cristão, fosse católico ou protestante. Ela seguia a Deusa antiga, cuidava de sua fonte sagrada...

Outro grito gutural partiu do alto da torre. Moire se encolheu junto às pedras frias da parede e fez um sinal contra o mal.

Seu acompanhante a segurou pelo braço de novo.

— Vamos — urgiu-lhe.

No alto dos degraus, ele abriu uma porta e a arrastou para dentro. O aposento estava quase às escuras, iluminado por uma única vela — cara, de cera de abelha — e o brilho desbotado de um braseiro no canto. O cheiro doce da vela se mesclava com o fedor de sangue rançoso, podridão e suor. Era um cheiro que Moire conhecia; significava doença muito além de sua habilidade de cura, e morte.

Ela observou o homem na cama estreita. O grande corpo de Alasdair Og Sinclair estava rígido; as veias de sua garganta, tensas. Com os punhos, ele se agarrava ao lençol, rasgando o linho fino. Sua perna esquerda estava coberta por bandagens da virilha até o joelho, e ela pôde ver as grossas cicatrizes de um vermelho púrpura que marcavam o peito e o braço direito. Sua pele era pálida, de um brilho insalubre e febril. Os olhos eram vazios, afundados entre os ossos afilados do rosto, e o nariz deformado por uma fratura. Ela sentiu a compaixão brotar em seu peito. Ele devia ter sido um homem bonito, alto e com um belo porte.

Moire contemplou o entorno. Viu um padre ajoelhado no canto, orando com seu rosário; sua voz era quase inaudível devido aos gemidos de Alasdair Og.

Havia mais alguém nas sombras, esparramado na única cadeira da sala, fitando-a com uma frieza que chegou aos ossos dela. O chefe do clã Sinclair de Carraig Brigh usava um fino broche no ombro, uma pedra vermelha que brilhava como o olho do diabo à luz das velas. Seu cabelo era grosso e escuro, como o de seu filho, mas salpicado de cinza, e seu rosto vincado e abatido. O coração de Moire também se sensibilizou por ele; sabia que ele estava ao lado do filho durante cada hora de tormento. O homem precisava dormir, precisava de esperança, e ela não tinha nada disso a lhe oferecer.

— Pode curar meu filho? — perguntou ele, com a voz dura como pedra, baixinho, como se temesse acordar o homem no leito.

Moire já havia tratado doenças e lesões simples. Dava ervas e amuletos a mulheres para fazer ou evitar filhos, aliviar a dor e facilitar o parto. Não tinha experiência com feridas de batalha ou loucura. Ela se virou para o homem que a levara até ali, parado entre ela e a porta, de braços cruzados. Seu olhar era tão frio quanto o do chefe. O padre, esquecendo o rosário, a encarou com extrema desconfiança.

Moire se aproximou da cama e analisou o paciente, ganhando um tempo precioso. Suas mãos tremiam e sua mente trabalhava. O que ela faria se ali estivesse deitada uma grávida com dor? Colocou a palma da mão na testa de Alasdair Og, sentiu o calor. Ele estremeceu ao seu toque, murmurou:

— Jeannie...

Moire não podia imaginar o que Alasdair revivia em seu cérebro febril; nem queria. Ela lhe ergueu a pálpebra com o polegar, avaliou seus olhos. Ele não olhava para ela. Moire deu um passo para trás, esfregando as mãos em suas saias esfarrapadas.

— E então? — perguntou Padraig Sinclair.

Moire hesitou, arrasada. Que feridas terríveis, quanta agonia... Ousaria dizer ao homem que seu filho morreria? Ela fitou o padre, viu a malícia em seus lábios finos e retorcidos. *Bruxa...* A palavra não foi dita, mas ela a escutou mesmo assim. O medo paralisou a verdade na garganta de Moire.

Ela sabia como aliviar a ansiedade e a dor do parto. Seria Alasdair Og tão diferente? Abriu o embrulho que levava amarrado em sua cintura e, com dedos trêmulos, pegou uma porção de valeriana. Esmagou as folhas secas entre a palma das mãos, deixando-as cair no copo que havia ao lado da cama. Encheu-o com vinho, levou o pegador de carvão para o braseiro e depois mergulhou o ferro quente na bebida, para aquecê-la.

— Ajude-me a levantar a cabeça dele — ordenou ao homem à porta. Ele se aproximou e apoiou o braço debaixo da cabeça de Alasdair.

— É só algo para ajudá-lo a dormir sem sonhar — murmurou ela enquanto segurava o copo nos lábios rachados de Alasdair Og. Ele fez uma careta, mas engoliu. Aquilo era um bom sinal, e inesperado.

— Isso o ajudará a descansar — repetiu Moire para o chefe, que não tirara os olhos dela nem por um instante.

Ela se voltou para examinar os ferimentos do rapaz. As cicatrizes fundas em seu peito eram grossas e irregulares. Curvou-se para cheirá-las, mas não detectou podridão. A ferida que descia pelo braço direito, do cotovelo ao pulso, havia cicatrizado mal, pois não fora suturada nem cuidada por muito tempo. A cicatriz era feia, vermelha e inchada, mas não havia rastro de veneno correndo por baixo da pele. Ele era realmente um homem forte.

Por último, ela examinou a perna ferida, temendo e sabendo que era a pior parte. Havia sangue no curativo, preto à luz da vela, e pus amarelo. Ela se inclinou sobre o machucado, mas recuou devido ao cheiro. A podridão avançava. Sem controle, o veneno dessa lesão se espalharia pelo corpo inteiro e o mataria... O chefe a observava, severo, a mandíbula apertada, a mão na empunhadura da adaga, como se sua vontade sozinha pudesse manter o filho vivo.

— Há quanto tempo — ela sufocava com o cheiro — ele está assim?

— Há sete semanas, talvez oito — respondeu o chefe. — Alguns dias ele está como era antes, e parece estar melhorando. Mas em outros fica doente, febril, apavorado. À noite é pior... — Ele engoliu em seco, baixou o olhar, mas não antes de Moire ver ali o brilho das lágrimas. Quando voltou a encará-la, a máscara estava ali de novo.

— Você vai curá-lo — ordenou.

Ela não poderia. Moire abriu a boca para falar, para prepará-lo para a morte do filho, mas ele puxou o punhal, avançou até a cama com a lâmina nua, brilhando à luz da vela, e o medo fez a língua de Moire se deter novamente. Em vez de mergulhar a faca no coração dela, ele cortou o nó que amarrava as ataduras da perna de Alasdair e acenou com a cabeça para que ela prosseguisse.

As mãos dela tremiam enquanto ela desenrolava o linho, tentando não respirar. O pequeno aposento se encheu de miasma. O padre se afastou para vomitar nos juncos. O homem à porta levou a mão ao nariz e à boca. O chefe não hesitou; observava fixamente a lesão pútrida. Escorria dela um fluido amarelo e malcheiroso. Moire já havia visto homens corajosos desmaiarem diante de um parto. Aquilo era a morte, e mesmo assim Padraig Sinclair se mantinha firme. Estaria tão acostumado assim a ver homens morrerem? Ela quase podia sentir o bater das asas do corvo da Deusa da morte pairando sobre a cama, esperando. O padre ergueu o crucifixo, mantendo o nariz enfiado em uma das mangas de sua vestimenta, e passou a murmurar orações, como se assim pudesse espantar a podridão. Se isso fosse verdade, por que o Deus deles já não havia curado o filho do chefe? Mas Moire duvidava que sua Deusa pudesse fazer melhor.

Ela molhou um pano no que havia sobrado do vinho quente e limpou a perna de Alasdair. Seu paciente se encolheu, respirou fundo, mas não acordou. Murmurava, conversando com alguém que ela não podia ver. Isso a fez sentir arrepios.

Ela por fim recuou. Era tudo que Moire podia fazer, tudo que ousava fazer com o chefe e o padre a observando. Teria que ser astuta se quisesse sobreviver.

— Preciso de mais do que trouxe; ervas e outras coisas — ousou dizer, esperando escapar.

— Diga-me do que precisa. Buscaremos tudo de uma vez — respondeu Padraig Sinclair.

Ele tinha feições inteligentes, não cruéis, apesar das histórias que ela já ouvira. Moire percebeu que, sem intenção, ela lhe havia dado esperanças.

— Oh, mas eu mesma preciso pegá-las — disse, lisonjeira. — É fácil confundir poejo com solanum, ou camomila com helleborus, quando não se conhece.

Uma vez em sua cabana, a Deusa seguramente a protegeria. Mas uma gota de suor escorreu pelas costas dela quando a desconfiança tomou o rosto vincado do chefe e ele perguntou:

— Você pode curar meu filho ou não?

Era sua última chance de lhe dizer a verdade. Ela não podia fazer mais que deixar o rapaz confortável até que o fim chegasse; e chegaria, ela tinha certeza. Mas Moire não estaria ali para ver. Estaria ao pé da torre com o crânio rachado. Ela não queria morrer — nem Alasdair Og queria, ela tinha certeza também. Ele estava lutando muito...

Moire silenciosamente invocou a Deusa enquanto se forçava a olhar o *laird* nos olhos.

— Ele vai viver — mentiu ela, com voz alta e segura, desempenhando o papel da Deusa. Teria ela chegado milagrosamente àquele pequeno aposento no fim da noite e assumido o controle da língua de Moire? O padre ergueu os olhos, surpreso. Até as paredes pareciam se inclinar para escutar. — Mas uma sagrada donzela causou isso, e somente outra, uma virgem pura, poderá restaurar a saúde de seu filho — concluiu Moire.

Padraig Sinclair a encarou por um momento.

— Não você, suponho, velhota — ele disse. Apesar de sua idade e de tudo que já havia visto, Moire corou. — Que tipo de donzela? Uma noiva, uma freira, uma curandeira sagrada? — perguntou o chefe.

Ela não fazia ideia.

— Você deve procurá-la e trazê-la aqui — a Deusa revelou misteriosamente através dos lábios de Moire.

— *A Virgem* — gritou o padre, excitado, com sotaque forte, estrangeiro. — Nossa Senhora vai curá-lo. Traremos sua imagem da capela, buscaremos em Roma relíquias sagradas, colocaremos diante de seu filho, faremos orações, oficiaremos missas...

O chefe franziu o cenho. Ele havia desistido de Deus, pensou Moire. Ou estava desconfiado — se dela mesma ou do padre, ela não tinha certeza.

— Uma donzela viva — insistiu a Deusa, usando a língua de Moire.

Moire sustentou o olhar apavorante do chefe e o lançou de volta, até que ele desviou os olhos e fitou o filho.

— Não há outra moça como Jeannie Sinclair em lugar algum desta terra de homens cruéis — murmurou Padraig, e ficou em silêncio, esfregando o queixo e fitando Moire outra vez. — Meu filho estava noivo, mas o compromisso foi desfeito quando ele voltou assim. Ela era uma donzela, foi o que me asseguraram. Outra noiva de boa estirpe, talvez?

Moire juntou as mãos e inclinou a cabeça.

— Isso mesmo. Procure-a e traga-a aqui — sentenciou.

Certamente seria mais fácil — mais benevolente — se Padraig Sinclair estivesse longe de Carraig Brigh quando a morte chegasse para seu filho.

O grandalhão à porta mudou de posição, dizendo:

— Há um *laird* em Glen Iolair, a oeste, um MacLeod. Soube que ele tem várias filhas em idade casadoura. Talvez haja uma moça lá... — Ele deu de ombros. — Provavelmente não ouviram falar da... *doença* de Alasdair Og tão longe.

Sinclair engoliu em seco, e, por um momento, Moire viu a guerra entre a esperança e a indecisão nos olhos dele. Por fim, ele anuiu com a cabeça, dizendo:

— Partirei imediatamente. — O triunfo tomou o peito de Moire, mas virou pó quando ele apontou o dedo para ela. — Você ficará com ele até eu voltar — ordenou. Ele se inclinou para passar a mão na testa do filho, afastando-lhe os cabelos escuros. — Mantenha-o vivo.

Era tanto uma ordem quanto um apelo.

Moire sentiu o estômago revirar quando a Deusa a abandonou. Agarrou a fina lã xadrez do tartan de Padraig Sinclair enquanto ele passava.

— Sim, chefe, mas se sua missão falhar... — disse.

Ele deu meia-volta, livrou-se da mão dela e a encarou, dizendo:

— Se meu filho morrer enquanto eu não estiver aqui, você vai dividir o túmulo com ele.

I

Glen Iolair, Escócia

Laird Donal MacLeod observava, insatisfeito, enquanto as filhas se preparavam para pendurar mais uma tapeçaria no salão de seu castelo. O trabalho delas com as agulhas era muito bom, sem dúvida; os pontos graciosos, as cores perfeitas. O problema era que o salão já estava cheio de tapeçarias, e elas também adornavam a maior parte do lugar, uma vez que suas talentosas filhas não tinham nada melhor para fazer além de bordar ou aprontar alguma travessura. Havia demais das duas coisas em Glen Iolair, na opinião de Donal.

Ele engoliu uma blasfêmia quando Aileen e Meggie, suas filhas mais velhas, tiraram a espada medieval do primeiro Temido MacLeod do lugar de honra que havia ocupado por mais de duzentos anos para abrir espaço ao mais novo trabalho delas. Elas quase se curvaram sob o peso da grande espada, orgulho dos MacLeod — bem, orgulho dos varões MacLeod. Duas das suas filhas mais novas, Gillian e Aeife, pegaram a arma, uma em cada ponta, e a levaram até o outro lado do corredor, para um depósito.

Donal abriu a boca para informar-lhes que o primeiro MacLeod ganhara o nome de Temido por suas proezas em batalha usando essa mesma espada para matar seus inimigos, capturando uma noiva rica e reivindicando para si Glen Iolair; mas rapidamente a fechou de novo. Esse não era o tipo de história que um homem contava às filhas. Atos sangrentos como esses as fariam desmaiar. Era uma história que um pai transmitiria a seu filho, se ele tivesse a sorte de ter um. Donal não havia sido tão abençoado. Ele era o último de sua linhagem, o último Temido MacLeod a governar Glen Iolair, e, para sua vergonha, o salão de seu castelo parecia mais a alcova de uma mulher que a fortaleza de um guerreiro.

Donal tomou um gole de sua cerveja, lançou um olhar à nova tapeçaria que elas estendiam e orou para que essa fosse pelo menos de uma cena de caça, com cachorros rasgando um veado ensanguentado, ou o próprio Temido na companhia de um grande falcão de bico sangrento, enquanto os homens de seu clã brandiam espadas e lanças.

Algo viril, para variar.

Mas, infelizmente, o que apareceu foi o rosto gentil de santa Margarida, a abençoada rainha da Escócia. Guiava uma fila de crianças camponesas rosadas, dançando em uma clareira plena de luz do sol e flores. O único homem na imagem era um sujeito franzino tocando flauta — uma *flauta*! Nem mesmo uma apropriada gaita de foles.

Donal apertou os olhos. O único espaço no castelo sem tapeçarias, almofadas bordadas e tapetes coloridos era sua própria câmara, e ele estava determinado a não deixar que as moças levassem ornamento algum para lá, mesmo que tivesse que montar uma barricada diante da porta e guardá-la com a primeira espada medieval do Temido, manchada de sangue.

Ele suspirou. Suas filhas precisavam se casar, ter sua própria casa para adornar. Quando chegasse esse momento feliz, ele esperava que o marido fosse mais firme que ele com elas. Ele amava suas garotas; muito. Aileen, a filha mais velha, tinha vinte e seis anos, fora casada, mas enviuvara e voltara para casa. A mais nova, a pequenina Annie, ainda não tinha três. Suas meninas eram todas umas beldades, frutos de oito mães diferentes. Donal havia cortejado e se casado com todas as suas esposas na esperança de ter um filho que herdasse Glen Iolair e o terrível legado do Temido MacLeod; um rapaz bravo e arrojado para empunhar a espada medieval, encher o salão de troféus de batalha, histórias sangrentas e urros masculinos. Mas cada esposa lhe dera somente meninas, até que se viu com uma dúzia.

Donal era suficientemente jovem para se casar de novo; estava no auge ainda, considerado por todos que o conheciam um belo homem. Mas que esposa iria querer assumir um castelo tomado por uma dúzia de mulheres faladeiras, cheias de opinião, vivazes e soberbas? Não; antes de se casar de novo, ele teria que arranjar marido para todas elas — bem, para a maioria delas, pensou quando sua mais nova, Annie, entrou e correu para ele com seu luminoso sorriso de bebê. Ele a pôs sobre o joelho e se deu conta de que a tarefa de casar tantas filhas poderia levar anos. Especialmente porque as garotas eram teimosas com tudo, desde vestidos e fitas até os admiradores. Ele observou os cachos loiros de Annie. Ainda seria belo quando ela se casasse?

E ele também era exigente. Os homens que se casassem com suas filhas teriam que ter certas qualidades. Teriam que ser filhos de clãs aliados, com fortuna própria, nascidos de boa linhagem, com caráter e bom senso. Teriam que ser ferozmente corajosos, e ter coração gentil — mas não gentil demais. Ter um bom coração criava problemas aos homens. Que outro *laird* permitiria que uma tapeçaria de crianças brincando desbancasse o símbolo de sua força e poder? Nenhum dos seus conhecidos...

— Tenho a honra de me dirigir ao Temido MacLeod? — perguntou uma voz masculina atrás dele.

Donal se voltou para observar o estranho parado em seu salão, que entrara sem ser anunciado, cercado por meia dúzia de homens fortes, armados até os dentes. O xadrez de seus tartans e os raminhos de tojo em seus gorros eram as marcas de homens de um clã — ou de um exército invasor. Sem dúvida, Meggie havia deixado a porta escancarada de novo, embora ele estivesse cansado de dizer que aquilo era uma fortaleza, não um alojamento.

Felizmente, o homem à sua frente parecia pacífico, embora determinado. As três penas em seu gorro declaravam-no chefe de um clã, e a prata intrincada de seu broche, o fino tecido de seu tartan, a frivolidade da renda francesa em sua garganta e as botas bordadas de pele de veado o confirmavam.

No colo de Donal, Annie sorriu para o estranho e seus companheiros, mas os homens olhavam para Aileen e Meggie, que ainda estavam em pé sobre a mesa, dando os toques finais na nova tapeçaria.

Donal se irritou com o escrutínio lascivo dos homens.

— Sim, sou MacLeod. Quem é você?

— Padraig Sinclair, chefe dos Sinclair de Carraig Brigh. — Os olhos escuros do estranho pareciam pardais voando pela sala, observando tudo. Caíram sobre Aileen. — Venho por uma questão de grande importância. — Com ousadia, o homem olhou a filha de Donal de cima a baixo, dizendo: — Estou aqui por uma de suas filhas.

Donal ergueu as sobrancelhas; entregou Annie para Aeife.

— Vá pegar o uísque, garota — disse, e se voltou para Sinclair: — Talvez seja melhor nos sentarmos.

Ele indicou um par de cadeiras e dois longos bancos perto da lareira, bem abaixo de onde estava Aileen. Donal a pegou pela cintura ao passar e a desceu da mesa. Meggie desceu sozinha e se juntou a Gillian, e as três ficaram ali paradas, olhando para os homens de Sinclair, que as observavam com calorosa apreciação. Na verdade, a apreciação era tão densa que Donal a poderia cortar com a espada medieval — se as moças não a houvessem tirado dali.

— Vão ajudar na cozinha — disse a suas filhas.

Como de costume, elas ficaram exatamente onde estavam.

— Por favor, permita que suas filhas se juntem a nós — disse Sinclair, galantemente indicando lugares para elas em um dos bancos.

Aileen se acomodou sobre uma almofada bordada, e suas irmãs ficaram em pé atrás dela. Os seis homens de Sinclair avançaram e se sentaram em frente a elas no mesmo momento, como cavalos emparelhados, sem tirar os olhos das garotas. Donal e Sinclair sentaram-se em cadeiras esculpidas — embaraçosamente adornadas com mais almofadas.

— Como eu disse, vim por uma de suas filhas — disse Sinclair de novo. — Uma donzela; ela deve ser virgem.

Donal cruzou os braços, perguntando:

— Para quê? Sacrifício pagão?

Sinclair voltou os olhos para Donal, surpreso.

— Não, claro que não! Para casamento. Com meu filho e herdeiro.

— Casamento! — exclamou Aileen, pulou do banco e saiu correndo da sala.

— Casamento? — perguntou Donal.

— Casamento — Meggie e Gillian suspiraram em uníssono.

— Bem, possivelmente — disse Sinclair, olhando de uma garota para a outra.

Donal fitou os seis com os olhos semicerrados.

— E qual desses rapazes é seu filho? — perguntou.

Sinclair apertou os lábios e uma sombra passou por seu semblante.

— Ele não está aqui.

Ao mesmo tempo, seus homens se remexeram, constrangidos, e desviaram o olhar.

— Mas se... — começou Donal, porém foi interrompido quando a porta da cozinha se abriu.

Aeife e Aileen chegavam com o uísque. Atrás delas mais quatro das filhas de Donal: Cait, Marcail, Jennet e Isobel, cujos rostos sorridentes haviam sido recentemente esfregados, os cabelos apressadamente amarrados com fitas, e de alguma forma, em questão de minutos, elas haviam conseguido trocar a roupa de trabalho por vestidos de festa. Pareciam um jardim de flores em um dia ensolarado. Os Sinclair se levantaram, boquiabertos.

— O que é isso? — perguntou Donal, franzindo o cenho. — Esta é uma reunião de homens. Voltem para o solar, todas vocês.

Marcail franziu o cenho.

— Mas, papai, Aileen disse que o chefe Sinclair está procurando uma noiva para seu filho — disse.

Donal levantou a mão.

— Eu cuido disso, se não se importar.

Mas as meninas já estavam se aglomerando ali. Isobel entregou as taças prateadas e Cait serviu o uísque. As demais flanavam atrás, tolas como pombas. Os Sinclair pareciam enfeitiçados.

— Sou Aileen, e estas são Isobel, Cait, Gillian, Meggie, Marcail e Jenny.

Os homens sorriram e se apresentaram.

— Callum Sinclair.

— Iain Sinclair.

— Rob Sinclair.

— Girric Murray.

— Andrew Pyper.

— Will Sinclair.

— Meu Deus! — exclamou Meggie, fitando a fileira de homens como se fosse um prato de doces.

Suas irmãs suspiravam como a quente brisa da primavera sobre o lago.

Donal aprofundou seu olhar severo ao considerar a situação. Ele poderia mandar as quatro filhas mais velhas para cima nesse minuto para fazer as malas, e elas ficariam felizes com os belos Sinclair. Poderia ser tão fácil assim?

Mas Aileen era viúva, não virgem, e não serviria. Também era sua filha mais sensata, e mantinha a casa em ordem e suas irmãs na linha. Meggie, embora doce e adorável, não se encaixava na qualificação de Sinclair. E Marcail era uma criatura gentil; precisava de um marido gentil. Cait era mandona e astuta, e ele não podia imaginá-la como esposa do filho de um chefe. As demais filhas de Donal eram jovens demais para se casar, em sua opinião, embora ele não tivesse dúvidas de que haveria discussão sobre isso.

Na verdade, ele simplesmente não sabia o bastante sobre os Sinclair de Carraig Brigh para entregar uma de suas filhas a eles.

Padraig Sinclair limpou a garganta:

— Meu filho voltou recentemente de... de uma viagem marítima. Ele foi ferido na viagem, por isso não veio pessoalmente. Ainda assim, ele precisa de uma esposa e de um herdeiro, e a questão não pode esperar. Eu vim até aqui, MacLeod, porque me disseram que você tem um grande número de meninas casadouras. Estou pronto a lhe oferecer um bom preço para tirar uma delas de suas mãos.

Donal ficou rígido.

— Tirar uma delas das minhas mãos? Elas não são peças de pano ou barris de cerveja. São minhas filhas. E eu seria um péssimo pai se simplesmente as vendesse a qualquer estranho que passasse por aqui.

Ele se perguntava se os Sinclair seriam menos experientes que ele próprio no trato com as mulheres. Uma garota gostava de ser cortejada, encantada, convencida. Como sua terceira esposa lhe explicara, uma mulher ouvia sinos de fadas tocando quando o homem certo a olhava e ela olhava para ele. Ele mesmo os ouvira em cada uma das vezes que se casara.

Donal observou as filhas. Uma delas inclinou a cabeça e sorriu intencionalmente para um dos homens, com olhos úmidos. A partir desse momento, não mais desviou sua atenção dele. Nenhuma de suas garotas tinha olhos úmidos; aquilo havia sido um flerte.

— Talvez seu filho possa vir e conhecer as moças quando se recuperar, e se houver... — Ele fez uma pausa. Dificilmente poderia explicar sobre sinos de fadas a um grupo de guerreiros. — Eu só tenho quatro meninas com idade suficiente para se casar; tenho várias outras mais jovens. Talvez queira considerar a possibilidade de um longo noivado, de dez anos ou mais.

Sinclair balançou a cabeça, apertando os lábios.

Aileen colocou a mão no ombro do pai, dizendo:

— Você esqueceu Fia, papai. Sempre esquece.

Foi a vez de Donal apertar os lábios. Ele realmente havia se esquecido de sua terceira filha.

— Claro que eu não me esqueci de Fia. Ela não se casaria — disse ele bruscamente.

As garotas olharam para ele; sete pares de olhos brilhantes fixando-o na cadeira.

— Claro que Fia se casaria. Ela tem idade suficiente — disse Aileen.

— Fia? — perguntou Padraig Sinclair.

Os outros Sinclair miravam Donal com expectativa.

— Ela é a mais bela de todas nós — disse Meggie.

— E a mais gentil — acrescentou Gillian.

— Ela é virgem? — Sinclair perguntou.

— Claro que é! — disse Aileen, meio bruscamente, mas logo temperou a repreensão com um sorriso.

— Não! — interveio Donal. — Fia é... — Como descrever Fia para um estranho?

Não foi necessário. A porta se abriu e o ambiente explodiu em caos. A sala se encheu do som de garras patinando contra o piso, latidos, cachorros e o barulho terrível e profano de destruição absoluta. Cadeiras e bancos foram derrubados, tapetes saíram do lugar e almofadas foram rasgadas, enchendo o ar de penas.

As moças gritaram. Os Sinclair bradaram seu urro de guerra e puxaram suas espadas, buscando um inimigo invasor no meio do caos.

Donal viu uma bola branca atravessar a sala e sentiu seu estômago revirar de medo.

— Mexa-se, homem! — gritou para Sinclair.

Mas era tarde demais. O gato estava sobre o chefe, escalando-o como a uma árvore antes de pular da testa do coitado. Padraig Sinclair caiu para trás, agitando os braços, quando a criatura saltou na tapeçaria e subiu até uma viga do telhado.

— O que foi isso? Um lobo? Um gato selvagem? — perguntou Sinclair, atordoado.

— É Beelzebub — disse Meggie.

Os cachorros pularam na mesa, uivando e rosnando, tentando alcançar o gato. A criatura insolente os espiava e calmamente lambia as patas.

Padraig Sinclair levou a mão à testa e a retirou manchada de sangue. Tinha vários arranhões na cabeça. Donal estremeceu.

Os cachorros fervilhavam em torno dos homens de Sinclair, ainda se esforçando para alcançar o gato, uivando insultos contra o animal petulante. Aileen batia no lebréu escocês maior com seu chinelo. Meggie tentava arrastar o mongrel de cima da mesa. Dois hounds lambiam sofregamente o uísque derramado, e o último cão, uma criatura manchada com apenas um olho, estava com a franja da tapeçaria nos dentes, tentando derrubá-la. Tudo estava coberto de penas e pelos.

Donal já deveria saber o que aconteceria a seguir. Tarde demais ele viu Fia passar apressada, de olho no gato, enquanto, em vão, dava comandos aos cachorros. Ela só viu o chefe Sinclair, que estava se levantando do chão, quando trombou com ele.

Padraig Sinclair caiu para trás de novo, e Donal pegou Fia pelo braço para evitar que ela caísse sobre o visitante. O chefe dos Sinclair de Carraig Brigh olhou para ela atordoado e surpreso.

Aileen sorriu docemente enquanto oferecia a mão ao chefe caído.

— Aqui está Fia. E seu bichinho de estimação.

2

Fiona Margaret MacPhail MacLeod, conhecida pela família simplesmente como Fia, mordeu o lábio depois de seu pai a estabilizar e observou o caos ao redor.

— Sinto muito, papai. Não sabia que você tinha visitas.

Ela olhou para o homem caído e empalideceu ao ver os arranhões ensanguentados na testa dele.

— Que ideia foi essa de deixar esses cachorros entrarem aqui? — perguntou seu pai.

Fia deu-lhe o mais doce sorriso, explicando:

— Não pude evitar, papai. Eu estava fazendo um curativo na pata de Beelzebub quando os cães chegaram. Eles pensaram que poderiam pegar Bel em um momento de fraqueza, mas ele se sentiu desafiado. Não sabia que ele viria para cá. Eu peço desculpas.

Ela olhou para os estranhos que enchiam a sala, todos observando as penas, o sangue, os móveis quebrados, embasbacados fitando o gato que, sozinho, causara tanto estrago. Pelo menos não estavam olhando para *ela*. Fia contabilizou as lesões. Dois homens tinham arranhões grandes e feios nos braços e pernas. Outro tinha um rasgo em sua camisa cor de açafrão. Um quarto espirrava, já com as pálpebras inchadas. E o homem caído no chão tinha um conjunto perfeito de três sulcos sangrentos lhe atravessando a sobrancelha.

Fia lançou um olhar para Beelzebub, que observava a cena na segurança de seu poleiro. Ele piscou para ela e deu-lhe um sorriso felino.

— Você não deveria estar ajudando Ada na tecelagem? — perguntou seu pai.

— Ada está tingindo lã hoje, papai — disse Fia e mostrou o braço, revelando-lhe o estrago, visto que ele o veria em breve. Ela havia tropeçado e caído no tanque, e seu braço esquerdo estava azul brilhante, da ponta dos dedos até o cotovelo. — Ela decidiu que não precisava de minha ajuda.

Seu pai suspirou e balançou a cabeça.

— Você é como sua mãe, menina. Ela não conseguia fazer nada sem tropeçar em seus próprios pés ou em outra pessoa — reclamou. Fia sentiu o sangue quente subir por seu rosto diante da repreensão. — Não se preocupe, não falei por mal — disse ele calmamente, acariciando a mão azul. — Venha conhecer nossos convidados. Este é o chefe Sinclair de Carraig Brigh. Sinclair, esta é minha filha, Fia.

Todos olhavam para ela agora. Fia sentiu a pele esquentar.

Ela se concentrava nos ferimentos. Aproximou-se de Sinclair e observou os arranhões.

— Seria melhor se me deixasse limpar isso. Tenho certeza de que estão ardendo para diabo.

— Beelzebub — murmurou Sinclair, analisando o rosto dela.

Ela não estava acostumada a um escrutínio masculino tão intenso, de modo que se voltou para os outros feridos.

— E vocês também, é claro. Eu tenho um bálsamo feito de ervas que aliviará a dor. Beelzebub tem garras muito afiadas. Felizmente ele não está em sua melhor forma. Ele se feriu recentemente em uma briga com uma coruja.

— Pobre pássaro — disse um dos Sinclair, dolorido.

Aileen pegou a manga de Fia e disse:

— O chefe Sinclair veio com uma oferta.

Ela subiu e desceu as sobrancelhas para Fia e sorriu.

— Oh? E o que...

Seu pai pegou o braço de Fia no lado oposto.

— Não é nada que lhe diga respeito, Fia. Vá lá para cima. Ada pode cuidar dos ferimentos — disse bruscamente.

— Ada não é tão habilidosa quanto Fia — retrucou Meggie, pestanejando para os Sinclair. — Minha querida irmã não levará mais que um momento para cuidar de seus machucados, e não vai doer nem um pouco. Vão para a sala de estar.

Enquanto os conduzia pelo corredor, Fia tinha plena consciência de sua coxeadura e suas cicatrizes, embora sua manga cobrisse completamente as marcas no braço e seus cabelos escondessem as da testa e as da bochecha. Ela podia sentir a curiosidade dos homens de Sinclair e tentava caminhar o mais ereta que podia, mas seu rosto queimava quando imaginava a piedade e a repulsa no semblante deles. Não ficara surpresa por não saber que seu pai tinha visitas. Ele não gostava de expô-la a estranhos, tanto por ele próprio quanto por ela. Assim não teria necessidade de dar explicações constrangedoras se ela simplesmente não estivesse presente.

A pequena sala de estar contígua ao pátio da cozinha ficou lotada com tantos homens grandes. Fia a atravessou e abriu as janelas, deixando a luz do sol entrar no aposento, se voltou para pegar os potes de que precisava — confrei, rosa-mosqueta e milefólio — e se concentrou na mistura das ervas. Isso lhe dava uma razão para evitar olhar diretamente para os homens. Ainda assim, tinha ciência de que o chefe Sinclair estava junto à porta com o gorro nas mãos, observando-a como Bel espreitava suas presas. Ela esperava que ele estivesse apenas com raiva, e que não fosse ousado a ponto de lhe perguntar como havia se machucado. *Uma queda*, diria ela, como sempre fazia, já que era essencialmente verdade. Então, ela mudaria de assunto.

Os homens de Sinclair pareciam ansiosos, com medo de que ela lhes causasse dor talvez, ou lhes administrasse um medicamento forte.

Ou talvez só tivessem medo de uma moça que mancava e era cheia de cicatrizes.

Quando ela terminou, com um aceno o chefe indicou que seus homens deveriam aceitar o tratamento antes dele, e um após o outro sentaram-se no banquinho em frente a ela e a deixaram limpar os arranhões. Estavam tensos no início, doloridos, mas ela era gentil, seu toque seguro, e eles relaxaram depressa. Olhavam para ela com surpresa e gratidão e agradeciam. Sinclair dispensou cada homem com um aceno de cabeça, até que ficou sozinho com ela.

— Poderia se sentar aqui? — disse ela, indicando o banquinho que os homens haviam usado.

Quando se sentou, ele a olhou de um jeito inquietante.

— Você é uma curandeira — disse ele.

— Principalmente de criaturas selvagens — respondeu ela, esfregando os arranhões com um pano de linho limpo. — Pássaros com a asa quebrada, gatos tentando escapar das armadilhas dos caçadores, arminhos feridos...

Ele ficou calado por um longo tempo.

— Meu filho está... ferido — disse ele por fim, e ela o fitou. — Eu vim aqui em busca de uma noiv... uma curandeira para ele. — Ele desviou os olhos. Ela esperou que o homem continuasse. — O navio dele foi capturado na costa da Inglaterra, a caminho da França. Ele foi feito prisioneiro. Sua tripulação e sua... *acompanhante* foram mortas, e durante semanas seus ferimentos foram negligenciados. — Ele respirou fundo, como se se perguntasse se deveria continuar. Ela o encorajou com um aceno de cabeça. — Ele ainda tem pesadelos, e suas feridas não se curam. As pessoas dizem que ele está louco. Chamam-no de o Louco de Carraig Brigh.

Fia o encarou.

— Oh, eu ouvi falar dele — disse.

Padraig Sinclair ergueu as sobrancelhas, o que fez os arranhões se abrirem e sangrarem de novo. Mas ele não parecia notar.

— Como? Como você ouviu falar dele aqui, tão longe de Carraig Brigh?

Ela pressionou suavemente um pequeno milefólio nos arranhões para controlar o sangramento.

— As pessoas viajam, trazem histórias. Uma moça da aldeia tem um primo de Caithness. Ele lhe contou a história, e ela a contou a mim.

— Seu pai não parecia saber — disse ele, com cautela.

Ela o encarou e notou nele o medo lutando com o orgulho.

— Eu não repito fofocas, nem mesmo a papai. Ninguém confiaria em mim se eu traísse suas confidências, não é? Não me contariam mais nada. Quando as pessoas falam, eu consigo ver o que elas veem, viajo para além deste vale, vivo as aventuras por meio de suas histórias.

— Você mesma não viaja? — perguntou ele. — Sua... *doença* a impede?

Ela sentiu o sangue quente inundar seu rosto. Concentrou-se no unguento, mergulhando os dedos nele e aplicando-o.

Era verdade; suas cicatrizes e coxeadura a impediam de fazer muitas coisas que desejava. Seu pai simplesmente nunca permitia que ela saísse de Glen Iolair. Ela — ele — temia encontrar dó, medo ou repulsa nos olhos de estranhos. Não, ela não viajava. Provavelmente nunca deixaria esse vale, nunca se casaria, provavelmente nunca conheceria o beijo de um homem. Ela teria que se contentar em acalentar os filhos de suas irmãs, pois nunca teria os seus.

— Minha família é muito protetora comigo — disse ela, percebendo que ele aguardava uma resposta.

— Você é muito protegida?

— Sim. — Protegida demais. *Asfixiada*. Uma sombra passou pela janela e um passarinho voou, pousando na borda da tigela ao lado da mão de Fia. — Olá — disse ela.

O chefe Sinclair ficou imóvel enquanto Fia tirava do bolso migalhas de pão, que sempre carregava, e as segurou na palma da mão. O pássaro pulou na ponta do dedo azul brilhante dela, sem se importar por ela ser desajeitada e haver caído em um tanque de tinta. Beelzebub havia caçado o pardal no ano passado, quando era apenas um filhotinho. Fia o resgatara, tratara sua asa ferida e o soltara. Ficara alegre ao vê-lo voar para longe; mas o pássaro voltava de vez em quando para visitá-la. Depois de satisfeito com as migalhas, ele partiu depressa batendo as asas.

— Garota, você iria para Carraig Brigh comigo para conhecer meu filho? — perguntou Sinclair.

Ela ergueu os olhos, surpresa.

— Eu nunca saí de Glen Iolair — respondeu.

— Mas não há motivo para que não possa, há? — perguntou ele.

Ela mordeu o lábio.

— Tenho... cicatrizes. As pessoas muitas vezes ficam chocadas quando me veem.

— Meu filho, Dair... Alasdair Og, tem cicatrizes. São muito mais profundas e mais terríveis que as suas.

Fia se sentiu animada com a ideia de uma viagem, mas o medo também se manifestou.

— Um guerreiro deve ter cicatrizes; são admiradas em um homem. São a prova de bravura e atos audazes. Mas não é assim com uma mulher.

— Ele é meu filho, e eu... eu o amo. Eu também sou protetor com minha família. Ele era um bom homem, um marinheiro, comerciante. Alguns o chamavam de pirata. Não havia homem vivo tão inteligente quanto Dair, nem mais bravo ou mais forte. Mas ele precisa de ajuda, ajuda que não consegui lhe dar nem encontrar para ele. Disseram-me para encontrar uma donzela, uma virgem, para curá-lo. Acho que talvez a tenha encontrado.

Ela ficou perplexa.

— Eu? Eu...

— Iria comigo, moça? Prometo que será tratada com a maior bondade e respeito por mim e pelos meus, se é isso que teme. E vou recompensá-la generosamente.

Seu pai apareceu à porta.

— Está tudo bem, Fia? — perguntou ele, olhando com desconfiança para Padraig Sinclair.

Fia se voltou e enxugou as mãos no avental, guardando os frascos e potes.

— Sim, claro, papai. Os arranhões não eram profundos. Não vão deixar... — Absteve-se de dizer *cicatrizes*.

Padraig forçou um sorriso.

— Se vocês não se importarem, direi às pessoas que um gato selvagem fez isso, e uma donzela heroica me curou. Uma do clã do Temido MacLeod de Glen Iolair. — Ele se levantou. — Vai pelo menos pensar no que lhe pedi? — disse ele.

Ela olhou para seu pai. Ele franziu o cenho e se colocou entre ela e Padraig Sinclair. Donal sempre a protegeria, sempre a manteria segura.

Mas isso significava que ela nunca sairia dali, nem conheceria nada do mundo além daquilo.

— Vou pensar.

Ele assentiu com a cabeça, apertando a mandíbula, e deu meia-volta.

Donal a tomou pelo braço. Seus olhos se encheram de piedade.

— Você já fez o suficiente, menina. Vá descansar — disse ele.

Como ela nunca havia notado antes que a piedade maior estava nos olhos de seus próprios parentes? Sinclair não a havia olhado do jeito que seu pai e suas irmãs o faziam.

Ela não precisava descansar. Ela precisava... bem, fosse o que fosse, não acharia se não procurasse.

Deu um beijo no rosto do pai e correu para a porta.

— Espere! — gritou para Padraig Sinclair. Ele se voltou lentamente, olhando-a com esperança. — Sim. Eu irei para Carraig Brigh.

3

Carraig Brigh

Alasdair Og Sinclair — Alasdair, o Jovem — recebeu o nome de seu avô, Alasdair, o Velho, mas, visto que o avô estava morto, ele era simplesmente conhecido como Dair. O apelido se devia tanto a seus modos ousados e destemidos em alto-mar quanto a uma homenagem a seu avô. Ele era herdeiro da grande fortuna e da chefia do clã dos Sinclair de Carraig Brigh — pelo menos até que seu pai decidisse nomear outro sucessor, um que não fosse louco.

Dair lutava para carregar uma pedra do tamanho de sua cabeça, e o suor escorria por sua sobrancelha. A rocha escapara de suas mãos duas vezes antes que ele a conseguisse levantar, e uma agonia percorrera seu corpo alquebrado. O montículo de pedras que ele havia começado a fazer ficava a uma longa dúzia de léguas de distância. Mas poderia ter sido uma centena; cada passo era uma agonia. Ele aceitava a dor por Jeannie, por sua tripulação. Suas mãos eram garras enquanto ele posicionava a pedra no monumento — um memorial, sua penitência e sua cura. Ele o construíra sozinho, recusando qualquer ajuda. Isso provava que ainda estava vivo, quando deveria estar morto; tão morto quanto sua Jeannie e os oito homens que haviam navegado com eles. Mas ele estava morto por dentro — um homem derrotado, um inútil flagelado pela culpa, a dor e a loucura. Seus ferimentos eram mais que suficientes para matá-lo, mas parecia que seu fim não seria rápido e misericordioso, e sim uma lenta deterioração do corpo, da mente e da alma, uma queda furtiva na loucura. As poções e cataplasmas da velha Moire o haviam arrancado do túmulo, mas ele não sabia bem se devia estar grato por isso. A febre e a podridão de sua perna haviam desaparecido por ora, e seus músculos e ossos estavam se curando. Ele ainda mancaria pelo resto da vida, e carregaria cicatrizes terríveis no rosto e no corpo.

Ele se concentrava em sua tarefa. Ainda faltavam muitas rochas para completar o dólmen — e, uma vez que ele colocasse a última pedra, recolheria cem mais. E as carregaria em um navio, em um canhão, e arrasaria o Forte de Coldburn, mataria todos os homens que restassem ali dentro, naquele lugar sórdido onde Jeannie havia morrido.

Dair enxugou a testa, deixando o vento esfriar a pele; mas fez pouco para aliviar a dor aguda em seu corpo maltratado. Ele estava fraco e frágil, e a simples tarefa de mover as pedras o fazia tremer de fadiga.

Estava no alto do penhasco, acima da baía de Sinclair, observando o mar, os mastros dos navios de seu pai, balançando solitários e ociosos, presos à âncora, mais além da marcha hipnótica das ondas de espuma branca até a curva distante do horizonte. O vento rugia sobre Dair, corria e gemia enquanto escovava a torre de Carraig Brigh, procurando uma maneira de vencer a antiga fortaleza. O castelo resistia, forte e obstinado, contra todos os inimigos por quase quatrocentos anos, e um mero suspiro de ar não o derrubaria agora.

O vento soprou de novo, mais forte, tentando arrastar Dair para trás, longe da beira do penhasco. Talvez temesse — como todos os outros — que ele se jogasse no mar; mas Dair não estava pronto para morrer. A necessidade de vingança, que queimava como brasa em seu peito, o mantinha vivo.

Ele desafiou a brisa, aproximou-se da borda e olhou para baixo. O mar batia contra as rochas negras abaixo, borrifando forte a água. Dair poderia saboreá-la em seus lábios. Se fechasse os olhos, poderia imaginar que estava parado na proa de um navio de novo, e, se abrisse os braços e se inclinasse sobre a borda, a força do vento o seguraria, o deixaria flutuar entre o mar e a terra firme. Seria necessário um único passo — ou que o vento parasse pelo tempo suficiente...

— Tempo terrível para velejar — disse John Erly, perto dele.

O inglês estivera abrigado contra as rochas, bem longe da beira do penhasco e do pior do vento, tocando sua flauta. John odiava o mar, odiava navegar. Parecia enjoado, mesmo seguro em terra, ao se aproximar da beira do precipício, pronto para salvar Dair se fosse necessário.

Se alguém sabia a razão da raiva de Dair Sinclair, era John. Ele estivera lá, no calabouço do Forte de Coldburn, por obrigação, havia visto tudo — bem, o pior de tudo. E tivera pena de Dair. John o mantivera vivo, levara-o para casa alquebrado, febril e delirante. Padraig tinha ainda mais motivos que a maioria dos escoceses para odiar *sassenachs*, mas pedira a John que ficasse, que servisse como companheiro de seu filho, e Dair suspeitava de que o inglês mantinha o chefe informado sobre seus rompantes de loucura.

— Já vi ondas mais altas que essas — respondeu Dair ao comentário de John.

Ondas mortíferas muito mais altas, que arrancavam homens do convés de um navio, levavam-nos com um único movimento e os capturavam. Teriam aqueles homens tido tempo para sentir, ou pensar, ou teriam ficado pacíficos ali, embaixo das ondas, saindo da luz e afundando na escuridão em uma morte tão suave e fácil como um suspiro? Havia coisa pior que se afogar. Muito pior.

— Você vai pular? — perguntou John, em seu tom suave.

— Você sentiria a necessidade de pular atrás de mim?

John fez uma careta.

— Prefiro detê-lo antes — respondeu.

John, valente, tolo e fiel. Acaso não sabia que Dair já estava morto para tudo que importava? Ainda assim, ele se afastou da sedução do penhasco.

— Não faz sentido você se molhar. Eu sei que odeia o mar.

Havia preocupação no semblante de John quando ele respondeu:

— E eu sei quanto você o ama. Se fosse acabar com sua vida, escolheria isso.

Escolheria? Teria coragem?

— Hoje não.

Ainda não, enquanto não houvesse estrangulado os canalhas que haviam matado Jeannie e seus homens.

— Tem alguém chegando — disse John, voltando-se para Carraig Brigh e para longe da visão nauseante do mar.

Por um momento o coração de Dair deu um pulo e ele se voltou na expectativa de ver Jeannie, viva de novo, suspendendo as saias e descalça enquanto corria para ele pelo gramado. Ela sugeriria que descessem o penhasco até a praia, antes que a maré mudasse, para procurar amêijoas ou nadar...

Mas era Logan, o irmão gêmeo de Jeannie, que corria agitando os braços e gritando. O coração de Dair quase parou, morto como uma pedra, deixando-o sem fôlego e irado. John voltou para sua rocha, levou a flauta aos lábios e tocou uma alegre melodia inglesa. O vento pegou as notas agudas da flauta e as girou ao redor de Dair, como os gritos de Jeannie por misericórdia. As aves marinhas voavam alto e riam como os homens que a haviam capturado. Ele se voltou para John.

— Quer parar de tocar essa maldita melodia?

John olhou para Dair, cordial.

— Talvez uma melodia diferente seja melhor para você — disse.

Dair envolveu mais o peito com seu tartan xadrez, sem se preocupar em responder. Nada era melhor para ele. Pegou sua bengala, inclinou-se sobre ela como um velho e observou enquanto Logan chegava. O kilt do rapaz voava em torno de suas pernas fortes enquanto ele corria, sua respiração assobiava, entrando e saindo de seu corpo inteiro e saudável, e seu rosto e mente eram ainda largos, frescos e abertos às alegrias do mundo. Logan tinha o mesmo cabelo dourado de sua irmã, os mesmos olhos azuis... Dair apertou os dentes tentando controlar a raiva, a tristeza e a culpa.

Logan chegou e se curvou, apoiando as mãos nos joelhos, enquanto recuperava o fôlego.

— O chefe me mandou buscá-lo, Dair. Ele está em casa.

Por cima do ombro do primo, Dair olhou para a estrada que levava à fortaleza na esperança de ver uma carruagem dourada subindo a colina íngreme em um feixe de luz celestial, anunciando a chegada da virgem. Mas a estrada estava vazia.

— A missão dele foi bem-sucedida? Ele encontrou uma virgem? Logan sorriu.

— Sim. Ele voltou com duas filhas de MacLeod.

— Duas? O preço estava bom para ele duplicar o pedido? Meu pai sempre foi um bom negociante, tem olho bom para pechinchas. E eu que fui tolo o bastante para pensar que ele não acharia nem uma única moça imaculada disposta a ficar comigo — brincou Dair.

John franziu o cenho, mas Logan não reconheceu o sarcasmo no tom do primo. Riu da brincadeira amarga. O rapaz era tolo como uma lebre.

— Talvez a segunda moça seja para o caso de a primeira recusar — disse John, e Logan riu de novo.

— Como vou escolher entre elas? Uma é mais bonita que a outra? — perguntou Dair a seu primo.

Aos vinte e um anos, Logan tinha um olhar atrevido e ansioso para as mulheres. Logan sorriu.

— Pelo que vi, ambas são boas, mas seu pai me mandou encontrá-lo antes que eu pudesse avaliar bem.

— Ah, então é melhor você voltar depressa — disse Dair, passando o braço bom em volta dos ombros do rapaz. — Que tal você as experimentar para mim e decidir qual delas pode me servir melhor? Eu poderia escolher depois de ter sua recomendação, ou poderia simplesmente ficar com a que você não quisesse. — Ele sentiu Logan ficar rígido e viu a surpresa no rosto de seu primo. Dair sentiu um amargor no estômago outra vez. Recuou, levando a mão à testa. — Ah, não, o que estou pensando? Assim ela não seria mais virgem, e eu continuaria louco.

O sorriso de Logan desapareceu.

— Ora, Dair, e se a profecia da velha for verdadeira? E se elas... ela, alguém, um milagre... puderem curá-lo? Você não quer isso?

Dair viu o fantasma de Jeannie no rosto de seu irmão, ouviu a voz dela fazendo a pergunta. Fechou os olhos e os esfregou com o polegar e o indicador para fazê-la desaparecer. Não adiantou. Fitou Logan.

— Não seja estúpido, milagres não existem. Até você sabe disso. — Se existissem... Se existissem, ela estaria viva, ali, agora, ao lado dele. — Esse é um plano idiota. Eu me pergunto o que meu pai disse às moças para que elas viessem. Ou será que me tornei algo tão curioso que as pessoas estão dispostas a atravessar a Escócia para ver o louco pessoalmente? Devíamos cobrar por isso, servir cerveja e bolos enquanto eu babo e vocifero... — Ele parou quando viu o horror no semblante de seu primo. Não era novidade. Não havia quem em Carraig Brigh não o olhasse desse jeito, como se tivesse sido ele quem cometera as atrocidades. Ele teria feito qualquer coisa, teria dado qualquer coisa, até mesmo a própria vida, para salvá-los. Dair se forçou a relaxar. — Deixe para lá, rapaz. Vá e recepcione adequadamente as garotas, irei em breve.

Logan assentiu uma vez, sério. A alegria desaparecera de seu dia.

— Vem comigo, John Inglês? — o jovem perguntou.

— Vou voltar com Dair — respondeu o inglês. — Não vamos demorar. Guarde uma perna da virgem para nós.

Eles observavam enquanto o rapaz partia.

— Talvez devêssemos ter ido na frente e tê-lo feito esperar aqui. Seremos uma pobre segunda opção depois que elas conhecerem Logan — disse Dair.

John riu.

— Fale por você. Eu pretendo encantá-las.

— Aposto que não vai. Elas são escocesas; foram criadas acreditando que os ingleses têm longas caudas e chifres trançados.

— Ficarei feliz em provar que não há rabo neste *sassenach* — disse John, sorrindo.

— Ah, mas, se elas o virem sem calça, saberão que o outro boato sobre os homens *sassenachs* é verdade. Certamente não iam querer você, então.

— Nunca deixei de impressionar uma mulher — respondeu John à piada, já andando.

— Mulheres inglesas talvez. As mulheres escocesas insistem em ter mais de um homem. Você lhes daria uma flauta, mesmo que elas estivessem em busca de uma bela gaita de foles, e uma faca de manteiga em vez de uma espada medieval — disse Dair. Depois sorriu, e sentiu o sorriso repuxar as cicatrizes do rosto. — Bem... talvez dê certo; afinal, as virgens não terão conhecimento suficiente para se decepcionar — completou.

John ergueu uma sobrancelha.

— Há esperança para você também. Um rosto bonito pode fazer até o menor membro crescer; ou curar quase qualquer doença.

— Ou causar uma — respondeu Dair com acritude, e seu sorriso desapareceu.

Pegou a bengala e se inclinou pesadamente sobre ela, como um velho.

— Você não teve culpa, Sinclair. E tem sorte de estar vivo — disse John pela centésima, ou milésima vez. — Você é forte, e isso o manteve vivo. Quase quebrou as correntes com que o prendiam.

Mas os grilhões permaneceram firmes no fim — *que inferno*, ainda o prendiam. Dair apertou o punho no cabo da bengala com tanta força que a madeira rangeu.

John se absteve de lhe dizer que esquecesse o passado e perdoasse seus inimigos. Dair quase partira a cabeça do padre Alphonse da última vez que ele sugerira isso, especialmente porque o padre acompanhara o clichê de uma oferta para exorcizar o fantasma de Jeannie de sua alma. O fantasma dela era a única coisa que o mantinha vivo — mas também o chamava. Ele vivia com um pé na cova — sua cova —, e o fantasma dela ainda pisava esses campos, esse penhasco, as câmaras e os salões de Carraig Brigh. Ele a via cem vezes por dia pelo canto do olho. Ela assombrava o sono de Dair... Jeannie escapava de sua mão, mas a visão dela no calabouço do Forte de Coldburn... Jeannie torturada e atormentada de maneiras indescritíveis... Jeannie gritando por sua ajuda, pela misericórdia de Deus.

Dair sentiu o estômago retorcer e cambaleou. John estendeu a mão, colocando-a no ombro do homem.

— Estou bem — disse Dair, afastando-se. Ele saiu andando, um passo manco e agonizante depois do outro. John acompanhava seu ritmo; a preocupação de Dair pesava como chumbo. — Vá na frente — disse Dair bruscamente. Estavam a não mais de cento e cinquenta pés do portão, mas John hesitou; mediu a distância com o olhar, talvez temendo que Dair voltasse à beira do penhasco e pulasse afinal. — Mande-os levar água para minha câmara — disse Dair. — Preciso me lavar antes de conhecer as virgens, apresentar-me o melhor possível.

Ele sabia que seu cabelo era selvagem, embaraçado pelo vento, e que precisava de um corte; e sua pele coçava e fedia devido às pomadas e poções que se misturavam com o cheiro adocicado de suas feridas.

Ele havia sido bonito, encantador, espirituoso, ousado. As mulheres desfaleciam quando ele entrava em uma sala, independentemente do estado de seu cabelo. Ele usava brocados e rendas caros, um espadim na cintura, calças em tecido xadrez, joias deslumbrantes...

Ele olhou para a roupa do dia a dia que usava agora, para os pés sem meias enfiados em brogues. Sob o tartan, sua coxa estava coberta por uma bandagem grossa. Seu rosto era marcado, o nariz quebrado. As mulheres desmaiariam por outro motivo se o vissem agora. Ele sentiu o estômago se apertar diante da ideia de encontrar as virgens de seu pai. Não haveria mais que terror e lágrimas quando elas pusessem os olhos no louco de Carraig Brigh.

Ele apertou os dentes e entrou, um passo agonizante após o outro. Deveria ter pegado um cavalo. Poderia entrar pela muralha externa montado, e o cavalo pelo menos lhe daria a ilusão de estar em forma e inteiro. Praguejou baixinho um palavrão obsceno de marinheiro. Malditas virgens e suas sensibilidades inocentes — ele era filho de um chefe, um homem rico, um prêmio ainda para a filha de qualquer homem. Mas Dair sabia que isso não era verdade. Ele era uma maldição que mulher alguma em sã consciência quereria. Bem, ele nunca gostara de virgens, e tinha certeza de que odiaria essa. Preferia as mulheres experientes, ousadas, audaciosas como ele, na cama e fora dela. Dair não tinha uma mulher havia meses; uma eternidade para um homem acostumado a uma vida sexual regular, improvisada e luxuriosa. Mas a moça estava segura; sua luxúria morrera em Coldburn.

Ele estava sem fôlego quando chegou ao portão dos fundos, e parou com a mão na tranca. Naturalmente, já não havia estranhos na muralha externa, e seu pai havia escoltado as convidadas para a elegância do antigo salão e orgulhosamente servia refrescos para as donzelas deslumbradas. Carraig Brigh era um lugar de tesouros raros e gloriosos, trazidos nos navios dos Sinclair, que viajavam pelos quatro cantos do mundo.

Talvez, se tivesse sorte — e Dair zombou disso —, ele poderia passar mancando pelos pedregulhos sem ser visto, entrar pela cozinha e pegar a escada dos fundos até sua câmara. Com as virgens sendo encantadas, talvez se passassem horas até que alguém notasse que ele não havia chegado ao salão. Ou dias. Talvez as moças desistissem e fossem para casa se ele se recusasse a aparecer.

Ele travou o maxilar com amargura e abriu o portão. Seu pai as havia convidado, então também poderia entretê-las. Ele não queria saber de superstições tolas. Sua vida acabara quando Jeannie soltara o último suspiro, e ninguém poderia fazê-lo tornar a ser o homem que havia sido.

4

Mesmo curioso sobre as virgens visitantes com habilidades místicas para curar loucura e tristeza, John foi antes procurar Moire. Encontrou-a perto do pequeno armário, na cozinha onde a deixavam dormir, já recolhendo seus pertences em um quadrado esfarrapado de pano xadrez. Ela nem se incomodou em virar para ver quem estava à porta.

— Estou indo — disse com firmeza. — Você não pode me fazer ficar, John Inglês. Sou velha demais para me apaixonar por seus encantos, e sábia demais para papo-furado. Alasdair Og é problema *dela* agora.

Ele se inclinou, observando-a enquanto ela pegava seus pertences.

— Ele precisa de um curandeiro, não de uma virgem.

— Você não sabe.

— Sei que ele precisa de remédios, e não de magia, nem de uma mulher para foder.

Se ele esperava impressioná-la, não conseguiu. Ela gargalhou.

— Fiz tudo que sei fazer. Drenei e tratei as feridas dele, mediquei suas febres e dores. A perna está melhor, mas não posso consertar o que de fato o aflige. Não é a perna. Talvez ele realmente precise de magia agora, ou de uma garota bem-disposta em sua cama — disse ela e sorriu. — Não de mim.

— Você a viu? — perguntou ele.

Ela deu de ombros.

— Não gosto de conhecer os convidados do chefe. Ela é bonita, segundo ouvi dizer.

— De que adianta ser bonita? Jeannie era bonita. E se ela o fizer se lembrar das... coisas?

Moire mordeu o lábio.

— Eu não tenho nada a ver com isso. — Ela amarrou sua trouxa e a pendurou sobre o ombro. — Vou indo — disse de novo. — Isso está nas mãos de... Deus.

Ela se persignou torpemente — um hábito que adotara sempre que o padre Alphonse lançava um olhar suspeito sobre ela. Como de costume, fazia o gesto acompanhado de um sinal secreto, às costas, para sua Deusa.

— Que cataplasmas você usou? Que ervas? — perguntou John.

Moire sorriu.

— Ah, não, *você* não pode curá-lo, John Erly. Vai ter que confiar *nela*. A moça viva, não a morta que o atormenta. Embora seja a morta que detenha o poder sobre ele, pode muito bem ser ela a decidir se ele vive ou... — Ela fechou a boca e balançou a mão, dizendo: — Chega. Não é minha preocupação agora.

Ela o contornou e se apressou pelo corredor como um rato.

John a fitou. Talvez ela estivesse certa. A virgem poderia ser inteligente e capaz, bem como bonita — embora ele, pessoalmente, nunca houvesse encontrado uma mulher com essa rara combinação de bênçãos. Seria bom que fosse corajosa também, se pretendesse se opor aos demônios que atormentavam o aflito Dair — os desvarios dele apavoraram homens feitos, bravos guerreiros. Até mesmo Moire sentira medo nesses episódios.

E a virgem teria também que ter força para enfrentar tanto as dúvidas na mente de Padraig Sinclair, seu medo de charlatões, quanto a vacilante chama em seu coração, hesitante na esperança de cura do filho. Teria ainda que aliviar a desconfiança de padre Alphonse em relação a curandeiros e mulheres em geral. Uma garota inexperiente, desconhecida e inocente poderia fazer tudo isso?

John pegou uma panela de barro que Moire havia deixado para trás e levantou a tampa. Vazia.

Ela não deixara nada.

5

Dair entrou mancando pela muralha. Dezenas de baús e caixas bloqueavam seu caminho. Acaso as moças pretendiam ficar para sempre? Franziu o cenho. Se ele pudesse escolher, elas iriam embora tão depressa quanto haviam chegado.

Dair recordou o dia em que Jeannie partira. Se ela estivesse indo para se casar, teria duas vezes mais bagagem e mais coisas. Ela tinha roupas elegantes, livros, joias, mobília e peles, pertences apropriados à sobrinha de um homem poderoso. Mas, em vez disso, estava indo se tornar uma humilde noiva de Cristo, e levara consigo apenas um pequeno missal, seu rosário e uma muda de linho quando deixara Carraig Brigh. Os guardas ingleses de Coldburn haviam rasgado o missal e jogado as páginas na lama, embaixo do cadafalso. A decoração dourada das páginas brilhara na luz das tochas enquanto a enforcavam...

Ele circundou bens e equipamentos — baús elegantemente decorados com tachas de prata e mosaicos, pacotes de lona amarrados com fitas, caixas de chapéus e cestas.

Talvez a virgem realmente acreditasse em magia e tivesse o afável sonho de que Dair, apenas por vê-la, instantaneamente ficasse curado, e então haveria gratidão, amor, casamento e pombas. As fantasias das virgens sempre pareciam incluir pombas.

Dair olhou pela porta da cozinha. Um grande cesto de vime amarrado em uma das carroças tremeu quando ele passou, e emitiu um barulho horrível, meio grunhido e meio grito. Ele parou. O que quer que estivesse ali dentro exigia libertação imediata — um cão de estimação talvez, esquecido na agitação da chegada. A frágil prisão da criatura estremecia e rangia, ameaçando se abrir.

Dair esticou a mão para desamarrar a corda que fechava a tampa.

— Eu não faria isso se fosse você — disse uma voz do outro lado da carroça.

Dair viu um par de olhos castanhos fitando-o por um espaço estreito entre os pacotes. Não pôde ver mais nada além desses olhos, largos, de um dourado sombrio, franzidos, com grossos cílios cor de cobre. A familiar admiração masculina por um par de belos olhos se alvoroçou inesperadamente, o que só fez que as fagulhas de aborrecimento e culpa no peito dele se intensificassem. Ele a fitou, esperando, até que ela se encolheu e desapareceu.

Ele desenrolou a corda e levantou a tampa.

Uma enorme pata branca disparou e arranhou sua mão, deixando uma fileira de marcas fundas e ardentes. Dair pulou para trás, bem a tempo de evitar o restante da criatura — que certamente não era um cachorrinho de colo — quando ela se libertou de sua prisão, saltou sobre o ombro dele e desapareceu no estábulo.

— Que diabo foi isso? — murmurou ele, fitando o sangue que corria dos sulcos em sua mão.

Ardiam como fogo.

— Beelzebub não gosta de estranhos. E não gosta de chuva.

Ele se voltou e encontrou a dona dos olhos castanhos parada ao seu lado. Uma moça de altura mediana, com uma longa trança de cabelos acobreados. Estava coberta pelas dobras de uma grossa *arisaid*, o que impossibilitava julgar seu corpo. Ele somente via o rosto e aqueles olhos. Não estava enganado; ela era realmente uma beleza. Ele sentiu o olhar dela correr sobre si da cabeça aos pés como um toque físico, e então subir novamente. Os nervos de seu corpo se retesaram. O velho Dair sorriu. Imaginou-a em seus braços; ele a pegaria em um instante e a manteria por baixo dele por mais de uma hora. Ela emitiu um som suave, um miado sensual que retesou ainda mais os nervos de Dair. Não era desejo; a atenção dela estava na mão arranhada dele. Ela estendeu a mão para Dair, e ele respirou fundo, antecipando o toque dela e a maneira como o sentiria em sua pele. Mas os olhos dela brilhavam com uma emoção inteiramente diferente, preocupação talvez, ou até pena. Claro. Como poderia ser qualquer outra coisa? Ela aproximou a mão ainda mais, e ele respirou fundo, sentindo a agonia mental e física que lhe recordava o que havia se tornado.

— Não me toque! — disse ele, recuando tão depressa que o sangue voou de sua lesão e pousou na mão estendida dela, maculando aquela pele branca.

Ela parou imediatamente, de olhos arregalados.

Ele desviou o rosto, incapaz de suportar ser encarado, abominado por uma mulher bonita. Tirou um lenço do bolso com os dedos trêmulos. Vagamente tinha ciência de seus modos; um cavalheiro teria oferecido o lenço à moça, ou pegado a mão dela, encantando-a com um sorriso enquanto limparia o sangue e pediria desculpas por assustá-la. Mas, em vez disso, ele enrolou o lenço na própria mão, segurando-o com o punho fechado. O sangue imediatamente manchou o linho fino.

Ela o observava em silêncio, seu olhar o escrutinava de novo. Dair sabia o que ela devia estar sentindo: repugnância, horror, nojo.

— O diabo e eu não somos estranhos, senhorita — respondeu ele ao comentário dela sobre o gato. — E não está chovendo.

Ela inclinou a cabeça e fitou o céu quando a primeira gota de chuva gorda e fria o atingiu.

— Agora está — disse ela, com um sorriso franzino e um tom doce como mel.

Dair ficou irado. Ela não estava com medo, estava zombando dele.

Ela puxou sua *arisaid* em torno do rosto e pegou a cesta vazia. Voltou-se e começou a caminhar em direção ao estábulo, simplesmente assim, sem mais. Ele sentiu falta dos olhos dela sobre si, e na mesma medida alívio com sua partida.

— Quem é você? — gritou ele.

A chuva aumentou, acelerando, até se tornar um aguaceiro. A água caía do telhado, transformando a terra batida em barro e salpicando o vestido dela enquanto corria em direção às portas abertas do estábulo, desviando desajeitadamente das poças de água. Ele sentiu um choque fazer seu estômago se contorcer enquanto a observava. Não era pelo chão molhado: a marcha dela era dramática, cruelmente desigual; ela mancava de uma forma terrivelmente exagerada e tão parecida com a dele... Acaso ela achava divertido zombar dele? Mesmo arruinado, ele tinha seu orgulho, que subia rugindo à superfície nesse momento. Ele ainda era Dair Sinclair, *Laird* dos Mares, filho de um chefe, um highlander.

Ele largou a bengala e foi atrás dela, ignorando a dor que isso lhe causava. Alcançou-a na entrada, pegou-a pelo braço e a puxou para encará-lo, quase desequilibrando eles dois. Ela pousou sua mão manchada de sangue no braço dele para ampará-lo. Com a pele molhada, fria e suave, fitou-o com surpresa. Ele notou uma fagulha de medo nas profundezas douradas das íris da moça. *Ótimo*. Ela estava tão perto que ele podia ver a pulsação na base do pescoço, onde a *arisaid* se abria, revelando ossos elegantes e frágeis. Ela era tão delicada... Dair afastou esse pensamento e a segurou ainda mais forte, sentindo a forma fina do cotovelo dela através do tartan. Inclinou-se sobre ela, mostrando os dentes.

— Como se atreve a zombar de mim? — disse ele, fitando-a.

Ela abriu os lábios, mas não gritou. A chuva a encharcava, caía em seus cílios, fazendo-a piscar. Sentiu água na boca de vontade de provar as gotas de cristal. Ela levou a mão para aquela que a segurava e se contorceu, tentando fazer que ele a largasse.

Os dedos dela eram frios, mas seu toque o atravessou como um raio. Apesar da raiva, ele viu terror no semblante dela, ouviu o suspiro suave do medo. Isso o fez recordar. Fitou o rosto dela, a profundeza de seus olhos, procurando Jeannie.

Sem qualquer aviso, a moça libertou-se do tartan, deixou-o pendurado no punho dele, e correu para os recessos escuros do estábulo. Ele pestanejou, surpreso, voltando para o presente, para a mulher diante dele. *Não é Jeannie. Jeannie está morta...*

A chuva gelada infiltrava-se pelo tecido em suas costas, escorria pelo rosto e deixava sua visão embaçada.

Foi atrás dela.

Dentro do estábulo, ele estacou logo após a entrada, observando as sombras, procurando a moça.

— Por favor, fique parado — sussurrou ela. Com seu rosto branco contra a escuridão, ela mirava as vigas atrás dele. — Há um ninho de andorinhas sob o beiral, acima de sua cabeça. Se você as espantar, Beelzebub não descansará enquanto não devorar todas.

— Beelzebub?

Dair se voltou devagar, esperando encontrar o diabo atrás de si. Exatamente como ela havia dito, assustados passarinhos o fitavam em silêncio.

— Meu gato — explicou ela, e apontou para o maior gato que ele já vira, empoleirado na porta de uma baia próxima.

Nenhum felino, nem mesmo o mais malvado vira-lata, nem os gatos selvagens que rondavam as montanhas, podiam se comparar a essa criatura. A fera rosnou uma advertência e a nuca de Dair se arrepiou. Ele ficou paralisado, preparando-se para o momento em que o animal demoníaco se esgueirasse para ele e lhe rasgasse a garganta.

— Shhhh — instruiu suavemente a moça, e o gato ficou quieto e piscou para ela, derrotado por sua beleza.

Dair a encarou, surpreso. Sabia como o gato se sentia.

— Imagino que essa fera mate mais que apenas pássaros.

— Não é à toa que se chama Beelzebub — respondeu a moça.

Ela estava nervosa. Ele podia perceber pela quietude dela, pelo modo como o olhava por baixo dos cílios. Ela sentia medo dele, mas não do gato? Sua aparência devia ser pior, muito pior do que ele pensava — um monstro. Dair evitava os espelhos, mas percebia o horror na face dos amigos e familiares. Essa mulher era estranha, nunca conhecera o homem que ele havia sido, inteiro e bonito. Sentiu remorso e resistiu ao impulso de esfregar seu queixo barbado, seu cabelo despenteado, de se alisar como um dândi. Ele não conseguia tirar os olhos dos dela, suaves e luminosos na luz do estábulo, embaçada pela chuva. Não, ela não estava com medo; apenas insegura. Ele imaginou que aquela mulher temeria poucas coisas, ou que tinha tão pouca experiência que o mundo ainda não lhe ensinara o medo. Era como ele havia sido. Isso o fez querer protegê-la, mantê-la segura. Mas se ele falhasse... não conseguiria acrescentar outro erro, outro pecado, à contagem que já tinha contra si. Ainda assim, quando ele observava aquela mulher, uma estranha, sentia algo profundo e perigoso. Era porque ela era bonita, concluiu. Ele nunca fora imune a uma bela mulher, mas não tinha o direito de admirar sua beleza, não mais. Aquela parte de sua vida havia acabado, havia sido arrancada dele.

Ele desviou sua atenção dela e se voltou para o gato.

— Que escolha estranha para um animal de estimação, não é? — disse, com a língua grossa e lenta.

Ela sorriu, e foi um sorriso tão doce que ele sentiu o estômago se apertar.

— Na verdade ele é muito gentil, mas fez alguns inimigos terríveis. Tive que trazê-lo para que os lebréis de meu pai não o pegassem enquanto eu não estivesse lá para protegê-lo. Eles já o pegaram uma vez, sabe? Tem sido uma guerra desde então. Ele também tem cicatrizes, como eu.

A consciência apagou o desejo em um instante.

— *Você* é a virgem? — perguntou ele rudemente, avaliando-a de novo. Parecia uma serva, não a filha de um *laird*. Sua trança molhada pendia ao lado do rosto pálido. Seu vestido estava ensopado, e ela abraçava o próprio peito de forma protetora. Era magra e pequena, uma coisinha delicada. Um homem, ou um louco tomado por um pesadelo, poderia quebrá-la ao meio com uma mão. Ele ficou pasmo, observou-a mais uma vez. Podia notar sua inocência agora, quase saboreá-la no ar carregado entre eles. Ainda assim, ela sustentava o olhar dele sem medo. Ele tentou não admirar isso. Tentou não acreditar, nem por um minuto, que talvez ela pudesse curá-lo. Mas foi impossível. — Você acredita honestamente que a inocência pode curar a loucura, fechar feridas, restaurar ossos há muito tempo quebrados?

Mesmo à luz fraca, ele viu o rubor tomar as faces dela, e os olhos eram duros diante da indelicadeza dele. Ela ergueu o queixo e aprumou os ombros, tornando-se feroz; enfim, um inimigo adequado para a loucura e a dor talvez.

— Se Beelzebub não pegar você primeiro — disse ela. — Sou Fia MacLeod. Prefiro ser chamada assim, e não de "a virgem", embora isso seja correto.

O gato pulou, batendo a grande cabeça no joelho da moça. Enrolou sua cauda em torno das saias dela de um jeito possessivo e nem uma vez tirou os olhos de Dair.

Fia MacLeod pegou a terrível criatura no colo. Ele debruçou-se no ombro dela como um manto de peles, balançando o rabo e advertindo Dair com o tipo de brilho que ele estava mais acostumado a ver em maridos ciumentos.

— Imagino que você seja Alasdair Og Sinclair — disse ela, já que ele não se apresentou. Ela passava a mão sobre o flanco do gato, e o ronronar da fera quase se sobrepôs ao som da chuva no telhado. — Podemos começar de novo? Cheguei aqui como convidada de seu pai, nada mais. No passado, curei aves e criaturas selvagens, consertei asas e patas quebradas. — Ela engoliu em seco. — E eu manco. Desde que era criança. Eu não estava zombando de você.

Ela o encarou — e ele notou que suas íris eram esverdeadas com tons dourados, hipnóticas e calmantes. Não havia piedade nem nojo nelas. Ela o encarava como a um homem. A consciência do sexo dele foi traída pelo rosado nas bochechas dela.

Ele mudou de posição para se apoiar na baia mais próxima a fim de descansar a perna. O gato rosnou de novo, e ela fez "shhh". Ele obedeceu instantaneamente, como magia ou feitiçaria.

Eles chamaram Jeannie de bruxa e herege, e a mataram por isso...

Ele a avaliou de novo, tentando decidir se era realmente tão inocente quanto parecia, ou se se tratava de uma bruxa, ou de uma arrivista que esperava se casar com o filho de um chefe. Não tinha nenhum homem para si em seu lar? Os rapazes de MacLeod eram cegos? Honestidade e simplicidade irradiavam dela. Seu vestido era modesto, não desenhado para atrair ou seduzir, mas era feito da mais fina lã e bem cortado. Ela sustentava o olhar dele sem uma pitada de faceirice, desafiando-o a dispensá-la, a dizer algo cruel. Ela esperava por isso, percebeu Dair; estava preparada. Havia força na delicadeza de Fia MacLeod, como aço envolto em veludo.

Ele sentiu o desejo de se aproximar, de saber mais, mas ficou onde estava.

Deveria ter se curvado, se desculpado, oferecido o braço e a escoltado para dentro, fora da chuva. O antigo Dair teria feito isso. Teria flertado, sido encantador, teria ganhado sua simpatia e alguns arrulhos.

Mas ele não era o antigo Dair. Encarou-a, silenciosamente desejando que fosse embora, odiando sua presença e a razão pela qual ela havia ido até ali. Ele estava louco, alquebrado, envergonhado — não era uma companhia conveniente para uma moça doce. Ele não queria a ajuda de Fia MacLeod, nem seus olhos francos e bonitos sobre si, observando-o, como se ela pudesse ver, além das cicatrizes e lesões, as máculas de sua alma.

— Você é convidada de meu pai, não minha. Não lhe pedi que viesse. E não acredito em profecias ou magia — disse ele, rude. — Se tiver algum bom senso, voltará para o lugar de onde veio, agora, hoje, neste exato momento. — Ele falou grunhindo, fazendo seu melhor para assustá-la. Era tudo que podia fazer para protegê-la. Mas ela o mirava em silêncio, ignorando o aviso, ou não o reconhecendo.

E agora? Sua perna doía. A chuva fazia suas cicatrizes queimarem, roía seus ossos ainda não curados. Ele sentiu o peso do silêncio de Fia e imaginou o que ela estaria pensando. Dair já havia tido curandeiros e feiticeiros suficientes, e agora essa pequena Fia MacLeod e seu grande gato. As coisas estavam ficando ridículas. Ele lutava contra o desejo de rir como um lunático.

— Meu pai mencionou que sou louco? A última virgem que conheci morreu, srta. MacLeod. E eu assisti. Isso a choca? Você pode consertar esse fato, ressuscitar os mortos, limpar as manchas de minha alma?

A moça se encolheu, ficou branca como porcelana. *Ela não sabia. Eles não lhe contaram sobre Jeannie...* Ela sentia medo dele agora, pensou Dair. *Ótimo.*

De repente, ela explodiu em lágrimas e fugiu. Ele foi mancando em direção a ela, abrindo os braços. O gato resmungou, alertando-o, mas Dair o ignorou.

— Então? O que está esperando? Faça seu milagre.

Ele viu o brilho das lágrimas nos olhos de Fia, lia a incerteza em cada linha de seu corpo enquanto ela lhe sustentava o olhar, corajosa diante dele, confiando nele, mesmo nesse momento. Ele estava entre ela e a porta, bloqueando-lhe a fuga. Tinha o dobro do tamanho dela, era mais forte que ela, o Louco de Carraig Brigh em pessoa, furioso, aterrorizante, imprevisível e perigoso. Ele tremia de dor e de seu próprio horror pelo que havia se tornado.

O gato uivou ainda mais alto, advertindo-o de novo, e Fia MacLeod segurou a fera, mal contendo-o na frágil jaula de seus braços.

— Pode me devolver minha *arisaid?* — perguntou ela, com a voz trêmula. — Estou com frio.

Tal pedido o fez parar, apagando o fogo de sua fúria. Ele olhou para a lã amarrotada que deixara cair no chão quando entrara no estábulo — azul e verde, as cores de MacLeod. Pegou-a. Estava úmida, coberta de palha.

Fia MacLeod colocou o gato no chão. A criatura saltou e se empoleirou sobre a meia-porta de uma baia ao lado dela, contorcendo a cauda. Ela pegou a *arisaid* da mão dele. O roçar dos dedos dela nos seus passou por ele como um incêndio. Ele sentiu o suave aroma de flores. Teve vontade de se inclinar mais perto, inspirá-la. Jeannie também tinha um cheiro doce, mas seu temperamento era feroz. Ele também havia pegado seu manto enquanto observava o pôr do sol no convés do navio, poucas horas antes de serem capturados.

Ele não conseguia se afastar de Fia MacLeod.

— Melhor? — perguntou ele.

Assim como havia perguntado a Jeannie naquela noite...

— Sim, obrigada — murmurou ela enquanto jogava o manto sobre os ombros, fechando-o no pescoço. Ela olhou para ele. Ele sentiu a faísca do olhar dela perpassá-lo e aquecê-lo... Observou a garganta de Fia quando ela engoliu em seco. — É melhor eu entrar. Minha irmã deve estar preocupada...

— Sim — disse ele.

Mas não se mexeu. O gato, sim. Dair sentiu o toque das garras em seu rosto. Pulou para trás, praguejando, enquanto o gato passou voando por ele e desapareceu.

Ele se encolheu quando ela tocou sua face, foi uma carícia gentil e inesperada. Resistiu ao impulso de apertar o rosto contra a palma dela, puxou a cabeça e saiu tropeçando para trás, como se houvesse sido queimado. Ela parou com a mão suspensa no ar, com mais sangue dele na ponta do dedo. Fia arregalou os olhos, mas não de medo. Compaixão, pensou. Não pena.

— Não vou machucá-lo — disse ela.

Ela o machucar? Ele é que poderia parti-la ao meio, mais uma criatura frágil destruída em suas mãos, sua doçura e inocência perdidas para sempre. Ele foi tomado pela dor, que o fazia tremer. Recuou, encostando-se na parede.

— Tem tanta certeza de que não vou machucá-la, srta. MacLeod?

Ela hesitou um momento antes de passar por ele levando atrás de si o tentador cheiro de flores, lã molhada e mulher, e saiu mancando do estábulo sem mais uma palavra, com a coluna ereta e irradiando dignidade por todo o corpo.

Ele se sentia tal como houvesse esmagado uma borboleta, ou chutado um filhotinho de gato.

Deu a ela tempo suficiente para entrar no salão antes de ele sair do estábulo. Pegou sua bengala e se voltou para a porta da cozinha. Sentia uma inquietação nas veias — ou era arrependimento?

Dair disse a si mesmo que não tinha importância. De manhã, Fia MacLeod teria ido embora, aterrorizada, vencida e chorosa. E a última esperança de salvação dele também iria embora com ela? Ele parou, deixando a chuva molhar suas roupas. Manteve a lembrança dela por um tempo: a última mulher bonita que o olhara como homem, não como um monstro, antes que a loucura o distorcesse, o deformasse. O que restava de sua alma havia morrido com Jeannie.

Não restava nada de Alasdair Og Sinclair que qualquer pessoa pudesse salvar.

6

Fia sentiu o calor que emanava de Alasdair Og ao passar por ele — ou talvez fosse apenas a raiva abrasadora que ele sentia. Ainda assim, fez com que ela respondesse com igual calor, e o fogo percorreu seus membros, acumulando-se nos seios e na barriga. Ele era um homem bonito, ou havia sido. Dava para ver isso no vigor de sua silhueta longa e esbelta, resquício de sua pregressa graça atlética, evidente mesmo através da dor que andar lhe causava. Ela podia notar a estrutura elegante dos ossos embaixo da superfície danificada, as maçãs do rosto altas e arrogantes, a testa larga. O nariz estava quebrado, mas seus lábios eram macios, sensuais e bem moldados. A boca entregava seus pensamentos, pois ele mantinha os olhos cuidadosamente inexpressivos, isso quando não estavam cheios de ódio e tormento. Os cabelos escuros eram selvagens, precisavam de um corte, mas ela desejava tocá-los, afastá-los dos olhos, alisar as rugas de sua testa.

Ela se preparara para um comentário cruel ou coisa pior quando passara por ele, mas Dair nada tinha feito. Ele ficara ali, com os punhos e a mandíbula apertados, os arranhões sangrentos de Bel se somando às cicatrizes de seu rosto, observando-a ir. Ela sentira os olhos dele nela como um toque. Aprumara-se, com a esperança de que ele a chamasse de volta, mesmo ela precisando de toda a coragem para não sair correndo.

Ela não podia ajudar Alasdair Og Sinclair. O que quer que o afligisse estava além de sua capacidade. Ele havia dito que vira uma mulher morrer. Se isso fosse verdade, estava pior que louco, e ela não poderia consertar isso. Fosse como fosse, Alasdair Og era o homem mais orgulhoso e angustiado que ela já conhecera. Ele a fizera sentir mais medo do que jamais sentira. Havia algo selvagem nele que fazia o coração de Fia bater mais rápido, que a fazia tremer de medo — e de excitação também —, como se houvesse encontrado um lobo ferido preso em uma armadilha. Ela levou a mão ao coração e percebeu que batia como um pássaro engaiolado.

A dor em seu peito era familiar. Provinha do desejo de ajudar, curar, acalmar. Mas ele não queria ajuda. Ele se afastara do toque dela; seu orgulho era formidável, como o de um lobo. Ela suspeitava de que ele não havia sido do tipo que aceitava ajuda quando estava inteiro e saudável, e agora se sentia envergonhado de suas feridas, do que havia acontecido com ele, do que se tornara.

Ela estava familiarizada com esse sentimento também.

Ainda assim, apesar do desastre do encontro dos dois, Alasdair Og Sinclair não a havia olhado com piedade ou nojo. Essas emoções ele voltara para si mesmo. Ele tinha tanto medo dela quanto ela dele — bem, talvez não medo dela, mas da razão pela qual ela viera para Carraig Brigh. Não, ela não poderia ajudá-lo.

Fia entrou pela porta do salão, fora da vista de Alasdair Og, e fechou os olhos.

Queria ir para casa.

Imaginou as irmãs reunidas ao seu redor, confortando-a, dizendo que estava certa em voltar para casa, que nunca deveria ter partido. Elas diriam que o lugar dela era onde se sentia segura, que nunca mais precisaria sair do vale de novo. Seu pai sorriria com carinho e diria que Ada precisava de ajuda, e a dispensaria com um beijo no rosto — do lado sem cicatrizes. E então sua família a esqueceria, mais uma vez.

Ela sabia que seus parentes a amavam com carinho, do jeito distraído deles, mas nenhum deles *precisava* dela.

Alasdair Og Sinclair precisava dela, disse uma vozinha — pelo menos, precisava de *alguém*. Ela nunca havia conhecido alguém mais sozinho que ele.

Fia saiu do caminho enquanto os criados passavam pela porta com um dos baús de Meggie. Elas haviam costurado, consertado e guardado nos baús uma grande quantidade de vestidos e coisas finas nos dias antes de partirem de Glen Iolair — e agora tudo tinha que ser carregado para dentro, escadas acima.

Ela mordeu o lábio. Tinha que os deter, dizer-lhes para colocar os baús de volta nas carroças; mas, como de costume, ninguém percebeu que estava ali, silenciosamente parada à porta. Fia era quase invisível para a maioria das pessoas. Ela acreditava que os outros simplesmente prefeririam não a ver, assim não teriam que levar em conta a pessoa por trás das cicatrizes e dos passos mancos. Ela teria que permitir que os criados acabassem suas tarefas antes de subir as escadas para encontrar a irmã. Desastrada como era, Fia só causaria confusão, e não era assim que queria começar sua visita a Carraig Brigh — ou acabar com ela. Especialmente depois do desastroso encontro com Alasdair Og nos estábulos.

Talvez ela devesse encontrar primeiro o chefe e fazer os arranjos para voltar para casa de uma vez, dizer-lhe que estava arrependida, que não poderia ajudar seu filho. Mas Padraig Sinclair não estava à vista, e os criados continuavam atravessando a porta e subindo as escadas com a bagagem.

Sinclair havia dito a ela que seu filho passara por inúmeros curandeiros. Ela imaginava o que ele havia suportado. Seu pai a levara a Edimburgo quando ela tinha apenas onze anos, para se consultar com médicos que lhe garantiram que poderiam endireitar sua perna com varas de ferro e cordas, prometendo que as cicatrizes desapareceriam com o uso de poções. Desde o primeiro toque, tudo fora agonizantemente doloroso. Felizmente, o pai não suportara vê-la sofrer. Interrompera os tratamentos de uma só vez, levara-a de novo para casa e a deixara como era. Mas ela era apenas uma filha; um chefe orgulhoso como Padraig Sinclair devia achar difícil que seu filho e herdeiro estivesse estropiado. Ela lhe dera uma falsa esperança ao chegar a Carraig Brigh, e por isso sentia certa culpa. Um homem ferido era muito diferente de um pardal com a asa quebrada, e a dor e o medo tornavam os lobos machucados mais perigosos que os saudáveis. Ela apertou as mãos e estremeceu.

Fia olhou ao redor do grande salão de Carraig Brigh. As paredes de pedra estavam forradas de tapeçarias — não feitas em casa, e sim caras, habilidosamente tecidas, com cenas de cavaleiros de armadura e grandes batalhas. Como seu pai as teria amado! No aparador havia uma luxuosa exibição de cristais e porcelana ao lado dos pratos de estanho comuns. As cortinas que cercavam os parapeitos das profundas janelas eram de brocado e veludo. No entanto, por trás das grandes decorações, o salão era venerável, antigo e escocês. Acima das cortinas francesas, as paredes ostentavam espadas, escudos e machados, proclamando o orgulho e o poder do clã que se abrigava, lutava e celebrava dentro desses muros havia longos séculos.

Num lado da sala, ela notou uma porta em arco. Curiosa, atravessou o salão e entrou pelas portas abertas. Ficou boquiaberta com a magnificência do aposento à sua frente; uma enorme biblioteca — mais grandiosa que a pequena coleção de livros de Glen Iolair, que ocupava uma única prateleira em um canto do solar. Essa sala estava cheia de livros do chão ao teto. A luz difusa que entrava pelas janelas altas e brilhava nas lombadas douradas em relevo tornava a biblioteca deslumbrante, como se o sol vivesse nessa sala, naqueles volumes. Havia mesas cobertas de objetos científicos e armários repletos de curiosidades. Havia um globo de couro gravado perto da janela, ao lado de um telescópio de bronze. No teto, pinturas de nuvens e anjos. Não, não anjos; ela reconheceu Padraig Sinclair mais novo, vestindo uma armadura grega e o tartan dos Sinclair. Havia um jovem ao lado dele, com cabelos escuros e cacheados e um sorriso enigmático. Outros membros da família se encontravam ao lado deles: dois gêmeos dourados, um garoto e uma garota, e uma mulher que observava os outros carinhosamente. Fia ficou tonta de olhar o panteão de Sinclair, que pairava acima dela como deuses. Glen Iolair não tinha nada tão grandioso quanto aquilo.

Ela observou as pinturas que adornavam as paredes — cenas de navios lançados a mares temperamentais, paisagens exóticas e belos retratos de homens e mulheres do clã Sinclair. Havia um quadro de Padraig em roupa de gala, junto ao mar com os navios ao fundo, com a mão na cabeça de um lebréu escocês de pernas longas.

Ela parou quando reconheceu o olhar de Alasdair Og na pintura. O retrato mostrava um homem encantador com uma peruca elegante que caía em cascata sobre o peitilho de renda, e um elegante casaco de veludo azul-acinzentado que combinava com a cor de seus olhos. O tartan dos Sinclair estava jogado sobre o ombro dele e atado com um grande rubi. Não havia vestígio algum de loucura em seu semblante, nem cicatrizes. Esse homem era pura graça, orgulho e inteligência, e terrivelmente bonito.

Fia levou a mão a seu coração agitado. Segurou-se no encosto de uma cadeira dourada e fitou aqueles olhos pintados. Esse não era o homem que ela conhecera no estábulo. Ou era?

Um relógio francês dourado tocou na cornija, e Fia ofegou ao ver a hora. Havia prometido a sua irmã que sairia apenas para acomodar Bel em um canto do estábulo.

Fia lançou um último olhar para o retrato de Alasdair Og e correu de volta ao salão a fim de pedir indicações para chegar à câmara que dividiria com sua irmã, mas os criados haviam acabado o trabalho e ido embora. Ela saiu para procurar ajuda.

Uma velha atravessava a muralha externa com uma trouxa nas costas, murmurando sozinha. Ela parou quando viu Fia e arqueou suas sobrancelhas cinzentas para o céu.

— Então ele encontrou você.
— Como? — perguntou Fia.
— O chefe. Você é a virgem... — A velha inclinou a cabeça como um pássaro e se aproximou. — O que mais você é? Curandeira ou bruxa, ou só uma moça que deseja se casar com um homem rico, seja louco ou saudável?

Fia se surpreendeu com a ousadia da velha.
— Sabe onde posso encontrar o chefe Sinclair? — indagou.

A velha ignorou sua pergunta.
— Não parece. É um negócio perigoso, especialmente com... — E girou seu dedo ossudo ao lado da orelha.

Fia franziu o cenho.
— Ele não é louco.

A velha gargalhou.
— Então você já viu isso antes. Talvez tenha poderes afinal. Não, talvez ele não esteja louco, mas não vai se curar... Você entende disso também? As feridas dele se alimentam de sua raiva, ficam mais fortes. Um homem não pode viver com essas coisas o corroendo. — Ela cutucou o ombro de Fia. — Você pode consertar isso? Se puder, então... — A velha deu de ombros e recuou. — Bem, não estarei aqui para ver. Estou indo — disse.
— Posso saber seu nome? — perguntou Fia, dando alguns passos atrás da mulher.

A velha parou, passou os olhos pelas carroças vazias, a torre, o céu... As nuvens que haviam levado a chuva ainda pairavam, inquietas e mal-humoradas, como se não conseguissem decidir se seguir em frente ou ficar e se abrir de novo.
— Moire da Fonte fez o que pôde — murmurou a velha. — Foi útil? O tempo dirá, e a Deusa decidirá. Ela poderia? A Deusa fala com ela, eu digo. — E voltou-se para Fia. — Está em suas mãos que ele viva ou morra, ou que fique como está, com um pé em cada lugar. — Ela fez um sinal no ar com os dedos e concluiu: — O chefe não pode me segurar aqui, e não há nada de bom nem de ruim aqui para a velha Moire.

Com isso, girou sobre os calcanhares como uma fada, atravessou o portão e passou pelas sentinelas, que não lhe deram atenção.

Fia observou a sombra iminente da torre acima. Até as pedras de Carraig Brigh pareciam infelizes, inquietas, temerárias.

Ela estremeceu e quase desejou poder seguir a velha portão afora.

7

— Srta. MacLeod? — uma voz chamou. Fia se voltou e viu uma criada na porta atrás dela. — Fui enviada para encontrá-la. Sua irmã a espera no andar de cima.

Havia curiosidade e especulação nas feições da menina enquanto observava Fia da cabeça aos pés. Ela também se perguntava se a convidada seria capaz de fazer milagres e magia. Ou estaria simplesmente examinando as cicatrizes? Fia sentiu suas faces se aquecerem ao anuir, e deixou a criada guiá-la.

A moça subiu as escadas rapidamente, sem pensar, e teve que parar para dar tempo a Fia de alcançá-la e segui-la por um labirinto de corredores.

Por fim, chegaram a uma porta dupla, e a garota acenou com a cabeça para que Fia entrasse.

A câmara estava um caos. Os baús haviam regurgitado por todos os lugares sua carga de sedas cintilantes, tafetás farfalhantes, veludos reluzentes e lãs finas. Três criadas de Sinclair estavam ocupadas guardando vestidos, toucas, sapatos, meias, corpetes e anáguas.

No meio daquele caos estava Meggie, reclinada em um sofá.

— Onde você estava? Eu deveria acompanhá-la — disse, e estendeu uma taça de vidro fino, raro e caro. — Experimente. Juro que é puro néctar. Sinclair mandou para nós, com seus cumprimentos. — Fia pegou o copo e sorveu o vinho rubi. — Não é maravilhoso? É francês!

Fia notou que as criadas trocaram olhares entre si.

— Já tomamos vinho francês — disse Fia, tanto a elas quanto à sua irmã.

— Eu sei, mas papai prefere Rhenish, ou uísque, ou cerveja. Bem, eu prefiro isto. Os Sinclair o trazem da França em seus navios. Os ingleses não podem comprar sem pagar caro, visto que estão em guerra com a França. Mas nós, escoceses, podemos ter tudo que quisermos — tagarelava Meggie. — Os Sinclair são muito ricos, sabia?

Fia observou os caros brocados que pendiam da cama, o grosso tapete turco que cobria o chão e as tapeçarias francesas que escondiam frias paredes de pedra. Esse aposento era tão luxuoso quanto a biblioteca.

— Sim, sabia. — Ela se perguntava quanto ouro Padraig Sinclair pagaria para curar seu filho, para ter o belo jovem do retrato de volta. — Tudo isso — sussurrou.

Meggie não a escutou, mas uma das criadas encarou Fia bruscamente, como se ela houvesse murmurado uma maldição.

Meggie retomou o cálice e imediatamente o encheu de novo. Fia tirou sua *arisaid*, desesperada para se livrar do pó da estrada e da lembrança do encontro com Alasdair Og. Não se sentia maculada; apenas confusa. Seu corpo palpitava e sua pele recordava cada lugar que as mãos dele haviam tocado. Ela começou a enrolar as longas mangas de lã, mas hesitou; não queria expor as cicatrizes do braço diante das criadas. Levou as mãos às costas e se forçou a sorrir, como se não houvesse nada de errado.

Meggie se levantou do sofá para sussurrar na orelha de Fia, para que as criadas não ouvissem:

— Ainda não vi Alasdair Og, mas muitos outros homens do clã são bastante agradáveis aos olhos. Fico imaginando como ele é.

Fia relembrou os olhos cinzentos e irados de Alasdair; seus cabelos escuros, emaranhados pelo vento, seu rosto cheio de cicatrizes, seu corpo magro e lesionado.

— Eu o vi na muralha externa — admitiu.

Meggie arregalou os olhos.

— É mesmo? Não é de admirar que você tenha ido tão longe. É verdade? Ele é louco?

As criadas se inclinaram, tentando escutar. Meggie sabia ser terrivelmente indiscreta. Adorava fofocar, e o vinho soltara sua língua ainda mais que o habitual.

— Não. Ele está ferido, mas não louco — disse Fia.

As criadas sorriram, aparentando saber que isso não era verdade.

— Ele é bonito? — quis saber Meggie.

Sim, pensou Fia. Mesmo cheio de cicatrizes, ele era o homem mais bonito que ela já havia visto. Deixara-a sem fôlego de tanto medo, compaixão e emoções para as quais ela não tinha nome. Ela abriu a boca para dizer isso a Meggie, mas a fechou de novo. Não queria compartilhá-lo com sua irmã, nem com as criadas de olhos afiados de Sinclair. Pelo menos não ainda.

— Ele é filho do pai — disse Fia vagamente.

Meggie suspirou.

— Eu conheci Logan Sinclair, sobrinho do chefe. É um belo homem, embora jovem. E também o lorde John Erly; eles o chamam de John Inglês. Ele é bonito para um inglês, suponho. Mas já imaginou a cara de papai se uma de nós se casasse com um *sassenach*? Dizem que ele está aqui porque o próprio pai o desprezou por ser libertino e vigarista. Os escoceses não expulsam seus filhos. — Ela inclinou o nariz no ar. — Não que eu esteja aqui para arrumar um marido, claro; só para acompanhá-la. Você não se meteu em confusão, não é?

— Eu não conheci Logan Sinclair, nem nenhum inglês — disse Fia. E mudou de assunto para um dos tópicos favoritos de Meggie: — Devemos nos vestir para o jantar? Acho que vou usar o vestido de seda azul-escuro.

— Oh, Fia, esse é tão simples. Use o de veludo rosa — disse Meggie.

Alasdair Og gostaria do de veludo rosa? O pensamento passou pela mente de Fia sem querer. O charmoso cavalheiro do retrato parecia o tipo de homem que apreciaria uma mulher elegantemente vestida. Já o homem torturado do estábulo não se importaria se ela vestisse um saco de estopa para o jantar.

Meggie se serviu de mais vinho e ficou tagarelando alegremente sobre como pretendia usar o cabelo naquela noite. Fia mal a ouvia; queria descansar, e uma chance para pensar.

No entanto, quando fechou as pálpebras, sua mente se inundou com a imagem de Alasdair Og Sinclair, parado na chuva, com os olhos tão frios quanto o mar do inverno.

Está em suas mãos que ele viva ou morra, ou que fique como está, com um pé em cada lugar, havia dito a velha.

A dúvida e a saudade de casa abriram uma caverna dentro dela. Ela recordou como havia sido sentir uma dor grande demais para sua mente e corpo torturados, esperando que alguém a encontrasse, perdoasse e curasse. Mas agora ela temia que a escuridão de Alasdair Og a consumisse e a deixasse tão perdida quanto ele.

Dessa vez, para sempre.

8

John foi até a muralha externa para procurar Dair, uma vez que não o havia visto voltar. Havia um pequeno grupo de homens do clã perto das carroças vazias.

— Alguém viu Dair?

— Eu o vi atravessar a cozinha há algum tempo. Pelo menos ele está seguro.

Niall Sinclair murmurou alguma coisa. Apontou o polegar para dois homens parados sobre a figura caída de Ruari Sinclair, deitado de costas na terra, mirando o céu, em pânico e gritando. Havia manchas de sangue em sua camisa e feridas frescas no rosto e nas mãos.

John franziu o cenho.

— Houve uma briga?

Os outros homens também sangravam e sua feição era sombria. Pareciam guerreiros que voltavam de uma batalha perdida.

Angus Mor limpou uma mancha de sangue do rosto e apontou para a porta aberta do estábulo.

— Há uma fera terrível ali; algo feroz, com garras capazes de rasgar a garganta de um homem. O pobre Jock está preso lá com ele. Nós tentamos salvá-lo, mas não adiantou. A criatura o pegou.

— Acho que é um lobo — disse Niall.
— Ou um gato selvagem.
— Ou um urso — sugeriu Angus.
— Não é deste mundo — sussurrou Ruari, esforçando-se para sentar. — Veja meu rosto. Quase perdi os olhos com um golpe de sua poderosa pata!

Um grito de puro terror ecoou nos recessos escuros do estábulo. Angus Mor inclinou a cabeça.

— Pobre Jock. Quem vai dizer a Morag que seu homem não vai voltar para casa?

— Nós lhe daremos um lindo enterro se a fera não o comer — disse Niall, tristemente.

Outro grito ecoou, seguido por um grunhido gutural. John sentiu os pelos de sua nuca se arrepiarem.

— *Ach! Dhia*, me ajude! — implorava Jock dentro do estábulo.

— A fera está brincando com ele, jogando-o para cima, torturando-o — disse Ruari, em um sussurro.

Os outros assentiram com tristeza.

— Tenho certeza de que nenhum animal, de qualquer tamanho, é páreo para meia dúzia de Sinclair — disse John.

— Somos apenas três aqui, na verdade. Quatro, se incluir o Pequeno Alex, filho de Angus, e ele tem somente dez verões — murmurou Niall.

— Eu tenho doze anos — berrou o rapazote, enfiando os polegares no cinto.

— Precisamos fazer alguma coisa — insistiu John.

Mas Angus balançou a cabeça, dizendo:

— Talvez não haja feras como essa na Inglaterra, mas aqui... — E seu maxilar estremeceu. — Não, não há nada que possamos fazer por Jock.

— Alex, entre e pegue um machado na parede — ordenou John ao jovem filho de Angus. — Traga uma espada também.

— E uma longa lança, e um escudo grande — acrescentou Niall.

— Tudo isso vai enlouquecer a criatura — sibilou Angus.

Estremeceram quando Jock gritou de novo.

O Pequeno Alex voltou com uma faca de mesa e um atiçador de lareira.

— Foi tudo que pude alcançar — disse.

Outro grito partiu do estábulo, um uivo animal de gelar o sangue seguido por um humano. Jock Murray saiu em disparada pela boca escura do estábulo com o tartan esvoaçando em volta das canelas ensanguentadas, o rosto vermelho e arranhado. Não parou para conversar. Continuou correndo direto para o portão e desceu a colina em direção à aldeia.

Uma fera branca e peluda perseguiu Jock até a porta, e então parou para observar os homens na muralha. Arqueou as costas e baixou as orelhas contra sua cabeça enorme enquanto grunhia maldições.

Os homens o fitaram em um silêncio embasbacado.

— Mas é apenas um gatinho! — disse Niall por fim.

No entanto, deu um passo para trás quando a fera rosnou de novo, mostrando os dentes brilhantes.

— Ele não tem nada de pequeno. De onde veio? — quis saber Angus em um sussurro.

— Devemos matá-lo? — perguntou Ruari.

— Conseguiríamos matá-lo?

Eles pularam quando a porta do banheiro se abriu com o guincho de suas dobradiças de couro e Andrew Pyper saiu, ajeitando seu tartan. Com surpresa, dirigiu-se aos homens reunidos:

— O que está acontecendo?

Niall apontou para o felino.

— Gato demoníaco. Não se mexa. Angus vai matar a fera.

Andrew viu o gato.

— Matá-lo? Você é imbecil? É o bichinho de estimação de uma das MacLeod. Você não pode matá-lo.

Ruari arregalou os olhos.

— Bichinho de estimação? Isso?

— Que tipo de donzela tem um animal de estimação assim? — perguntou Angus.

Os homens se voltaram para Andrew em busca de uma resposta, visto que ele havia estado em Glen Iolair.

— Oh, a srta. Fia MacLeod é tão doce quanto um prado de manhã, tão adorável quanto o sol nascendo nos picos de...

Angus Mor revirou os olhos.

— *Dhia!* Nunca peça ao filho de um *seanchaidh*, um contador de histórias, que lhe dê uma resposta curta.

Andrew pareceu magoado.

— O nome do gato é Beelzebub, e por uma boa razão.

Ele enrolou a manga para mostrar os arranhões quase cicatrizados que cortavam seu braço do pulso até o cotovelo.

— O que vamos fazer? — perguntou Niall. — Temos que entrar no estábulo.

Olharam para o gato. A criatura balançou o rabo e os fitou.

John sabia como encontrar jeitos de passar por porteiros, guardas, guarda-costas e amas-secas para chegar a uma bela virgem. Às vezes, tudo que necessitava era de charme. Para outras situações bastava...

— Um suborno — disse ele.

Os Sinclair olharam para ele.

— Precisamos subornar o gato. Uma vez conheci uma velha senhora que gostava de tortas de geleia. Ela tinha uma linda sobrinha que eu desejava visitar, mas seus pais se recusavam a permitir que eu a visse e deixavam a tia protegendo a virtude da menina. Levei uma cesta de tortas para a velha tia, disse umas palavras encantadoras e ela foi gentil a ponto de virar as costas por um tempinho.

— Essa sim é uma história digna de um *seanchaidh* — disse Andrew. — O que aconteceu com a moça?

— Acho que ele quer dizer que devemos alimentar o gato — disse o Pequeno Alex.

— É isso mesmo, John Inglês?

John assentiu.

— Exatamente. Um suborno.

Niall cruzou os braços sobre o peito amplo, dizendo:

— Escoceses não subornam. Nós tomamos o que queremos à força. É uma questão de honra. Além disso, não temos tortas de geleia, e nossa cozinheira vai nos socar antes de nos dar qualquer coisa para alimentar um gato.

Andrew Pyper pegou uma bolsinha em seu cinto.

— Tenho um pouco de pão de aveia que sobrou da viagem — disse. — Serve?

Olharam para o gato, que ergueu o focinho, farejou a brisa, e a seguir fixou suas íris amarelas expectantes no petisco na mão de Andrew.

— Vá em frente — disse Angus, dando-lhe uma cotovelada. — Dê isso a ele.

Andrew engoliu em seco.

— Por que eu?

— O pão é seu. Ah, não se preocupe, garoto; diremos a seu pai que você morreu como herói, e ele fará uma linda música sobre você. Vá em frente.

Eles prenderam a respiração enquanto Andrew avançava, cantarolando qualquer coisa, com comida na ponta dos dedos. O gato esperava, orgulhoso como um rei. Andrew jogou o pão de aveia, que aterrissou entre as maciças patas de Beelzebub.

Por um momento, o gato olhou para a oferenda com desdém; mas então seus bigodes se mexeram para a frente quando ele concentrou a atenção no pão. Pegou-o com as grandes presas e o sacudiu, espancou e o devorou. Então, abandonou seu posto na entrada do estábulo, foi até a escada no centro da muralha e começou a lavar o focinho.

— Funcionou! — disse Angus, dando um tapinha nas costas de John e sorrindo.

— Então, o que aconteceu com a moça da tia que gostava de tortas? — perguntou Niall.

— Acabou se casando com um marquês — disse John.

— Muito bem, quem vai entrar no estábulo primeiro?

Eles olharam para o gato, ainda se lavando na escada.

— Quanto um gato consegue correr? — perguntou Andrew.

John ficou apoiado na porta do estábulo, vigiando o felino, enquanto os Sinclair entravam para cuidar dos cavalos.

Certamente, qualquer moça doce como um prado de manhã, capaz de ganhar um ronronar e um abraço de uma fera que havia dobrado os melhores guerreiros de Padraig Sinclair, poderia dar conta de Dair Sinclair.

Talvez milagres existissem, no fim das contas.

9

Dair ergueu os olhos quando seu pai entrou na câmara. Logan já havia estado ali duas vezes para dizer que o chefe o estava esperando. Ele ignorara o chamado. O que poderia dizer? Não queria Fia MacLeod ali. Nem ela nem ninguém poderia ajudá-lo. Ela era jovem demais, frágil demais e inocente demais. Dair estava tomado de uma escuridão que ele mesmo não conseguia controlar; quase quebrara o braço de Angus Mor durante um dos seus pesadelos, e o homem era forte o bastante para carregar uma vaca. Dair destruiria Fia MacLeod.

Ele viu a preocupação no rosto de seu pai quando este abriu a porta da câmara depois de uma única batida. Sinclair ficou aliviado quando viu o filho sentado calmamente em uma cadeira perto da janela, mas logo se irritou com a desobediência. Dair tinha vinte e oito anos, havia navegado o mundo, conquistado uma reputação de mestre marinheiro, negociado com uns e pirateado outros, mas Padraig Sinclair ainda esperava que seu filho — e todo mundo — lhe obedecesse sem questionar. Além de Dair, Jeannie era a única que se recusava a fazer o que o chefe dos Sinclair mandava.

Dair torceu os lábios. Se ao menos ela houvesse obedecido...

Padraig atravessou a sala. Era um highlander alto, temível e sem paciência, tão forte quanto Angus Mor, tão inteligente quanto Dair e tão teimoso quanto Jeannie.

— Esperava você em meu gabinete há uma hora. Temos coisas para discutir — disse Sinclair, sentando-se em uma cadeira em frente ao filho e cruzando as pernas. — Você está bem? Padre Alphonse e a velha Moire me disseram que...

— Que eu continuo flagelando o bom povo de Carraig Brigh com pesadelos e gritos, mas que minha perna está melhor, embora a dor não tenha diminuído, e as pessoas mais sensatas têm medo de se aproximar de mim — completou Dair.

Padraig sentiu o maxilar se retesar.

— Isso mesmo.

— No entanto, aparentemente, a definição de *pessoas sensatas* não inclui virgens rebeldes que acreditam no milagroso poder de cura da inocência. Até você deve perceber que isso não faz sentido, pai. Você é um homem de ciência e erudição, que despreza qualquer tipo de superstição.

— Quem pode culpar um pai pela esperança de um milagre?

— Eu o teria impedido de ir se soubesse. Só descobri que havia ido procurar uma virgem para mim depois que você partiu. Foi uma tolice.

Seu pai ficou irritado com a palavra *tolice*, mas deixou para lá. Ele mesmo permitira isso, como supunha Dair, só porque seu filho estava louco e ferido.

— A velha Moire disse que uma virgem causou isso, e que só uma virgem poderia curá-lo e deixá-lo inteiro de novo. Eu quero isso, Dair; você não? Não quer se recuperar, vingar-se daqueles que fizeram isso com você?

Dair mirou a mão de seu pai, apertou o braço da cadeira e ignorou a pergunta.

— Eu a vi na muralha externa com seu gato. Uma fera terrível — disse Dair.

Padraig sorriu.

— A moça ou o gato? A pequena Fia MacLeod é encantadora quando você a conhece. Ela acalma criaturas selvagens e as cura. Eu vi com meus próprios olhos. E pensei que ela pudesse... que pudesse ajudá-lo.

Alasdair fitou seu pai com um olhar vazio.

— Pense em quanto eu poderia machucá-la! Não sou mais uma companhia adequada para uma jovem de bom berço, uma jovem inocente que não conhece nada do mundo, não sabe nada de homens, e muito menos de loucos. O que você lhe prometeu para fazê-la vir até aqui? Que eu me casaria com ela se fosse bem-sucedida? Já pensei nisso cem vezes, e não consigo imaginar qualquer outra razão pela qual uma moça viajaria para tão longe para me ver. Já estou comprometido com Fia MacLeod?

Seu pai enrubesceu.

— Oh, Deus, não! — Padraig desviou o olhar rapidamente, fitando as próprias mãos. — Quero dizer, fui procurar uma noiva para você, uma noiva virgem. Mas encontrei Fia. Ela é uma moça gentil, mas é... bem, simplesmente não é adequada para ser a próxima lady Sinclair. Sua irmã Meggie, porém... tem um belo rosto, foi feita para agradar um homem e criar seus herdeiros. Ela serviria. Tenho certeza de que MacLeod de Iolair ficaria feliz com uma união entre você e Meggie.

Dair sentiu o horror crescer em seu peito.

— Você quer dizer que Fia MacLeod manca. E isso a torna inapropriada como esposa?

Padraig Sinclair ergueu o queixo.

— Sim, entre outras coisas. Ela está assustada, e é... amaldiçoada, suponho que essa seja a descrição mais gentil. Não, ela não é para casar. Estava totalmente satisfeita em casa com seus parentes. Na verdade, foi muito difícil convencê-la a vir. — Ele deu um riso forçado. — *Ach! Dhia*, Alasdair, não pode supor que eu tenha pensado nela como uma noiva para você. Não é de admirar que esteja infeliz.

Dair se levantou da cadeira e foi até a janela. Queria uma bebida, mas o decantador de seu quarto estava vazio.

— Eu também tenho cicatrizes e manco. E sou louco, lembra? Eu diria que seria uma combinação perfeita, exceto pelo fato de que não sou um prêmio para mulher nenhuma, mesmo para a amaldiçoada e aleijada Fia MacLeod. Não acha que qualquer moça se encolheria de medo na noite de núpcias? Especialmente quando eu começar a gritar dormindo.

Dair viu a dor nos olhos de seu pai; um cuidado e uma preocupação que não se estendiam a Fia MacLeod.

— Você não vai fazer isso quando estiver curado. Pense nas mulheres que já teve, as duquesas, as mulheres mais bonitas da Europa.

— Elas não iriam me querer agora — disse Dair, virando o rosto para a luz e deixando-a iluminar suas cicatrizes. Padraig Sinclair mal disfarçou um leve tremor. — Você quer um milagre, mas isso não existe. Se existisse, imagino que o padre Alphonse já teria me curado. Ele também me recomendou uma virgem; eu só precisaria confiar em Nossa Senhora, orar dia e noite, e ficaria inteiro de novo, como um leproso restabelecido. E a velha Moire quer me banhar na fonte de sua Deusa. Devo tentar isso também? — perguntou Dair.

Padraig passou a mão por seu peitilho de renda.

— Claro que não. Nós somos homens civilizados, homens modernos. Não acreditamos em superstições pagãs.

— E mesmo assim você me trouxe a pequena Fia MacLeod. Ela não merece ser sacrificada por uma causa sem esperança.

— Ela fará o que lhe mandarem fazer. Ela está aqui por minha vontade, a meu convite — disse o chefe dos Sinclair, com arrogância. — O padre Alphonse pode ir ao diabo. Seu Deus não achou oportuno...

Dair levantou as sobrancelhas diante da blasfêmia.

— Não me diga que não acredita mais em Deus!

— Ter um padre foi ideia de sua mãe. Ela me fez prometer mantê-lo aqui mesmo depois que ela morresse, para o povo da aldeia.

Dair cruzou os braços sobre o peito.

— E agora? Você se tornou um pagão, como Moire?
Padraig balançou a mão, descartando a ideia e a pergunta.
— Fia MacLeod tem algo... uma gentileza que nunca vi antes.
— Padraig passou a mão na testa, onde os restos prateados dos arranhões estavam desaparecendo. — Eu vi um pássaro selvagem voar para a mão dela, ficar ali como um animal de estimação, porque uma vez ela lhe curou a asa. Isso é magia mesmo; ou feitiçaria.
Dair estendeu a mão, mostrando os arranhões frescos e ensanguentados.
— O gato dela também me arranhou, mas ela não me curou.
Padraig franziu o cenho, e dúvidas passaram fugazmente por seu semblante. Deu um sorriso forçado.
— Ela acabou de chegar; dê-lhe tempo para se acomodar.
— E se ela falhar? — A pergunta ficou pairando no ar por um longo momento. — Algumas pessoas já andam dizendo que Logan seria um chefe melhor que um louco responsável pela morte de uma Sagrada Donzela e uma tripulação de oito homens. Talvez tenham razão — disse Dair.
— Não! — gritou Padraig, batendo com a mão. — Você é meu herdeiro, não Logan. Você era... é o melhor de todos os Sinclair. E será de novo. Eu *ordeno* que você cumpra seu dever, Alasdair Og. Você recuperará a saúde, terá sua vingança e liderará este clã depois de mim, está me ouvindo? Não Logan. Devo mandar o menino embora? Isso faria você esquecê-la?
— Você nem sequer consegue mencionar o nome dela, não é? Jeannie. Você retirou o retrato dela, desmontou sua câmara, apagou todos os traços dela de Carraig Brigh. Exceto Logan, é claro. Ele tem o rosto, os olhos, a risada dela. Mas ele é o filho de seu irmão. Não seria honrado mandá-lo embora.
Seu pai murmurou uma maldição e se levantou.
— Estamos perdendo tempo. O jantar é às oito horas. Espero que esteja presente. Se não estiver, vou mandar Angus Mor carregá-lo até o salão.

— Isso é uma ordem também? — perguntou Dair, baixinho.
Seu pai parou à porta e o encarou.
— Sim, por Deus. Oito horas — disse de novo e se foi.

Dair se sentou, apertando o peito com o punho. Padraig havia levado Fia MacLeod até ali com a intenção de traí-la. Acaso seu pai pensava que, porque ela coxeava e tinha cicatrizes, não tinha sentimentos, nem coração? Ele fechou as pálpebras e lhe veio à mente o rosto oval e pálido de Fia MacLeod. Sua imagem se transformou na de Jeannie, com seu sorriso cheio de malícia. Então, os lábios de Jeannie se abriram em um berro, enquanto ela agonizava. Dair sufocou um grito e abriu os olhos, com o coração acelerado. Ele falhara com a prima, deixara-a morrer... E agora Fia MacLeod estava ali, e deveria traí-la também, usá-la, machucá-la, destruí-la até... Não, dessa vez não. Apesar de que era impotente para evitar isso.

Com a mão trêmula, ele esfregou a boca. Ela deveria ter ficado em casa, segura junto àqueles que a amavam, sã e salva da loucura dele — ou de Padraig. Ele se levantou e começou a andar, embora doesse. Deixou que a dor o queimasse.

Estava pensando em Jeannie ou em Fia? Não importava. Jeannie estava morta, e Fia MacLeod não era problema dele. Ele não a havia levado até ali.

Ele precisava de uma bebida. Fitou de novo a garrafa vazia em seu quarto. Andava bebendo muito, e Padraig ordenara aos servos que batizassem o uísque que lhe levavam — como se Dair estivesse louco demais para perceber.

Dair atravessou o corredor até o quarto de John; encontrou-o vazio. Havia uma garrafa com mais da metade de um bom uísque Sinclair na mesa. Pegou-a e voltou para o quarto. Não se deu o trabalho de pegar uma taça. Tinha a intenção de beber cada gota entorpecedora.

10

O relógio no salão batia oito horas quando Fia e Meggie desceram as escadas. Fia sentia o rosto queimar enquanto os ali reunidos a observavam descer lentamente os degraus, segurando o braço de sua irmã. Os olhos de Meggie fitavam os Sinclair como pássaros curiosos.

— *Dhia*, é impressionante! — sussurrou.

Na verdade, era impressionante mesmo. Todos os Sinclair elegantemente vestidos, e o chefe mais que os outros, usando um casaco de veludo verde com adornos dourados, renda francesa no colo e seu tartan preso com um magnífico rubi.

Fia respirou fundo; sondou o ambiente em busca de Alasdair Og, antecipando e ao mesmo tempo temendo o momento em que seus olhos encontrariam os dele.

Ele não estava ali.

Ela voltou a respirar.

Era alívio que sentia, não decepção — pelo menos era o que dizia a si mesma. Se ele não queria jantar, não era problema dela. Ele havia deixado bem claro a ela que não esperasse as boas-vindas da parte dele. Mas ela se perguntava se não seria a dor ou a doença que o impediam de descer. Talvez eles simplesmente houvessem se esquecido de lhe dizer que o jantar estava prestes a ser servido. Isso acontecia com ela em Glen Iolair. Até que alguém por fim notava sua falta, e atribuíam o fato ao esquecimento — de Fia, claro, não deles.

Mas, nesse momento, ela estava recebendo bastante atenção dos Sinclair. A maioria deles se concentrava nela e não em Meggie, pois era algo novo.

Imitando a irmã, Fia ergueu o queixo, inflou o peito e sorriu. Fosse qual fosse o motivo da ausência de Alasdair Og, ele estava perdendo a visão deslumbrante de duas das belas e adoráveis filhas de MacLeod lindamente vestidas.

Meggie usava um vestido de seda violeta com cardos roxos e lírios brancos bordados, ornamentos de renda e fitas de um azul-pálido que combinavam perfeitamente com seus olhos cintilantes.

O vestido de Fia era azul-safira, que combinava com seus cabelos acobreados e pele clara. Usava uma faixa com o padrão xadrez dos MacLeod presa com um broche de pérolas que pertencera à sua bisavó; dizia-se que havia sido um presente de Mary, rainha da Escócia em pessoa, para sua dama de companhia favorita. O pai dera a Fia sua pérola; dizia que ela tinha um brilho profundo, em vez do brilho pronunciado de suas irmãs. Era um incêndio, em vez de um fogo-fátuo.

Fia dava cada passo cuidadosamente, concentrando-se em não tropeçar na bainha de seu vestido — ou no de Meggie, a propósito.

— Depressa — sussurrou Meggie.

— Não posso — murmurou Fia.

Foram salvas pelo galante gesto de Sinclair. Ele se adiantou, curvou-se pronunciadamente e subiu os últimos degraus para dar o braço a suas hóspedes e escoltá-las escada abaixo.

— Vocês estão adoráveis — disse Padraig Sinclair.

Fia mantinha os olhos nas fivelas de diamante dos sapatos dele.

— *Tapadh leibh* — disse ela, agradecendo-lhe em gaélico, ciente de que todos ali reunidos a observavam, avaliando-a.

A virgem que veio curar o louco. Ela sentia o sangue quente tomando suas faces enquanto os Sinclair se adiantavam e a cercavam. Era como estar em uma floresta; cada um deles parecia tão alto e bravo quanto Alasdair Og. Seus olhares não eram rudes, apenas curiosos. Fia logo percebeu que vários deles tinham arranhões no rosto e nas mãos — a assinatura de Bel. Deu a cada um deles um sorriso de desculpas, uma vez que obviamente era tarde para adverti-los. No dia seguinte, ela os procuraria, pediria desculpas adequadamente e lhes ofereceria um unguento calmante. Ainda assim, apesar dos ferimentos, cada um deles se curvou educadamente. O sorriso de Fia se iluminou ainda mais e brilhava em todo o seu esplendor.

Ela examinou de novo o salão, mas Alasdair Og ainda não havia chegado. Saudou pelo nome os homens que haviam ido para Glen Iolair com o chefe e escoltado Meggie e ela até Carraig Brigh. Foi apresentada a um padre vestido de preto, uma raridade até mesmo ali nas Terras Altas, onde a estrita Igreja Protestante Escocesa dava pouca atenção às práticas religiosas dos povos isolados. Ela viu a desconfiança queimando os olhos escuros e duros do padre Alphonse quando foi apresentada. Ele não sorriu, nem acenou com a cabeça. Ficou rígido como um bastão e a fitou, e Fia sentiu um arrepio rastejar por sua espinha.

— Este é lorde John Erly, amigo de Dair — disse Sinclair.

Fia se voltou e encontrou outro par de olhos duros e escuros sob sobrancelhas franzidas. Ele não pareceu mais satisfeito que o padre Alphonse ou o próprio Alasdair Og por vê-la. Ele se curvou de maneira fria, formal e superficial — o oposto de uma recepção calorosa.

— Ele é inglês — sussurrou Meggie, desnecessariamente. — Chamam-no de John Inglês.

— Espero que sua jornada tenha sido agradável — disse ele a Fia em sua língua nativa.

— Muito agradável — respondeu Fia, também em inglês.

A sexta esposa de seu pai havia insistido em que suas enteadas aprendessem inglês e francês também.

— Apesar do tempo — disse Meggie. — E das estradas. E da comida nas pousadas, é claro.

Outro jovem apareceu de braço dado com Padraig. Cabelos loiros, olhos azuis, incrivelmente bonito e sorrindo de orelha a orelha. Meggie se iluminou como uma tocha quando Logan Sinclair se inclinou sobre sua mão e a beijou com um ruído ressonante, antes de se voltar para Fia.

— Srta. Fia MacLeod, posso lhe apresentar meu sobrinho, Logan Sinclair? — disse o chefe.

Ele pegou a mão de Fia, fazendo escorregar para trás a longa franja de renda que arrematava a manga de seu vestido. Fia tentou se afastar, mas era tarde demais. O sorriso malicioso de Logan Sinclair vacilou, transformando-se em horror ao ver as cicatrizes prateadas que atravessavam o pulso da moça, e seu beicinho se tornou uma careta. Constrangida, Fia retirou a mão, deixou a manga cair de novo e levou as mãos às costas.

— Como vai? — ela murmurou apressadamente, afundou em uma reverência, e quase caiu.

John Erly a sustentou pelo cotovelo, aprumando-a, e rapidamente a soltou.

— As lajotas têm trezentos anos, disseram-me, e são um tanto irregulares — sussurrou ele.

John também vira as cicatrizes dela, Fia tinha certeza disso, mas ele permanecia impassível.

— Obrigada.

Fia inclinou o queixo e observou o público ao redor, temerosa da reação que pudesse ver. Mas os homens não demonstravam nojo nem medo. Curiosidade sim, mas não mais que isso. Talvez não houvessem notado. Ela forçou um sorriso, mas seu coração batia forte contra o corpete baixo do vestido.

— Posso acompanhá-la até a mesa? — perguntou lorde John, rígido, uma vez que o chefe Sinclair já estava levando Meggie para seu lugar.

Fia apoiou sua mão sem cicatrizes na manga de John e se sentou. O inglês se sentou à esquerda dela.

A cadeira à sua direita permaneceu vazia — provavelmente para Alasdair Og, uma vez que os demais assentos da longa mesa haviam sido preenchidos rapidamente. Padraig Sinclair sentava-se ao lado da cadeira vazia.

— Soube que o gato branco que está no estábulo lhe pertence, srta. MacLeod — disse John.

Ela sentiu o calor na pele de novo.

— Sim. O nome dele é Bel. Por favor, chame-me de Fia.

— É apelido de Beelzebub — acrescentou Meggie rapidamente, inclinando-se ao redor do chefe. — Bel, digo. Não Fia.

Ela riu de sua própria gracinha. Logan riu também.

Fia examinou o rosto e as mãos de John procurando arranhões, mas não encontrou nenhum.

— Por acaso ele... Bel... Ele...

Os lábios de lorde John se curvaram.

— Na verdade, sim.

— Oh, não — disse Fia, baixinho.

— Não se preocupe, srta. MacLeod. Seu bichinho está seguro no estábulo — respondeu John. — Ninguém lhe fará mal.

— Onde está meu filho esta noite, John? — perguntou Sinclair, afável.

Afável demais. O tom não combinava com a frieza de seu olhar sobre o inglês.

Fia notou o punho de John se apertar quase imperceptivelmente.

— Oh, imagino que ele esteja simplesmente se arrumando, querendo aparentar seu melhor esta noite em homenagem às nossas encantadoras convidadas.

Padraig lançou um olhar irritado para a escada, que permanecia escura e vazia.

— Dair nunca se arruma. Nenhum highlander *se arruma*. Talvez eu deva mandar Angus Mor buscá-lo.

Fia podia sentir a tensão no corpo do inglês, embora ele a escondesse atrás de um amplo sorriso. Ele sabia onde estava Dair e por que não estava ali.

— Tenho certeza de que não será necessário. — John se voltou para Fia mais uma vez, dizendo: — Sem dúvida deve estar ansiosa para conhecer Alasdair Og, senhorita, já que está aqui para curá-lo.

Ele falou brandamente, mas seus olhos eram afiados como punhais. Fia engoliu em seco.

— Na verdade, eu o conheci esta tarde enquanto colocava Bel no estábulo — respondeu ela.

Ele ergueu as sobrancelhas e observou o rosto de Fia à procura de uma pista da opinião dela sobre seu amigo. Ela manteve a expressão plácida e guardou para si seu julgamento.

— Espero que meu filho tenha lhe causado uma boa impressão — disse Padraig Sinclair, como se estivesse falando de uma criança, não de um homem, e fosse mandar Alasdair Og para a cama sem jantar se houvesse se comportado mal.

Ele é o homem mais extraordinário que já conheci. Mas ela não podia dizer isso, nem admitir que o encontro havia sido agradável. Ficou olhando para suas mãos no colo.

Lorde John a socorreu.

— Meu palpite é que Dair se surpreendeu com gato tanto quanto o resto de nós. Talvez isso o tenha atrasado.

Os homens arranhados murmuraram, indicando simpatia e compaixão.

O inglês era amigo de Alasdair Og, seu protetor, como notara Fia. Ela percebeu que ele não acreditava, nem por um instante, que ela seria capaz de curá-lo. Eram dois, então. Três, se incluíssem o próprio Alasdair Og. A tensão fazia a barriga de Fia se encolher, e ela abriu a boca para dizer a Padraig que desejava falar com ele depois da refeição. Mas ele acenou para seu mordomo, dizendo:

— Não vejo motivo para esperarmos mais por Alasdair Og. Vamos jantar.

Fia lançou um rápido olhar para John Erly. A expressão do inglês era cuidadosamente neutra. Ele era um estranho no clã, como ela, cauteloso em relação a seu lugar ali e não certo de ser bem-vindo. Uma criada analisou disfarçadamente Fia enquanto enchia seu copo com vinho rubi. Fia a ignorou, ouviu Meggie suspirar de prazer e perguntar a Padraig Sinclair sobre a fonte dos vinhos que ele importava.

— Como se feriu, srta. MacLeod? — perguntou lorde John quando a sopa foi servida e os outros que se sentavam perto deles mergulharam em suas próprias conversas.

Ela engoliu depressa uma colherada de sopa, queimando a língua. Pegou seu copo e tomou um gole de vinho.

— Fia, por favor — recordou-lhe ela quando conseguiu falar. Ele não disse nada, esperando uma resposta a sua pergunta. — Eu caí quando era pequena. Aparentemente eu era muito desajeitada.

Quando baixou o copo, apoiou-o na colher, fazendo-o girar sobre a mesa. E o pior foi que o cálice tombou, derramando o vinho sobre o linho branco como uma mancha de sangue. As conversas se interromperam. Ela sentiu o estômago na garganta, e sangue quente tomou seu rosto.

— Perdão, srta. MacLeod, devo ter acertado seu copo com minha faca — disse John, e jogou um guardanapo sobre a mancha. Chamou uma criada e pediu: — Mais vinho para a senhorita, por favor.

— Obrigada — murmurou ela, tanto para a moça que encheu seu copo como para John Inglês. Mais uma vez, ele a socorrera. Deveria ser um hábito dele. — Parece que ainda sou bastante desajeitada.

Ele não pediu mais detalhes. Por um longo momento, simplesmente se concentrou em sua comida.

— São as coisas mais terríveis que acontecem conosco que nos moldam — disse ele. E ela se perguntou se estava falando consigo mesmo. Até que ele se voltou e a fitou. — Algumas são difíceis de esquecer. Deixam cicatrizes, visíveis e invisíveis.

Ela sabia que ele estava falando de Alasdair Og.

— O que aconteceu com ele? — indagou.

Ele ergueu as sobrancelhas.

— Não perguntou "o que há de errado com ele"... Acredita honestamente que pode curá-lo?

Ela olhou para seu prato. Disse:

— Acabei de conhecê-lo, e não foi... — Ela engoliu em seco. — Também vi o retrato na biblioteca. Como ele era antes?

John deu de ombros.

— Não sei. Eu o conheci em uma prisão inglesa, depois de uma quinzena de... digamos... um tratamento rude. Aqui não é lugar para falar disso.

— Devo perguntar a ele, então? — disse Fia.

Ele examinou o rosto dela como se avaliasse se ela ousaria, se conseguiria escutar a verdadeira história, os detalhes desagradáveis. Ela manteve o olhar firme, até que ele cedeu.

— Pode perguntar, mas ele não fala sobre isso. Eu sei apenas o que vi, o que ouvi. Quando eles nos deixaram ir, Dair não estava em condições de voltar sozinho, então eu o trouxe para casa. Ele me amaldiçoou por isso. — John brincou com o copo. — Ele desejava... bem, como eu disse, não é um assunto para uma senhorita, ou para a mesa de jantar.

— Eu sei o que ele queria — disse ela. — Vi isso em seus olhos hoje.

Ele pareceu surpreso.

— Ele revive aquela quinzena sem parar, dia e noite. Acho que ele a vê... sua prima Jean. Tudo que fizeram com ele em Coldburn fizeram pior com ela, sendo ele testemunha, acorrentado à parede, incapaz de detê-los ou de ajudá-la. Por fim a enforcaram, e forçaram Dair a assistir também. — Fia sentiu o sangue fugir de seu rosto e imaginou exatamente o que havia ocorrido. Baixou sua colher. — Eu a choquei, senhorita? Ainda acredita que pode curá-lo? Uma virgem que não viu nada do mundo, um homem que viu o pior dele? — perguntou John, com voz dura.

O desejo de ficar e *tentar* ajudá-lo encheu seu peito.

— Não sei — admitiu ela.

— Então por que veio? Esperava que ele a desposasse? — inquiriu ele, com rudeza.

Fia fitava as próprias mãos.

— Eu... Não, claro que não. Não tenho esperança disso. — Mas ela *esperava*, pelo menos secretamente, que, se não fosse Alasdair Og, talvez outra pessoa... — Encontro criaturas feridas em Iolair. Trato suas feridas, cuido delas e lhes dou tempo para se recuperarem. Com Bel foi assim. Não espero que fiquem comigo para sempre, nem mesmo que sejam gratos. Simplesmente me sinto compelida a ajudar quando posso.

— Dair não é um pássaro machucado, srta. MacLeod.

A confusão fez brotar lágrimas nos olhos de Fia, e ela pestanejou.

— Não, definitivamente não é. Nunca tentei curar uma pessoa de nada tão terrível. Eu acho que a cura vem daqui. — E colocou a mão em seu próprio peito. — Se uma criatura, ou um homem, não desejar se curar, não vai.

— Então, você pode fazê-lo querer viver? — perguntou John. — Tem certeza, srta. MacLeod?

Ela não tinha certeza. Nem um pouco. Abriu a boca para dizer isso.

— Eu...

— Vejo que perdi o jantar. Cheguei a tempo de dançar, pelo menos? — perguntou uma voz alta.

Fia ergueu os olhos e encontrou Alasdair Og ao pé da escada, inclinando-se pesadamente sobre a bengala. Usava uma casaca de brocado vermelho-escuro sobre seu tartan. Como os de seu pai, os sapatos de Alasdair Og tinham fivelas de diamante. E ali acabava a imagem elegante. Seus olhos vazios brilhavam também, mas de bebida. Ele precisava dormir, e se barbear, e provavelmente comer. Parecia um saqueador, rude, atrevido e impetuoso o bastante para interromper um jantar elegante. Não usava o adorno de pescoço, e sua garganta e peito apareciam sob o colarinho aberto da sua fina camisa de linho. Ele viu Fia do outro lado do salão e sorriu, e ela perdeu o fôlego. O uísque talvez houvesse apagado a dor, mas fizera brotar o diabo em Dair Sinclair.

O chefe se levantou, mas John foi mais rápido. Enfiou a mão no bolso, puxou uma flauta e a ergueu.

— Se veio dançar, estou pronto quando você estiver — disse. — Jock, Andrew, afinem seus instrumentos. Logan, não quer conduzir a srta. Meggie?

Começou a tocar uma melodia alegre, e Fia viu Alasdair Og estremecer diante das notas agudas.

Padraig Sinclair afundou na cadeira, olhando para o filho.

Um gaiteiro e um violinista se juntaram a John Inglês. Um rapaz marcava o compasso em um pequeno tambor, e mais casais se juntaram a Meggie e Logan no amplo espaço diante da lareira, girando ao som da música alegre.

Ninguém convidou Fia para dançar. Ela não esperava que alguém o fizesse. Ela batia o pé no compasso embaixo da mesa. Perdeu de vista Alasdair Og na multidão.

Ele apareceu de novo ao seu lado e deslizou na cadeira vazia de John.

— Bem, senhorita, vamos ficar aqui sentados como dois velhos e conversar sobre nossos dias de glória, quando éramos capazes de dançar melhor que qualquer um deles?

Fia sentia o odor de sabão perfumado e o cheiro doce das feridas mal curadas; mais forte que os dois, porém, era o bafo de uísque. Ela enrijeceu a espinha diante da audácia dele. Estava bêbado, era uma companhia imprópria. Essa era uma das regras mais rigorosas de seu pai: nenhum homem bêbado se sentava à sua mesa, não na presença de suas filhas. Aos olhos do Temido MacLeod, esse era o pior insulto que um homem poderia fazer a uma mulher.

— Você não deveria estar aqui — murmurou ela.

Ele sorriu, exibindo seus dentes reluzentes.

— Porque estou bêbado? Quero que saiba que meu chefe me mandou vir; por você, não por mim. Então, aqui estou. — Ele abriu os braços. — Eu me vesti para a ocasião, e ainda assim você não concorda em dançar comigo.

— Seus botões estão fechados de modo errado, e eu não posso dançar — disse ela com dureza, passando os olhos sobre o V de pele bronzeada exposto à altura da garganta dele.

Ela podia ver a pulsação de suas veias ali, e fitou aquele ponto. Seria ele inteiro bronzeado? Sentiu suas bochechas arderem com o sangue quente.

— Sim, você disse que se feriu quando era criança — disse ele alegremente. — Se não pode dançar, pode pelo menos me ajudar com meus botões.

O jeito como falou sugeria que ele preferiria que eles fossem abertos em vez de fechados. Ninguém havia feito tal sugestão para Fia antes. Ela sentiu uma emoção brotar de seu coração. A ideia chocante de tocar o peito dourado de Dair a fez ofegar e desviar o rosto. Ela fingia admirar os dançarinos, ignorando-o, embora a proximidade dele a deixasse sem fôlego e fizesse cada polegada de seu corpo tremer. John Erly continuava olhando para ela, como se para garantir que estava segura — ou talvez tivesse medo do que ela poderia fazer com Alasdair Og.

O pai de Fia já havia jogado um homem bêbado em um cocho de cavalo, mergulhara-o três vezes e o deixara caído no chão até ficar sóbrio. Ela se perguntava se esse era o tratamento padrão para isso. Desejou ter forças para tanto...

— É sua perna direita, não é? — perguntou ele.

— O quê? — Ela se virou para Dair.

Ele colocou um cotovelo sobre a mesa, o queixo na palma da mão, e se inclinou para perto dela — o suficiente para que ela o pudesse olhar nos olhos, ver manchas azuis em meio ao cinza, medir o comprimento de seus cílios sombrios. Era como estar presa em um remoinho. Ele também a fitava, levando o olhar para suas sobrancelhas, nariz e bochechas. Ele fixou sua atenção nas cicatrizes que ficavam meio escondidas debaixo do cabelo dela. Fia sentia o olhar fixo como um toque, muito insistente, muito intenso, e tentou se voltar, esconder o lado ferido de seu rosto. Mas ele levou a mão ao queixo dela e a segurou.

O calor gentil dos dedos dele na pele dela foi surpreendente. Fia ficou imóvel, um rato preso nos olhos de um predador, enfeitiçado.

— Digo, se você manca para a esquerda, minha perna ruim seria oposta à sua. Podemos nos manter em pé juntos. Eu salto para a direita, você para a esquerda, e damos conta da maioria dos passos, não acha?

Estaria ele afetado pela proximidade dos dois? Dair estava calmo, controlado, sua voz era suave e segura, ao passo que os sentidos de Fia eram um caos.

Ela não respondeu; não conseguia nem respirar, quanto mais pensar. O que ele sugeria era impossível. Ela nunca havia aprendido nenhum tipo de dança. Ele parecia tão sério que ela temia que quisesse mesmo arrastá-la para o meio do salão.

Então, ele sorriu, e o sorriso fez desaparecer a dureza de seu semblante, suavizou seu rosto, fez que Fia derretesse por dentro como manteiga sob seu doce charme. Os homens não sorriam assim para Fia MacLeod. Nunca.

Bem, até esse momento.

— Qual é o problema, senhorita? Não gosta de flertar? O gato comeu sua língua?

Ele riu da gracinha. Um som quente e profundo que fez vibrar os nervos dela como uma corda de harpa tocada por um mestre. Isso era flertar? Ela não tinha experiência com flerte. Pegou seu cálice e bebeu. Ele o tirou da mão dela, acariciando-lhe os dedos, colocou sua boca onde antes estivera a de Fia, sem tirar os olhos dela, e sorveu o resto do vinho. Ela observou o pomo de adão dele, e seu corpo se incendiou. Fitou o copo vazio perguntando-se para onde havia ido todo o ar, porque não conseguia respirar.

Não, Dair Sinclair não era um animal ferido, nem um monstro. Ele era algo com o que ela não tinha experiência — um homem bonito, ousado e perigoso para os sentidos de uma mulher. Fia olhou desesperadamente para Meggie, mas sua irmã estava dançando, feliz e corada. Havia esquecido completamente Fia, que estava por sua própria conta.

— Preciso ir — disse ela, segurando-se na borda da mesa para se equilibrar ao se levantar.

Ele pôs sua mão sobre as de Fia, fazendo faíscas percorrerem sua pele. *Vaga-lumes*.

— Oh, receio que não esteja em meu melhor esta noite. Sente-se e vamos começar de novo. Perguntarei educadamente sobre sua saúde e comentarei sobre o clima. Direi que a senhorita está perfeita esta noite, que seu vestido lhe cai bem e que a pérola é um requinte. — Ele estendeu a mão e tocou a pérola com a ponta do dedo, acariciando-a longa e lentamente. Sua mão estava a uma polegada da borda do corpete dela, da curva nua de seu peito... — Eu devia saber... sou colecionador de pérolas. — A voz dele caíra uma oitava, escura, densa e doce como melaço. — Sabia que a pérola simboliza inocência e pureza? Combina com você. — Ela o olhou nos olhos e viu algo se acender nas profundezas cinzentas. — E beleza, claro. A pérola simboliza a beleza também.

Ela podia sentir a respiração dele em sua boca. Sangue quente dominava seu rosto.

— Pare — sussurrou ela.

Ele levantou uma sobrancelha preguiçosa.

— Parar? A maioria das mulheres gosta de elogios. Você não gosta, ou simplesmente não está acostumada? — Ele se recostou, largou-se na cadeira com uma elegância natural, e fitou-a com os olhos pesados. — Muito bem. Posso conversar sobre qualquer assunto que deseje: ciência, arquitetura, poesia... Ou podemos meramente falar sobre a paisagem que viu em sua viagem até aqui. Quanto tempo levou para chegar a Carraig Brigh?

— Cinco dias — murmurou ela. Ela ainda estava em pé. Ele ergueu as sobrancelhas e esperou até que ela afundasse em sua cadeira. Mas ela ficou sentada na borda. — Vimos as Terras Altas, passamos por casas de campo e fazendas, e parávamos para beber uma caneca de cerveja ou de água quando sentíamos sede.

Ela falou depressa, um comentário enfadonho.

— Teria sido mais rápido se viesse de navio. Teria visto golfinhos e baleias, parado em ilhas para comer peixe fresco cozido em algas, ou devorado doces berbigões tirados da areia. Já comeu peixe no litoral?

Ela sentiu água na boca; sempre desejara provar essas coisas.

— Não, e nunca andei de barco. — Seu pai recusava-se a permitir, mesmo nos limites plácidos do lago, temendo que sua filha desajeitada caísse no mar e se afogasse, levando outros consigo. Ele ainda a culpava... Ela forçou o pensamento a desaparecer. — Como é navegar? — perguntou.

Ele desviou o olhar, fitando a distância.

— É liberdade. É como montar um cavalo poderoso com um passo de seda. Você acelera sobre as ondas, é carregado pelo vento, ergue-se sobre uma profundidade incognoscível de água, com todo o céu acima. E esse céu tem uma cor diferente, dependendo de onde você está. Há mil tons de azul. Você pode saber onde está somente pela cor. E as estrelas da noite... há uma beleza indescritível nas estrelas, como os olhos de uma mulher, piscando, brilhando... E elas são ferramentas, permitem a navegação, são um mapa a seguir...

Ela observava o perfil de Dair enquanto ele falava. As cicatrizes que estragavam sua testa e faces, a linha torta de seu nariz quebrado, o traço elegante e aristocrático de sua mandíbula meio escondida sob a sombra da barba por fazer, e a suave e sensual curva de sua boca. Ela viu o mar em suas íris, sentiu o cheiro do vento, saboreou o sal e sentiu o peito se apertar de desejo de navegar, experimentar a velocidade e a aventura. Sem fôlego, sentiu a presença do homem do retrato, o capitão selvagem e corajoso. Sentiu seu coração se apertar imaginando-o na prisão sendo surrado, acorrentado, atormentado pela loucura. Ele ainda estava preso; preso dentro da gaiola de sua carne ferida, de seus ossos quebrados, de suas lembranças de horrores indescritíveis.

O que seria necessário para libertá-lo?

De repente, ele se voltou para ela, como se houvesse lido seus pensamentos. Algo sombrio nublou suas feições.

— Prometa que nunca irá para o oceano, Fia MacLeod — murmurou ele, com a voz tão baixa que ela mal o podia ouvir acima da música. — Fique segura em terra, em casa. — Sua expressão arrebatada morreu em cinza e as sombras se adensaram de novo em seus olhos, rosto e garganta. Ele observou a sala, tal como acabasse de perceber onde estava. De repente, levantou-se e se curvou. — Você tem razão. Não sou uma companhia adequada. Boa noite, senhorita.

Ela o observou enquanto ele caminhava pela periferia da sala, nas sombras, apoiando-se na bengala como um velho, esgueirando-se por uma porta do outro lado do salão.

A dança prosseguiu sem ele, alegre e animada, e ninguém além de Fia percebeu que Dair havia saído.

11

— Srta. MacLeod. — Fia ouviu o sussurro distante, abafado pela névoa do sono, mas a mão que a sacudia era insistente. — Srta. MacLeod... Fia, acorde.

Era uma voz de homem, sussurrada perto de sua orelha, bem ali em seu quarto de dormir. Ela abriu os olhos. *Alasdair Og*, pensou, e o coração chutou suas costelas. Mas era o rosto sombrio de John Erly que pairava sobre ela no escuro.

— O que você... — começou, mas ele colocou o dedo sobre seus lábios.

Fia olhou por cima de seu ombro para Meggie, ainda adormecida ao seu lado e ressonando suavemente, tão cansada de tanto dançar que provavelmente dormiria até no meio de um ataque. Se lorde John estivesse ali para fins impróprios, Meggie não a ajudaria em nada.

Fia apertou a coberta contra si e o fitou.

— Dair precisa de assistência. Como Moire se foi, isso significa que precisa de você.

Ela se sentou tão depressa que bateu a cabeça no queixo dele. Ele grunhiu e Meggie se agitou. John adentrou as sombras do dossel, mas

Meggie simplesmente puxou os cobertores, ficando com a maior parte para si, e voltou a dormir.

Exposta, Fia cruzou os braços sobre a camisola.

— Já vou — sussurrou. John não se mexeu. Ela lhe lançou um olhar pungente e imaginou se ele notaria no escuro. — Dê-me um momento para me vestir, por favor.

Ela adicionou vinagre a seu tom para se certificar de que ele entendesse.

— Cinco minutos, ou virei aqui de novo — disse ele, e saiu.

No instante em que a porta se fechou atrás dele, Fia saiu da cama e procurou, afoita, um vestido. Enfiou-o sobre a cabeça e enlaçou a frente por cima da camisola. Jogou um xale nos ombros, calçou-se e abriu a porta.

John estava no corredor, segurando uma vela. Angus Mor estava ao seu lado, alto e largo como uma montanha. Ele acenou com a cabeça para ela com uma expressão sombria ao notar sua trança de dormir e seu vestido posto apressadamente.

— Muito bem, srta. MacLeod. Nunca conheci uma mulher que conseguisse se vestir em menos de cinco minutos. Você já, Angus? — disse John Erly, com voz arrastada.

O grandalhão sacudiu a cabeça.

— Não. Bem, a menos que fosse uma... — Ele fechou a boca com um tapa sonoro e corou à luz da vela. — Não quis dizer que...

Um grito distante ecoou pelo corredor, um som penetrante, misterioso e assombrado. Fia respirou fundo.

— Dair tem pesadelos — disse John. — Ele acorda gritando. Padraig fez Angus Mor o levar para a torre para que não perturbe o sono de todos. — O grito ecoou de novo, voando por sobre os três, chocando-se contra os antigos muros de pedra do castelo. Era uma coisa viva e desesperada, de pura dor e tormento. Angus Mor se benzeu. — Bem, para que perturbe *menos* gente — murmurou John. — Você vem?

Fia não respondeu. Simplesmente começou a andar na direção dos gritos, e John e Angus Mor a seguiram. Chegaram a uma porta estreita no final do corredor, e John a abriu.

Ela ofegou quando a tênue luz da vela revelou um desfile interminável de estreitos degraus de pedra marchando para cima no escuro; milhas, pela aparência, cada um mais irregular, íngreme e perigoso que o outro. Ela levaria horas para subir aquilo.

Fia se voltou para Angus Mor, dizendo:

— Preciso de ajuda.

— Sem problema, senhorita. Estará lá em cima antes que se dê conta.

Ele colocou os braços sob os joelhos dela, e ela ficou sem fôlego ao ser levantada. O peito dele era como ferro tocando seu ombro. Como o peito de seu pai e seus braços fortes levando-a até o quarto da torre em Glen Iolair quando ela era pequenina...

— Oh, você é mais leve que um cardo! — disse Angus. — Muito melhor que carregar Dair por estes degraus.

John segurava a vela alta para clarear o caminho; a chama realçava os traços de preocupação no rosto do inglês. Fia sentia a incerteza a dominando enquanto avançavam os degraus, um a um surgindo no escuro, cada vez mais alto. Os terríveis sons aumentavam. Ela não tinha ideia do que fazer quando chegasse; só sabia que não podia deixá-lo sozinho no escuro. Conhecia muito bem o terror que era isso.

Fia prendeu a respiração quando Angus Mor a deixou diante da porta. Ficou parada ali um instante, insegura, com medo, equilibrando-se e esperando que seu coração se acalmasse enquanto observava o sedutor brilho da luz da vela lançada contra as paredes de pedra preta dentro do pequeno aposento.

— Entre — disse John, balançando a cabeça, com olhos duros.

Ele queria um milagre. Ela enrolou as mãos na fina lã de seu vestido, respirou fundo e entrou. Dair Sinclair estava deitado em uma cama de campanha no centro do quarto. Seu peito nu reluzia de suor, e as grosseiras cicatrizes cor-de-rosa serpeavam sobre sua carne como cordas. Fia sentiu a garganta se fechar ao imaginar os golpes brutais que haviam causado essas marcas. Padraig Sinclair jogou um lençol sobre o filho.

Padre Alphonse estava ao pé do catre, segurando alto um crucifixo e murmurando orações pouco audíveis sob os gemidos de Dair. O rosto suado do padre era pálido contra a escuridão e o preto de sua batina. Ele lançou um olhar furioso a Fia quando ela se aproximou.

Dair estava de olhos bem fechados, a cabeça jogada no travesseiro. Os músculos de seu pescoço se contraíam como correntes enquanto ele lutava contra demônios invisíveis, preso em um pesadelo. Fia recordou os próprios pesadelos, o terror que era real para ela, embora ninguém mais entendesse.

— Pode acordá-lo? — perguntou Fia a Padraig.

— Melhor não. Ele fica violento, age sem saber o que faz.

O chefe olhou para Angus Mor, que se postou atrás dela, pronto para tirá-la da linha de perigo se necessário. John se apoiou na parede, de braços cruzados e semblante frio. O padre Alphonse parou de rezar e a fitou com tanta dureza que fez o coração de Fia bater na garganta.

Todos esperavam.

Ela sentia a boca seca.

— Há algum remédio? — perguntou. — Alguma coisa para dor, algo para acalmá-lo?

Padraig franziu o cenho.

— É você que tem que nos dizer isso, srta. MacLeod. Você é a curandeira.

Não havia nenhum charme no rosto ou maneiras dele nesse momento, enquanto ele esperava que ela conjurasse um milagre do nada.

E enquanto ela permanecia ali, impotente, Dair gemia e murmurava. Praguejava, amaldiçoava, suplicava, em gaélico, francês e inglês.

Fia sentiu um fio de suor congelante descer pela espinha. Ela não tinha ideia do que fazer, por onde começar. Não tinha nenhuma erva, nem remédios, e certamente nada de magia. Observou o corpo de Dair, os membros longos e fortes cobertos pelo linho fino, como uma mortalha pronta para revesti-lo. Não havia sangue, nem ossos quebrados, nem asas feridas. Ela apertou as mãos. Seus dedos estavam gelados, suas pernas tremiam, e o frio desdém que emanava dos homens naquele quartinho era aterrorizante. O ar era denso de ansiedade e expectativa de que ela falhasse.

— Bem, srta. MacLeod, o que vai fazer? — perguntou Padraig Sinclair.

— Eu... — Ela estendeu a mão para tocar a testa de Dair. A pele era quente e viva, mas não febril. Afastou o cabelo da testa dele. Sentiu-o suave na ponta de seus dedos. Foi um toque gentil, mas ele reagiu violentamente, gritou, e Angus a pegou pelos ombros para tirá-la do alcance de Dair. — Solte-me — disse ela, com firmeza.

Angus a segurou por mais um instante, até que Padraig Sinclair assentiu. Angus baixou as mãos e recuou, mas permaneceu perto dela.

Ela se ajoelhou ao lado da cama. Se Dair se debatesse e a acertasse dormindo, a machucaria. Não havia nenhum tapete ali para suavizar o piso de pedra dura. Ela respirou fundo, fez uma oração pedindo coragem e se concentrou no homem à sua frente. Pegou a mão de Dair, forçando-o a soltar o lençol de linho que ele firmemente agarrava. Então, ele apertou os dedos dela, como se fossem uma tábua de salvação, esmagando-os.

— Senhorita... — murmurou Angus.

Mas ela o ignorou, e retribuiu o firme enlace da mão de Dair Sinclair o mais forte que podia.

— Shhh — disse ela suavemente, tanto para Dair quanto para Angus. — Shhh. — Dair franziu o cenho. Estaria com dor? Não havia remédios ali. — Água — ela pediu ao padre.

Ele pestanejou.

— Como isso pode ajudar?

Padraig passou por ele com impaciência e encheu uma taça. Fia soltou a mão de Dair e deslizou o braço por trás da cabeça dele, descansando aquele peso sobre seu ombro. Levou o copo aos lábios dele.

— Beba — sussurrou.

Ela esperou; então, notou a garganta de Dair se mover enquanto ele engolia. Ele abriu levemente os olhos; eram fendas brilhantes no quarto escuro, fixos no nada. Ou talvez houvesse algo nas sombras. Fia sentiu medo de olhar por cima do ombro.

O padre retomou suas preces. Aproximou-se da cama e ergueu seu crucifixo de novo. Dair começou a se debater, a gemer, afastando-se do canto sibilante, escondendo o rosto no pescoço de Fia como uma criança assustada. Angus se aproximou dela de novo enquanto Dair arqueava as costas e contraía o peito em busca de ar, formando uma cavidade no ventre e destacando as costelas. Seus músculos se contraíam e lutavam sob a pele. O padre se aproximou ainda mais, até o crucifixo quase tocar o rosto de Dair.

Dair gemeu novamente, e Fia franziu o cenho. Empurrou a mão do padre Alphonse. O padre recuou, como se o toque dela queimasse. Seus olhos brilhavam pelo choque diante da audácia de Fia.

— Vai permitir isso, chefe Sinclair? — perguntou o padre.

O pai de Dair olhou para o padre e depois para ela. Ela sustentou o olhar sem dizer nada. *Deixe-me tentar...*

— Fique em silêncio — disse Padraig ao padre.

— Acha que essa aleijada pode curá-lo? — gritou Alphonse. — Ela é apenas mais uma charlatã. Seu filho está possuído pelo demônio. Tem que me permitir expulsá-lo, ou Satanás o arrastará para o inferno pela eternidade!

Fia o ignorou, concentrando a atenção em Dair, ainda preso em seu pesadelo. Ela sabia como era terrível... já sentira o mesmo terror. Fechou os olhos para espantar as lembranças, mas elas apareciam mesmo assim.

Sua mãe entrou no quarto, chorando, lamentando por mais um bebê, um menino dessa vez, nascido morto. Ela pegou Fia, sua única filha viva, e a abraçou firme. Fia sentiu os ásperos cabelos emaranhados de sua mãe, cheirando a suor e perfume, e o leite que escorria de seus seios doloridos. Ela levou Fia para a janela e abriu a tranca...

Os pesadelos de Fia assustavam suas irmãs, e seu solitário pai havia ordenado que ela fosse mantida na torre, com uma babá dia e noite, sentada em uma cadeira perto da cama, embalando a menina, cantando para ela até que os terríveis sonhos desaparecessem e Fia adormecesse.

Fitando o rosto torturado de Dair, Fia começou a cantar, com os lábios perto da orelha dele. Sua voz era um sussurro que só ele podia ouvir. Dair se acalmou. Ela deixou a música aumentar até encher o quarto, afastando a escuridão e os demônios. Eram doces palavras sobre uma bênção para uma criança, um amuleto contra os terrores da noite, o desejo de uma manhã brilhante, cheia de alegria e amor.

O padre se calou; seus argumentos desapareceram quando a cantiga gaélica se ergueu. Fia sabia que John, Angus e o chefe dos Sinclair a estavam avaliando, pasmos, mas ela os ignorava, cantando só para Alasdair Og, segurando sua mão. Ela o observava enquanto os sulcos na testa dele iam relaxando e os músculos de seu corpo se soltando, como uma corda frouxa. Por fim, ele reduziu o aperto na mão dela, respirou profundamente e relaxou para dormir. Ela segurou os dedos dele mais um instante, e então colocou-os debaixo das cobertas.

O chefe a fitava enquanto ela se levantava, sentindo os joelhos travados e doloridos.

— Você fez *isso* com um gole de água? Isso é magia!

Ela abriu a boca para falar, para dizer que não havia sido a água, muito menos magia. Apenas o simples conforto humano. Notou a faca afiada da desconfiança nos olhos do padre Alphonse. Os dedos dele estavam brancos de tanto apertar o crucifixo. Ela puxou mais o xale sobre os ombros e se voltou para Padraig.

— Vou ficar com ele, para o caso de...

O padre bufou.

— Não é apropriado que uma mulher, uma *virgem*, fique sozinha com um lou...

— Eu fico para o caso de ela precisar de alguma coisa — disse John, tão impressionado quanto Sinclair.

— Isso é pecado! — objetou o padre.

Mas o chefe o silenciou com um gesto rude.

— Ele está dormindo. *Ela* fez isso, padre, não você. Ainda assim, não é certo que uma senhorita permaneça no quarto de um cavalheiro à noite. Eu poderia deixar uma criada aqui, mas...

Fia sabia o que ele temia. Uma criada faria fofocas, e ela era a filha do Temido MacLeod. Se seu pai soubesse de tal impropriedade, se ele suspeitasse de que ela estivera na câmara de um homem durante a noite sem um acompanhante adequado, chegaria o mais rápido que as milhas entre Glen Iolair e Carraig Brigh lhe permitissem. Ele a levaria para casa e trancaria, para *protegê-la* pelo resto da vida...

— Talvez padre Alphonse possa ficar — disse ela depressa.

Certamente a presença de um padre calaria as línguas ansiosas. E ele veria que ela não havia lançado feitiços nem feito magia.

— Preciso ir à capela para as Matinas — objetou o padre.

— Faça suas orações aqui — ordenou Padraig.

O padre Alphonse lançou seu olhar afiado para Fia.

— Não se importa? — perguntou ele, como se ela fosse uma pagã ou uma bruxa.

Ela engoliu um sorriso. Na verdade, como as esposas de seu pai haviam professado diferentes religiões, não havia padre em Glen Iolair. Eles se ajeitavam com o homem de Deus que viajava pelo vale e chegava à porta deles uma ou duas vezes por ano para pregar um sermão, batizar bebês, abençoar novos casamentos e rezar por aqueles que houvessem morrido desde sua última visita. Enquanto estava com os MacLeod, o clérigo comia e bebia bem — até dançava, se houvesse uma festa. Fazia vista grossa para pecados inofensivos e dormia em uma cama confortável. Não se importava com as Matinas. Talvez esse padre francês pensasse que Fia se transformaria em fumaça e voaria pela janela ao som de uma ave-maria.

— Não, padre, não me importo com as orações.

O padre torceu seus lábios finos, desapontado, antes de dar suas costas ossudas para ela, ajoelhar-se no canto e começar a entoar o cântico, como um zangão zumbindo.

Padraig Sinclair admirava o filho adormecido, seu rosto suave. Quando se voltou para Fia, seus olhos estavam cheios de gratidão.

— Ele vai dormir agora — disse ela.

E assim esperava.

— Meus agradecimentos — disse Sinclair, rouco.

Sem mais palavras, ele se voltou e saiu dali, e Fia ouviu o eco de seus passos descendo as escadas.

— Eu vou ficar, por via das dúvidas — disse Angus Mor enquanto baixava seu grande corpo no chão e apoiava as costas na parede. Ele encarava Fia com admiração.

Fia sentiu o sangue subir para suas faces. No dia seguinte, diria ao Padraig Sinclair que aquilo não era magia. E depois? Ela ainda queria ir para casa? Fia olhou para Dair. Adormecido, parecia mais jovem, mais vulnerável, mais como o homem que ela vislumbrara no retrato, aquele que lhe falara sobre o mar, a cor do céu e as estrelas...

Ficaria, decidiu. Mesmo que só para acalmar os pesadelos que o atormentavam.

John levou a única cadeira do quarto para perto da cama, para ela. Ela assentiu com a cabeça e se sentou. O inglês tomou seu lugar ao lado de Angus Mor, no chão. Seus olhos eram pensativos em vez de hostis.

Ficaram ali em silêncio, ouvindo o murmúrio das orações do padre.

E, entre eles, Alasdair Og Sinclair, o Louco de Carraig Brigh, dormia pacificamente, sem se mexer.

— Pode me levar para falar com a curandeira? — perguntou Fia a John enquanto ele a acompanhava de volta ao seu quarto ao amanhecer, antes de Meggie acordar.

Angus Mor carregava um Dair ainda adormecido para seus aposentos.

— Você consegue cavalgar?

— Sim, claro. Quando a pessoa não pode andar depressa, aprende a cavalgar, e muito bem — respondeu ela.

— Durma primeiro, srta. Mac...

— Fia — interrompeu ela quando chegaram à porta de sua câmara. — Somente Fia.

Ele se curvou sobre a mão dela e beijou-lhe a ponta dos dedos.

— Ah, não, não é "somente Fia". Vamos depois da refeição do meio-dia?

Fia assentiu. Ela realmente precisava assegurar a todos que não se tratava de magia nem de nada minimamente milagroso; mas fora bom ver gratidão e admiração nos olhos do chefe dos Sinclair, e no olhar de John Erly também.

Quando Fia voltou para a cama ao lado de Meggie, se perguntou se um dia veria esses sentimentos nos olhos de Dair Sinclair.

12

Dair acordou em seu quarto com uma maldita ressaca lhe maltratando o cérebro. Finas lâminas de luz solar atravessavam a janela fechada e perfuraram seus olhos quando ele os tentou abrir. Colocou o braço sobre o rosto e desejou ter algo para beber — água, cerveja, uísque, não importava. Qualquer coisa para tirar aquele gosto da boca.

Ele não tinha ideia de que horas eram, e seu relógio de bolso estava na mesa do outro lado do quarto. Pelo ângulo do sol, adivinhou que devia ser próximo do meio-dia.

Não se lembrava de nada depois que saíra do salão na noite anterior. Houvera música, danças e risadas, coisas raras em Carraig Brigh, e tudo em homenagem a Fia MacLeod e sua irmã. Os Sinclair haviam dançado como se a chegada delas fosse uma ocasião auspiciosa, a promessa de cura para os males que amaldiçoavam o clã e atormentavam o pobre Alasdair Og. Ele torceu a boca. Nada como uma bruxa virgem e um casamento em potencial com sua irmã curvilínea para aliviar os problemas de um clã. Tolos. Se tivesse sorte, descobriria que tudo isso era apenas um sonho ruim. Dair já havia sido considerado o homem mais sortudo da Escócia, ou do mar, ou de qualquer outro lugar onde estivesse, mas sua sorte havia morrido no Forte de Coldburn, destruindo a bem-aventurança do clã Sinclair.

Não, era tudo real — a virgem, a irmã dela, a morte de Jeannie e seu próprio inferno.

Dair sentiu o estômago revirar. Onde estava Fia esta manhã? Desejava que ela tivesse um feitiço para curar ressaca. Ou talvez ela mesma o houvesse amaldiçoado com isso, embora a lógica lhe cutucasse a inteligência ébria para dizer que a culpa era dele. Não deveria ter descido encharcado de uísque, mas queria ver Fia MacLeod de novo. Quanto mais ele bebia, mais se convencia de que ela o havia enfeitiçado no estábulo. Dair não conseguia parar de pensar em seus olhos suaves, em seu rosto oval, puro e pálido. O modo como ela o encarava, sem medo, o fazia sentir... bem, algo... Curiosidade? Luxúria? Ele continuara bebendo e imaginando, até que chegou a se questionar se ela era real ou apenas uma invenção de sua mente aturdida. *Como Jeannie*. Não, não como Jeannie. Ele nunca conhecera uma mulher como Fia MacLeod, e queria voltar a vê-la, só para ter certeza.

Ele havia sentado ao lado dela no salão de seu pai, mas não se recordava do que haviam conversado. Lembrava-se de seus olhos — ouro, cobre e verde, claros como as piscinas de maré, brilhantes como as estrelas. Estrelas... algo sobre estrelas cutucou sua memória. E pérolas. Dair passou a mão no queixo, pela barba por fazer. Ela estava nervosa, inquieta...

Fia provavelmente teria partido, ido embora gritando no meio da noite para a casa de seu pai. Ele se perguntava se saberia se ela houvesse ido, se o sentiria em seus ossos torturados. Sua última chance de salvação.

Ele não sentia nada.

Dair abriu os olhos de novo e viu o imenso Angus Mor enrolado no tartan, dormindo no chão ao lado da lareira. Devia ter tido uma noite ruim, então — pesadelos, gritos. Sem dúvida, Angus teria levado Dair até a torre, deixado que ele vociferasse até a exaustão, e depois o trouxera de volta nas primeiras horas, antes que os criados pudessem ver.

Como se eles ainda não soubessem.

Dair fitou a pintura acima de sua cama, a cena de Netuno convocando uma tempestade no mar, cercado por ninfas e sereias. Sua cama havia sido feita em Veneza, esculpida à mão, decorada por um artista famoso, e levada para casa em um navio dos Sinclair. Custara o equivalente ao resgate de um rei, e, quando sua câmara de Carraig Brigh se mostrara pequena demais para abrigar um móvel tão maciço, ele derrubara uma antiga parede de pedra entre seu quarto e o próximo e abrira espaço. Seu pai ficara chocado, tanto com o custo da cama quanto com a remodelação necessária para acomodá-la; mas, uma vez que estava no lugar, ele provocara Dair dizendo que era um bom local para dormir com uma noiva e fazer um filho Sinclair, sob as vistas do poderoso Netuno. Pena que Netuno teria que se contentar com as próprias ninfas para ter alguma excitação. Dair não se casaria.

Dair fechou os olhos de novo, e Jeannie apareceu instantaneamente ali, parada ao lado da cama, inclinando-se sobre ele, esticando a mão. Mas, dessa vez, ela não gritava. Estava cantando.

Cantando?

Isso era impossível. Jeannie tinha voz de gaivota. Ele a provocava, sugeria que ela deveria fazer voto de silêncio quando entrasse para o convento, pois as freiras não suportariam o som de seu canto. Ela o amaldiçoara, chamara-o de tolo por não saber apreciar o talento. Agora, ela chegava a ele entoando uma canção de ninar, com a voz doce e pura de uma ninfa do mar.

Ele se lembrava da velha melodia — sua mãe a cantava quando ele era criança. Mas ele não ouvia a melodia, nem sequer pensava nela, havia anos. Por que diabos estava se lembrando agora?

Dair se obrigou a levantar apesar de seu estômago, que se comportava como um navio no meio de uma tempestade. Concentrou-se em chegar ao lavatório. Jogou água no rosto e bebeu o que restou no jarro. Sua aparência devia estar ainda pior do que o modo como ele se sentia. Mas Dair não sabia; mantinha o espelho coberto, era incapaz de suportar seu reflexo. Era como olhar para seu cadáver. Procurou sua roupa — o tartan e uma camisa amarrotada jaziam sobre uma cadeira, deixados onde quem o houvesse despido na noite passada os jogara. Vestiu a camisa pela cabeça e prendeu o tartan com o cinturão à altura dos quadris. Angus Mor ainda estava profundamente adormecido. Na maioria das vezes ele acordava ao menor movimento de Dair. Algo estava diferente.

Angus era o protetor do clã. Crescera com Dair, navegara com ele, era leal a ele como era ao uísque, ao mar, à esposa e aos filhos. Quando Dair navegara com Jeannie, Angus ficara em casa com Annie, pois ela havia acabado de dar à luz. A morte de Jeannie e da tripulação havia sido difícil para o grande homem, especialmente depois que seu bebê morrera com semanas de vida, apenas alguns dias antes de Dair retornar. Ele duvidava que Angus houvesse dormido uma noite inteira desde que retornara para casa. Passou por ele, deixou-o descansando.

A maldita canção de ninar estava presa em seu cérebro, penetrante como a flauta de John. Mas John tocava músicas folclóricas e danças rápidas, não canções de ninar. A voz em sua cabeça era doce, sedutora, como o canto de uma sereia. Ele passou as mãos pelos cabelos, fez um rabo de cavalo e o amarrou com um pedaço de couro.

Dair abriu a janela, deixando o sol e a brisa do mar encherem o quarto. O cheiro salobre agitou os sentidos de Dair — a sensação familiar de excitação e ansiedade por navegar. Só que agora a visão e o cheiro que ele sempre amara provocavam-lhe culpa e medo, faziam-no enjoar.

Ele se afastou da janela, apoiou-se na bengala que Moire lhe deixara e saiu do quarto como um ancião. Sentia-se velho — sua cabeça doía por causa da bebida, e sua perna ferida tremia. Ele apertou os dentes e se forçou a prosseguir.

Embaixo, o salão estava vazio. O café da manhã já havia sido servido e recolhido. Não havia sinal de Fia MacLeod ou de sua irmã. Teria fugido, afinal?

Para sua surpresa, as carroças que haviam levado as MacLeod até ali ainda estavam na muralha externa, e vazias. Talvez, na pressa de fugir, Fia houvesse partido a cavalo, deixando seus pertences para trás. Os criados deviam estar no andar de cima, empacotando tudo. Ele se sentia... o quê? Arrependido? Não, devia ser um alívio. Ela partira tão rápido quanto chegara, e isso era bom.

Então, o gato — o gato *dela* — surgiu no quadrado de sol à entrada do estábulo. Dair sentiu um nó no estômago. Isso significava que Fia MacLeod ainda estava ali. Olhou ao redor da muralha externa, mas não havia sinal dela. Os homens de seu pai seguiam suas rotinas diárias — trabalhavam na forja, consertavam arreios, cortavam madeira. Estaria Fia ainda deitada? Certamente, só os loucos bêbados e as mulheres perdidas ficavam na cama com o sol alto. A filha pura de um highlander orgulhoso se levantaria antes do sol para fazer algo útil. Talvez ela estivesse na biblioteca, pesquisando nos livros a cura da loucura; ou estava escondida na capela, orando; ou sentada, costurando no solar. Talvez estivesse trancada em um canto da cervejaria embebendo raízes, bagas e plantas mágicas em poções amargas para medicá-lo.

O gato deu alguns passos leves para fora do estábulo. Niall Sinclair viu a fera se aproximar. Praguejou baixinho e gritou um alerta. Os quatro homens na muralha ficaram instantaneamente paralisados e se voltaram para observar o felino.

— Bom dia para você, gato — disse Niall educadamente. Levou a mão à bolsa em sua cintura enquanto o bicho o fitava, imóvel. — Tenho algo aqui para você — informou ele, como se o felino houvesse perguntado algo.

Niall jogou um pedaço de pão de aveia para a fera. Em vez de zombar dele, os outros homens esperavam em silêncio enquanto o gato se aproximava do petisco. Quando o viram aceitá-lo e o devorar, eles avançaram depressa com as próprias oferendas. Dair observava os homens de seu pai — guardas, guerreiros, marinheiros — fazerem barulhinhos com os lábios, cantarolando como mães ansiosas enquanto o gato avaliava as ofertas.

— Melhor que ratos, hein? — perguntou Jock ao felino.

Dair franziu o cenho. E ele é que era o louco...

Depois de satisfeito, o gato se espreguiçou e seguiu seu caminho. Parou quando viu Dair, estreitando seus olhos amarelos. Dair sustentou o olhar da fera. Beelzebub desviou sua atenção primeiro, mas só para flexionar uma pata e estender suas garras afiadas. Lustrou suas armas com longas e vagarosas passadas de língua. Dair entendeu a ameaça implícita. Notou que os cachorros que costumavam descansar na muralha externa estavam ausentes, e os homens se mantinham longe do gato. Parecia que o bicho demoníaco de Fia MacLeod havia tomado conta do lugar.

Dair se dirigiu ao portão dos fundos, sentindo o olhar do gato como um punhal entre os ombros. Ignorou-o, atravessou o portão e o fechou atrás de si.

Tomou o caminho à beira do penhasco rumo ao dólmen. Mal sobressaía do gramado; precisava de mais rochas. Caminhou até encontrar uma pedra apropriada e a ergueu, sentindo a cabeça latejar; cerrou os dentes, esforçando-se para que seus músculos arruinados suportassem o peso enquanto a carregava. Colocou-a no lugar, virou-se e vomitou.

— *Madainn mhath*, Alasdair Og. Bom dia.

Dair se voltou e encontrou Coll Sinclair atrás dele. O falcoeiro de seu pai o observava cautelosamente, como os homens haviam fitado o gato, mas a fêmea açor no pulso do velho agitou suas penas e balançou a cabeça com entusiasmo. Dair sentiu seu coração se reanimar ao encontrá-la. Ele não via o pássaro desde que voltara. Ela inclinou a cabeça, fitando-o com seus olhos vivazes, e esperou que Dair estendesse o braço.

Isso era bem-vindo. Dair sorriu e sentiu as cicatrizes de seu rosto se esticarem. Imaginou se acaso o pássaro notaria as mudanças, se sentiria o medo e a escuridão, se seria cauteloso como seus parentes humanos. Mas, se ela sentiu, não deu nenhum sinal. Sem dúvida, ela pensava que Dair estava ali para levá-la, como antes, para caçar coelhos, faisões e patos para encher a panela da cozinheira. Eles haviam andado milhas juntos, a ave se elevando acima dele com seus olhos ansiosos por presas, e ele abaixo, desfrutando a solidão e o prazer de andar pelos penhascos e colinas da Escócia. Ele amava tanto sua pátria quanto amava o mar.

— Eu estava levando esta garota para fazer um pouco de exercício. O vento está bom para ela — disse Coll. — Gostaria de levá-la?

Dair sentiu sua pele queimar de frustração ao negar com a cabeça. Seria um dia, mais uma vez, capaz de aproveitar os prazeres que antes eram a ele tão habituais? Sentiu uma culpa fulminante por ousar ansiar por essas coisas, pela vida, sendo que Jeannie e sua tripulação... Afastou o pensamento e acariciou o peito suave do açor com o dedo indicador. Ela gentilmente pegou-lhe o dedo com o bico, saudando-o, animada.

— Se você vai deixá-la voar, vou olhar um pouco — disse Dair.

O falcoeiro assentiu e lançou o pássaro no ar. Ela alçou voo graciosamente, como uma debutante entrando na pista de dança. A velha e familiar alegria de vê-la encheu o peito de Dair. Ele fez sombra sobre os olhos e observou-a encontrar uma corrente de ar quente e cavalgá-la.

O falcoeiro corria pelo gramado alto, seguindo o pássaro. Diminuiu o passo quando percebeu que Dair o seguia lentamente; não conseguia nem acompanhar um velho.

— Não há pressa — disse Coll gentilmente. Dair sentia sua pele se aquecer. — O pássaro está feliz por vê-lo, Alasdair Og. Eu não a vejo tão satisfeita desde que ela pegou uma lebre gorda há algumas semanas. A primeira da temporada.

O falcoeiro procurou em sua bolsa um pedaço de carne e o segurou na mão enluvada. O açor circulou, depois se precipitou, descendo rápido, roçando a grama com as asas antes de subir para fazer um pouso elegante na grossa luva. Ela devorou seu petisco, e o falcoeiro a deixou voar de novo. Dessa vez ela navegou sobre o mar, sua sombra caía sobre as ondas quando ela deslizava na brisa e escrutava as águas. Estava de olho nele, Dair sabia, mesmo desfrutando seu voo, enlevada pela sensação de liberdade e força. Ele ficou ali, preso à terra, invejando-a. Ela voava acima dos mastros dos navios ancorados na baía, ociosos desde que ele retornara. O vento puxava as roupas de Dair, seus cabelos, enroscava-se nas costuras de suas cicatrizes. Se fechasse os olhos, podia se imaginar parado na proa de um navio, voando...

O açor chamou com seu grito alto e claro, como as notas de uma música.

Uma canção de ninar.

A doce melodia com que ele acordara tocou de novo em sua cabeça. Coll entregou-lhe a luva e um pouco de comida e Dair esperou, sem respirar, até que o pássaro voltou, pousou em seu pulso com seu peso familiar, roçando a ponta das asas no rosto dele como uma carícia.

Esse era o primeiro momento de pura alegria que ele sentia em muito tempo.

13

Moire sabia quando pessoas estavam chegando muito antes de pisarem em sua pequena clareira. Não era magia; os pássaros se calavam nas árvores, e a súbita quietude sempre era um aviso. Ainda assim, ela se surpreendeu ao ver a virgem do chefe Sinclair seguindo a trilha até sua porta com John Inglês.

A moça estava em Carraig Brigh havia apenas um dia e uma noite. Moire havia pensado que seria preciso muito mais que isso para que ela a procurasse. Isso significaria que havia algo errado? Ah, mas, se algo realmente estivesse errado, Sinclair teria enviado uma tropa de homens para buscá-la, e não uma moça.

Moire havia cuidado de Alasdair Og por apenas um ciclo da lua antes de o chefe voltar para Carraig Brigh com a garota. Não esperava que ele retornasse tão depressa, e com uma virgem a tiracolo. Pensara que a tarefa seria tão impossível quanto se o houvesse mandado capturar um *kelpie* ou a rainha das fadas. No entanto, ali estava ela, a moça em pessoa, subindo a trilha. E era tão bela quanto uma fada rainha.

Como Sinclair conseguira convencê-la a ir com ele? — se *convencer* fosse a palavra certa para isso. Que tipo de pai permitiria que uma pequena virgem fizesse uma viagem dessas? Talvez a garota tivesse sido forçada a ir para Carraig Brigh para curar Alasdair Og, assim como Moire mesma não tivera escolha. Talvez houvessem lhe prometido uma boa recompensa. Moire sentia uma pontada de culpa ao pensar no destino da pobrezinha se ela falhasse. Mas estava nas mãos da Deusa agora, uma vez que fora ela quem quisera que uma virgem fosse levada até ali. Não havia sido ideia de Moire.

Ela não se deu o trabalho de se levantar quando os cavalos pararam diante dela. Estava com as mãos cheias. Semicerrou os olhos ao encarar John Inglês, alertando-o com semblante inflexível, e aguardou até que ele desmontasse e ajudasse a virgem a descer de seu cavalo. Era uma menina tão magra e delicada — mais fada que humana. Moire murmurou um feitiço contra encantamentos, por via das dúvidas. Teria se benzido, para garantir mais proteção, se não estivesse segurando um filhote de raposa que resgatara da armadilha de um caçador e que lhe tomava as duas mãos. A criatura estava ofegante, com medo e dor, e a ansiedade agravada pelo aparecimento de John Inglês e da moça.

A pata da raposa estava com um corte feio, inchada de podridão, como havia estado a perna de Alasdair Og.

— Venha me ajudar — disse Moire, sem se preocupar em cumprimentar.

Segurou a raposa trêmula nas mãos e deixou a menina se aproximar. Ela se movia com tímida graça e gentil dignidade, apesar da coxeadura. Sua atenção se concentrava apenas na criatura ferida, não em Moire nem no casebre. Também não se importou em cumprimentar.

— Armadilha? — Fia perguntou.

— Sim. Está feio. O que podemos fazer? — Moire a testava.

A moça tocou suavemente a cabeça da raposa. Para surpresa de Moire, a criatura não se encolheu.

— A ferida está limpa? — indagou Fia baixinho.

Assim tão perto, Moire podia sentir o cheiro de urze, sal marinho e outra coisa, algo que suscitava água fresca em um dia quente, um prazer simples e delicioso. Ela viu a raposa contrair o nariz; sabia que a criatura também notava o cheiro e se sentia confortada.

— Lavei com agrimônia, amieiro-vermelho e hissopo — disse Moire.

— Costurou?

— Ainda não. As criaturas odeiam, não sabem que é para ajudar, não para machucar.

Moire viu a compreensão nos olhos cor de avelã da menina. Olhos como os da própria raposa, dourados, suaves e meio selvagens.

— Ela poderia beber um pouco de tintura de solanácea talvez, se você tiver — respondeu a moça.

— Para amortecer a dor e acalmá-la — murmurou Moire.

Os longos dedos de Fia MacLeod continuavam acariciando a cabeça da criatura, e Moire sentiu o pequeno corpo começando a se aliviar de tensão.

— Sim. Algo leve para ajudá-la a descansar e se curar, em algum lugar calmo e seguro por um ou dois dias — disse, com a atenção fixa na raposa.

Moire encarou aquele rosto jovem. Podia ver a borda de uma velha cicatriz, uma linha fina e prateada que descia pela lateral de sua testa e se curvava sobre a face como gavinha de hera. A cicatriz não era feia — era intrigante, fazia querer se aproximar, lê-la como uma runa. Moire estendeu a raposa e deixou a garota a pegar. Seus dedos se roçaram um instante. O toque de Fia era humano, com certeza. Ela tinha cicatrizes na mão e no pulso também, que desapareciam sob a manga, comprida para esconder as marcas.

— Quantos anos você tem? Quem lhe ensinou essas coisas? — perguntou Moire quando entraram na cabana para revirar cestos e panelas em busca de solanácea, uma agulha de osso e uma tira de tecido para amarrar a ferida.

Fitou a garota com um olhar afiado como a agulha, esperando a resposta.

— Havia uma curandeira em Glen Iolair quando eu era criança. Meu pai a chamou para cuidar de mim quando me machuquei. Ela ficou, construiu sua casa em Glen Iolair. E me ensinou. E tenho vinte anos — respondeu Fia educadamente, sem se prolongar no assunto.

— Você ainda manca — disse Moire.

Fia corou.

— O osso foi consertado tarde demais.

Moire resmungou alguma coisa e preparou a tintura de solanácea. Fia segurava a criatura e murmurava algo para ela enquanto a velha administrava a mistura. Moire ergueu a mão e arrancou um dos longos fios de cabelo vermelho da cabeça de Fia, e a garota permitiu. Sabia para que era. Ela acariciava a raposa sonolenta em seus braços, cantarolava baixinho enquanto Moire enfiava a agulha com o cabelo e costurava a ferida. E então a velha deixou Fia enfaixar o ferimento.

Em frente à porta de Moire havia um curral feito de galhos de salgueiro e varas, perto o bastante para que nenhum mal acontecesse a qualquer criatura ferida que o ocupasse, ainda que longe o suficiente do casebre para que o fedor dos humanos não a assustasse. Moire deixou a raposa sonolenta lá dentro, em uma cama de grama macia, e fechou a porta.

Voltou para sua casa e encontrou Fia observando os feixes de ervas que pendiam das vigas. Cruzou os braços.

— Veio procurar uma cura para ele? — perguntou. — Não há curandeiros em Carraig Brigh. Ninguém vai ficar para cuidar de Alasdair Og. Os que vêm geralmente trazem seus próprios medicamentos. O que você trouxe?

A menina estendeu as mãos vazias de dedos longos e brancos na escuridão da cabana.

— Nada. Eu não sabia o que ia encontrar.

— Humph. Não importa. É uma tarefa tola, de qualquer maneira.

Os olhos de Fia eram luminosos à luz fraca, mágica.

— Por quê?

Moire se perguntou se deveria alertar Fia MacLeod para que fugisse, dizer que havia perigo em Carraig Brigh. Mas a menina ergueu o queixo. Havia uma teimosia nela, uma determinação, de modo que Moire calou o alerta por um momento. Deu de ombros.

— Ele ainda pode morrer.

— O caminho de cura para a raposa será longo. Ela estava louca de dor e medo, e ainda pode morrer. Sem dúvida, vai mancar para sempre, vai ficar mais lenta, correr perigo — disse Fia. — No entanto, você lhe salvou a vida em vez de lhe oferecer a benevolência de uma morte rápida. Essa é a primeira avaliação que um curandeiro deve fazer. Você viu algo que a fez acreditar que valia a pena salvar a vida da criatura. Ouvi dizer que os ossos de Alasdair Og estavam quebrados, suas feridas podres, que ele estava realmente doente de morte. Mas ele não morreu. Ainda está vivo.

A resposta surpreendeu Moire.

— É simples curar uma ferida, drenar a podridão, baixar uma febre. Mas um homem não é um filhote de raposa — disse.

Fia entrelaçou as mãos.

— Por isso vim pedir sua ajuda. Já consertei asas quebradas de pássaros, fiz curativos em patas de cachorros, resgatei texugos e lobos machucados, mas, afora coisas simples, nunca cuidei de uma pessoa. Meu pai não me permitiria.

— Orgulhoso, ele? — perguntou Moire.

Fia assentiu.

— Sim. Também é superprotetor comigo.

— Algo leve para ajudá-lo a descansar, em algum lugar quieto e seguro, para continuar se recuperando — disse Moire, repetindo o que Fia havia prescrito para a raposa.

Fia a encarou com surpresa e assentiu.

— Sim. E eu sou um pouco desajeitada. Ele teme que eu escolha a erva errada, faça uma tintura incorretamente.

— Mas você nunca erra.

— Nunca.

— Venha então — disse Moire e saiu do casebre.

Pegou o caminho entre as árvores que levava até a fonte da Deusa, sem nem ao menos se virar para checar se Fia MacLeod a seguia.

Quando chegou ao local onde a fonte ancestral brotava entre as samambaias, Moire apurou o ouvido um instante. A água fluía por um canal até uma bacia de pedra negra, posta ali havia centenas de anos.

Nas árvores ao redor da fonte havia pedaços de pano e fita desbotados amarrados, e a terra estava cheia de moedas, botões e seixos brancos, todos presentes para a Deusa em agradecimento por sua assistência. Eram coisas antigas — poucas pessoas visitavam a fonte da Deusa, e, quando iam, faziam-no sigilosamente, entrando no crepúsculo ou ao amanhecer para que seus vizinhos cristãos não as notassem. Em pleno verão haveria mais visitantes, mais oferendas. Os escoceses eram uma raça supersticiosa e, mesmo frequentando devotamente a missa aos domingos, mantinham as antigas crenças, por via das dúvidas.

Moire remexeu no bolso à procura de uma concha lisa que havia pegado na praia de Carraig Brigh e a acrescentou às oferendas.

Quando Fia chegou, Moire apontou para a bacia.

— Olhe para a água e diga o que vê.

Com o rosto corado pelo calor do dia e o esforço da caminhada, Fia se ajoelhou. Moire observou enquanto a sombra da moça bloqueava o brilho do sol na superfície da água, tornando-a escura e profunda.

— Então? O que há aí?

— Eu vejo um rosto — murmurou Fia.

— Você mesma?

— Não, não é meu reflexo. É outra pessoa. Um rosto bonito, cabelos dourados, olhos azuis...

Moire sentiu sua pele se arrepiar, amedrontada. Avançou e girou os dedos na superfície da bacia, desfazendo a imagem.

— Isso é um aviso. Fuja, Fia MacLeod, abandone este lugar. Não há nada além de perigo e morte aqui.

Fia se levantou devagar e balançou a cabeça.

— Vou ficar. Ainda há esperança para ele — sussurrou. — E a esperança é mais forte que o medo.

14

Era como se o clã Sinclair inteiro esperasse em uma longa fila à porta da cozinha para ver Fia. Ela havia prometido a um ou dois homens arranhados que ajudaria a aliviar o ardor dos arranhões que Beelzebub distribuíra, e todos apareceram. Ina Sinclair, a cozinheira de Carraig Brigh, deixara Fia usar um canto da cozinha para cuidar das vítimas de Bel e dar aos curiosos a chance de ver a virgem curandeira. Fia ficou surpresa com a quantidade de arranhões e ferimentos, embora muitos deles não tivessem nada a ver com Bel.

A cozinheira observava o próximo homem entrar na cozinha com os braços cruzados e o rosto vermelho pelo fogo.

— Oh, você aqui de novo, Jock Sinclair? — perguntou Ina, olhando por cima do ombro dele o arranhão no polegar do homem. — Deixou um gatinho levar a melhor?

Jock deu a Fia um sorriso de olhos apertados e estendeu a mão.

— Ele não é tão pequenino — disse, corando. — E não é um arranhão. Eu cortei o polegar em um prego. É bom não arriscar, por isso vim procurar a srta. MacLeod.

Ina Sinclair revirou os olhos e voltou a mexer o cozido que borbulhava ao fogo.

— Nunca vi tantos homens bravos se comportando como crianças. Um arranhão e vêm correndo bagunçar minha cozinha com seus pés enormes e enlameados.

Fia sorriu, como se desculpando.

— Talvez haja um depósito que eu possa usar em vez de tomar sua cozinha, Ina.

A cozinheira sacudiu a colher para ela, dizendo:

— Não se atreva. É um ótimo entretenimento ver tantos homens de Sinclair fazendo papel de bobos por causa de uma moça. Você fique bem aqui, estou me divertindo.

— É porque ela é bonita, não é? — perguntou o Pequeno Alex Sinclair a seu pai.

Angus Mor corou como uma menina.

— É porque ela acalmou os pesadelos de Alasdair Og — corrigiu Ina. — Ela tem um verdadeiro toque de cura.

Fia sentiu o sangue quente tomar seu rosto.

— Se quer saber, um belo rosto é tão bom quanto qualquer medicamento — disse Jock, com os olhos arregalados. Mas seu sorriso desapareceu quando ela abriu o pote de unguento e tentou pegar a mão ferida dele. — Não vai doer, vai?

— Doer? — disse Andrew Pyper, ouvindo ao longe. — Um punhal na barriga dói, ou um caibro caindo no seu pé. Já passei por ambos, claro, e nem hesitei.

— Você caiu no punhal quando estava bêbado, e desmaiou como uma moça quando eu o costurei — recordou-lhe Ina.

Andrew corou.

— Estou pronto — disse Jock.

Ele agarrou a borda da mesa e apertou os olhos quando Fia aplicou o unguento; gritou e deu um pulo.

— Doeu? — perguntou ela, com surpresa.

Ele olhou para o polegar, dizendo:

— Não, mas é frio. Fui pego desprevenido.

Ele se sentou e deixou que Fia terminasse de aplicar o unguento, e sorriu para ela quando se levantou para ir embora.

— E o pagamento? — perguntou Ina.

Jock parou.

— Não pensei nisso — comentou.

— Não é necessário — disse Fia depressa.

Mas Jock estava ponderando o problema.

— Tenho uma ninhada de filhotinhos em casa. Gostaria de um cãozinho?

— Aquele gato o comeria — supôs Angus.

— De verdade, não é necessário — disse Fia. — Fico muito feliz em ajudar...

Mas Jock arrancou um botão de latão de seu casaco e o empurrou sobre a mesa em direção a ela. Logo, à medida que a fila ia ficando mais curta, Fia tinha uma pilha de pequenos pagamentos: um dente de lobo em uma tira de couro, um broche de latão, uma caneca feita de chifre, um pedaço de madeira flutuante esculpida na forma de um peixe...

A fila foi ficando menor — não em comprimento, mas em altura, já que várias crianças aguardavam sua vez para se consultar com Fia. Sem dizer uma palavra, uma menininha estendeu um cachorrinho. A feição triste dela combinava com a expressão melancólica do filhote. O cachorro gemeu quando Fia tocou-lhe a pata, e ela viu o espinho alojado na almofadinha dele.

— Ah, aqui está o problema — disse à criança. — Pode segurá-lo enquanto eu tiro o espinho? — Todos se reuniram para assistir. Prenderam a respiração quando Fia pegou uma pinça de osso e arrancou o espinho. — Pronto. Agora está melhor.

A menina sorriu e saiu correndo com seu bichinho.

A criança foi de encontro a alguém alto parado na entrada e cambaleou. Ele se curvou e a segurou antes que ela caísse. Alasdair Og. Fia sentiu a boca seca.

Há quanto tempo ele estaria ali? Ele a observava com uma expressão neutra e ilegível. Vestia-se como o resto de seu clã, com uma camisa cor de açafrão e um tartan sobre botas de pele de veado, e os cabelos presos em um rabo de cavalo. Mesmo assim, de alguma forma ele era *mais* que qualquer outro homem.

Fia tentou engolir o nó que sentia na garganta, mas ficou entalado.

— O cachorrinho tinha um espinho... — começou ela —, bem aqui.

E ela ergueu a mão para apontar para o espaço entre os próprios dedos. Bateu a mão no pote de unguento em cima da mesa, derrubando-o no chão.

Os dois ficaram olhando para o pote um momento, e Fia se sentiu corar dos pés à cabeça. Ele se inclinou para pegá-lo, levou o pote de madeira ao nariz e cheirou a pomada. Ela esperou calada, pregada no banquinho. De repente, a cozinha ficou vazia, exceto pelos dois. Todo mundo sumira — inclusive Ina —, como se houvesse se transformado em fumaça e desaparecido pela chaminé.

— *Feasgar math*, Alasdair Og. Boa tarde — disse ela educadamente, começando de novo. — Você está bem?

Ele deu um passo, entrando na cozinha, e se inclinou sobre a bengala.

— Não vim em busca de tratamento, se é o que está pensando.

Fia sentiu o rosto se aquecer novamente. Dair levantou uma sobrancelha e a olhou fixamente. Ela pousou o olhar na renda da camisa dele.

— Que bom — disse ela. Era bom? Fia pensou no que Moire havia dito, que ele ainda poderia morrer. Observou seus ombros largos, a força esguia de seu corpo, como o de um gato. Ele era o homem mais vivo que ela já conhecera. Tornou a observar o ponto pulsante na garganta dele, pela camisa entreaberta. — Então, por que veio?

Ela bem que poderia ter mordido a língua. Aquela era a casa dele, não dela, e Fia não tinha o direito de perguntar.

— Queria um pouco de pão e caldo. Perdi o café da manhã.

— Posso lhe servir — disse ela e se levantou, feliz por ter algo para fazer. Encontrou uma tigela e uma concha. Fia estava ciente de que ele a observava enquanto ela se curvava sobre a panela borbulhante. Sua mão tremia, e ela deixou cair a tigela no ensopado. — Ah, não!

Sem pensar, enfiou a mão na panela para tirá-la antes que afundasse. A dor foi instantânea e intensa, e ela gritou, puxando a mão queimada para trás. Largou a concha que segurava na outra mão, deixando-a cair no chão com um estrondo.

Em um instante, Dair estava ao seu lado, pegando-a pelo pulso e puxando-a porta afora. Ele mergulhou a mão dela em um balde de água fria. As lágrimas faziam os olhos de Fia arderem.

— Eu...

Ela não sabia o que dizer. Deveria pedir desculpas por ser tão desastrada, mas seus dentes doíam. O grande corpo dele a envolvia, e ele segurava a mão dela na água calmante, esfriando sua pele. Era como se cada centímetro de seu corpo queimasse ao toque dele.

Alasdair tirou a mão dela do balde, examinando-a, e a água escorreu em trilhas brilhantes, molhando o vestido dela, as botas dele e o chão. Ele nem deu atenção. Bolhas vermelhas brotaram na palma da mão de Fia. O resto da mão era branco e minúsculo entre os grandes dedos bronzeados dele.

— Não está tão ruim — disse ela, com voz trêmula.

— Não tenho dúvidas de que está doendo como o diabo. O que estava pensando? — indagou ele.

Sua voz era rude, mas sem maldade. Ele falava com ela da mesma maneira que falaria com uma criança — ou um idiota.

Ela ergueu os olhos, fitando-o.

— Eu não estava pensando. Pelo menos, quero dizer... — Ele a fitava, examinava seu rosto, tão perto que ela pôde ver que as pontas dos cílios escuros de Dair eram douradas. Ela podia sentir a respiração dele soprando em sua face, e sua boca secou de novo. — Você tem cheiro de mar — disse ela, como uma tola. Sua língua era tão desajeitada quanto o restante dela, aparentemente. Ela fechou os olhos. — Quero dizer, como se houvesse nadado. Você andou nadando? Minhas irmãs nadam no lago lá em casa nos dias quentes...

Ela ficou balbuciando, e ele ainda a fitava. Ela fechou a boca. Tremia, e não só pela queimadura.

— Eu estava no penhasco, ao vento — disse ele, apontando para o pote de unguento. — Isso funciona com queimaduras?

— Sim — ela conseguiu responder.

Ele atravessou a curta distância até a mesa.

— Sente-se — pediu, indicando o banquinho. Ela sentou, e ele mergulhou os dedos no pote. Ergueu a mão de Fia e aplicou o unguento na mão dela. O toque dele era suave, cuidadoso. — O que tem aqui?

Ela havia feito aquilo cem vezes, mas naquele momento não conseguia se lembrar de um único ingrediente.

— Ah, ingredientes calmantes, ervas curativas, flores, folhas. Nada ruim.

Ele soltou-lhe a mão, e ela sentiu a perda do toque; queria-o de volta. Ele a fitava, escrutava seu rosto com os olhos, que pararam na boca de Fia. Ela notou que estava mordendo o lábio e o soltou, passando a língua pela marca de mordida. Ele engoliu em seco.

— Isto deve ser mágico — murmurou ele. — O unguento. É preciso tempo para ganhar a confiança de um Sinclair. Mas eles confiam em você.

— E você, confia? — perguntou ela, sua língua indisciplinada escapando de novo.

Ela a prendeu entre os dentes.

Ele ergueu as sobrancelhas diante da ousadia.

— Ah, mas eu tenho mais conhecimento do mundo e mais experiência com estranhos que eles. Não sou um homem supersticioso. — Ele colocou a tampa no pote. — É necessário mais que ervas, flores e folhas para me convencer... — Ele parou, olhando-a nos olhos de novo. — Você canta, srta. MacLeod?

Aquilo foi como ser atingida por um raio. Ele sabia — ou suspeitava — que ela havia estado ao seu lado na noite anterior.

— Um pouco — admitiu ela, sentindo o rosto ficar vermelho como sua palma queimada.

— Cantigas de ninar?

Ele estreitou os olhos, tal como tentasse resolver um problema ou um mistério complexo. Estaria chocado ou zangado?

A pele dela se aqueceu de novo. Ela assentiu.

Ele respirou fundo, como se alguém o houvesse atingido no estômago. Apertou os lábios, mas não disse nada. Levantou-se e foi em direção à porta.

Parou no limiar e olhou para ela. A luz externa delineava a silhueta masculina de seu corpo, enquanto o beiral acima fazia sombra em seu rosto e escondia as cicatrizes.

— Conheci um médico em Paris que jurava que o melhor remédio para queimadura é o mel. Peça um pouco a Ina quando ela voltar.

Antes que ela pudesse responder, ele se foi.

Fia ficou olhando para ele, tremendo. Sua mão ardia.

Ele havia se esquecido de comer.

15

Era a voz dela que ele ouvira. De Fia MacLeod.
    Dair foi mancando pela passagem que levava ao salão; seu coração palpitava. Perdera-se em um pesadelo do qual não conseguia se recordar. Nem sequer sabia que ela fazia parte daquilo...
    Ele parou, encostou-se na parede, tentou lembrar. Não conseguiu.
    Não havia sido o uísque que o fizera dormir. Tinha sido Fia — e algo que ela lhe havia dado, sem dúvida. Ele não tinha ideia do que poderia ter sido. *Ela cantou uma canção de ninar para mim?*
    Dair encontrou John Erly no salão esculpindo uma flauta para uma das crianças da aldeia. Seu sorriso desapareceu ao ver o olhar atroz no rosto de Dair. Dispensou a criança com o brinquedo e tirou a serragem das mãos.

— O que aconteceu ontem à noite? — perguntou Dair.

O sorriso de John retornou.

— Você teve um pesadelo. Angus o levou até a torre e Fia MacLeod deu um jeito.

— Deu um jeito? Como?

John levantou os ombros e balançou a cabeça.

— Eu não sei. Ela o fez beber...

— Ela me deu uma poção?

— Não, aí é que está. Era água, só água. Seu pai mesmo pegou o copo. Eu acordei a moça e a levei até você. Ela não teve tempo de preparar nada. Eu queria provar que... bem, não provei nada. Você se lembra de alguma coisa?

— Ela cantou para mim.

— Sim. Algo em gaélico.

— Acordei com isso na cabeça. Minha mãe costumava cantar essa mesma música para mim. Como ela poderia saber?

— Talvez seu pai lhe tenha dito — sugeriu John.

Dair balançou a cabeça. Padraig Sinclair era um homem de dinheiro, política e guerra. Havia deixado a infância de Dair para sua mãe e suas babás.

— Há alguma coisa nela — disse John suavemente.

— Não! Você também, não! Ela encantou metade dos homens do clã. Eles estão fazendo fila para ter a chance de se sentar ao lado dela e ganhar um pouco de unguento mágico — disse Dair, apontando para a muralha externa. — Eles estão alimentando o maldito gato dela!

John jogou a cabeça para trás e riu.

— Eu tenho culpa nisso, acho.

— Encantar gatos é um costume inglês?

— Bem, parece que funciona com gatos, mas preferimos usar nossos talentos para encantar mulheres.

— Como Fia MacLeod.

John assentiu com um sorriso enfeitiçado.

— Como eu disse, há alguma coisa nela, algo que acho que nunca encontrei antes. Ela é... diferente.

— Ela não é diferente, é estranha. Não me diga que um copo de água e uma canção de ninar o convenceram de que ela tem algum poder mágico! Eu estava bêbado. Diria que o uísque ajudou muito mais que Fia MacLeod.

O sorriso arrogante de John desapareceu.

— Não ajudou no passado. A bebida piora as coisas, Dair. Você sabe disso.

Dair foi até a lareira.

— Talvez ela não tenha enfeitiçado a mim, e sim a você. Alguns homens acham irresistível a inocência. Uma moça bonita é como qualquer outra, mas uma virgem... É essa a atração? Será que cada homem de Carraig Brigh imagina que será o primeiro dela?

Por algum motivo, a ideia o deixou irritado. Ela seria uma presa fácil. Era óbvio que não tinha experiência do mundo nem dos homens. A simples presença dele na cozinha a fazia corar, balbuciar e mergulhar a mão em uma panela de cozido fervente. Ele lia a vulnerabilidade nos olhos dela. Fia parecia incrivelmente frágil. E era linda. Até mesmo ele, um homem do mundo que preferia mulheres experientes, fulgurantes e confiantes, via-se querendo protegê-la, tocá-la, respirar o aroma de flor de seus cabelos...

Dair recordava o que sentiu quando teve Fia em seus braços enquanto cuidava dos dedos queimados dela. Ela era quente, macia e feminina. Com a simples lembrança, ele sentiu seu membro viril responder, alvoroçar-se e subir. Bom, isso não acontecia havia meses. Ele poderia ter tomado Fia MacLeod em seus braços, tê-la puxado para si, pressionado seu corpo alquebrado contra o dela, exigido sua boca...

Dair franziu o cenho. Ela pensaria que ele era um monstro.

Mas não havia como negar a evidência de sua excitação. *Tudo por causa do cheiro de seu cabelo?* Era isso que transformava todos os homens de Sinclair com mais de doze anos em insensatos, tolos inocentes na presença de Fia MacLeod? Não importavam os ingredientes do unguento; ele deveria ter perguntado o que havia no sabão que ela usava. Sabão era sabão, insistia a lógica. Mas catnip era apenas uma planta, e veja o que fazia com os gatos...

— Uma moça bonita é como qualquer outra — disse mais uma vez.
— Ela não é diferente.

John riu.

— Então você notou que ela é bonita?

Dair se remexeu, desconfortável, desejando que a ereção desaparecesse. Mas, em vez disso, ficou ainda mais firme.

— Não faz diferença se ela é bonita ou não — disse, com raiva.

— Diga-me, o que acha da irmã dela? — perguntou John.

— O quê?

Dair não conseguia se lembrar de um único detalhe sobre Meggie MacLeod, exceto que era loira e estava dançando com Logan.

John ergueu a sobrancelha.

— Você não notou a doce Meggie MacLeod, seus lindos olhos azuis, o corpo de uma deusa, sedutora por natureza? Fia disse que ela é a bela da família. Aí está uma moça que deveria incendiar os rapazes. Mas não é o que acontece. Todos só falam em Fia.

Dair sentiu uma emoção desconhecida, algo obscuro que o fez querer tirar a socos o sorriso presunçoso do inglês. John passara mais tempo com Fia, conversara com ela. Estivera acordado na noite anterior, e sóbrio, para vê-la operar sua magia.

Então ele entendeu. Era ciúme. Ele, Alasdair Og Sinclair, estava com ciúme. Isso nunca acontecera. Também, até então, nenhuma mulher olhava para outro homem quando Dair Sinclair entrava em uma sala. E essa emoção desagradável foi tão indesejada quanto a inesperada ereção.

— Você acha Fia MacLeod bonita? — perguntou Dair, apertando os punhos.

— Ela não é meu tipo. Essa pureza virginal, essa profundidade de caráter... Na minha experiência, mulheres como Fia veem através de mim em menos de uma semana — o inglês disse, e Dair relaxou. — Isso deixa todos os outros homens de Carraig Brigh para você se preocupar. Andrew, Girric, Ruari, rapazes bons, bravos e solteiros. Isso o incomoda? Sua virgem, cortejada por outros homens?

Dair se enfureceu.

— Ela não é minha virgem. É uma convidada e, como tal, não está disponível. Nada de cortejar, de flertar, de...

Cheirar seus cabelos, acrescentou sem palavras.

Dair precisava pensar, entender Fia MacLeod. Deu meia-volta e saiu mancando do salão, com a maldita canção de ninar na cabeça, seu membro doendo e a lembrança do perfume dela atormentando o resto dos seus sentidos.

16

Fia estava deitada na cama enquanto a irmã passava por sua longa rotina noturna diante da penteadeira. Ela sabia que não conseguiria dormir. Ficaria acordada esperando, temendo, desejando até mesmo um arranhão na porta e John Erly dizendo que Alasdair Og precisava dela. Isso era errado? Não desejava que ele adoecesse, só que...

Levou a mão ao coração por baixo das cobertas e o sentiu bater rápido, ansioso.

Meggie havia passado o dia cavalgando com Padraig e Logan, visitando a aldeia, uma parte do vasto território controlado pelos Sinclair. Voltara ainda mais impressionada, tagarelando sobre os modos elegantes dos homens de Sinclair — apesar de falarem somente de Dair o dia inteiro.

— Era tudo "Dair construiu isso", "Dair fez aquilo", "Dair mudou a maneira como funcionava o moinho de água, semeou novas e aperfeiçoadas plantações, descobriu métodos para criar melhores ovelhas" — dizia Meggie, revirando os olhos enquanto ajeitava o babado de renda de sua camisola. — É como se não houvesse outro homem aqui! E todos os outros que encontramos só queriam falar sobre você.

— Sobre mim? — perguntou Fia, surpresa.

— Sim, o gato e você, suas maneiras educadas, sua gentileza. Você realmente curou um cão cego?

Fia sorriu.

— Claro que não. Tudo que fiz foi tirar um espinho da pata de um cachorrinho.

Sentada em frente à penteadeira, Meggie começou a escovar os cabelos loiros.

— Também disseram que você acabou com os pesadelos de Dair Sinclair com uma única gota de água e um encantamento. É verdade?

— Ah, dizem cada coisa — murmurou Fia, sentindo o rosto esquentar.

— Foi o que pensei — disse Meggie. — Eu falei que você estava tratando quase todos por causa dos arranhões do gato e que não teria tido tempo para mais nada. Parece estranho, mas as pessoas aqui parecem ter muito menos medo de Bel que as de casa. É como se *quisessem* ser arranhadas. Talvez seja algum teste de bravura dos Sinclair. Um garotinho me perguntou o que Bel gostava de comer. O que interessa isso? A menos que ele tivesse medo de ser comido. — Meggie olhou dentro de um pote e passou nas faces um creme confeccionado com pétalas de rosa. — Eu disse que o gato o comeria se ele não tomasse cuidado, que não seria a primeira criança que Beelzebub devoraria, e que devia ficar longe dele. A tola criança começou a chorar, e eu ganhei uma recriminação silenciosa da mãe.

— A cavalgada obviamente lhe fez bem, Meggie. Você está muito bonita esta noite — disse Fia, para mudar de assunto.

Meggie fez um beicinho.

— Uma pena, mais ainda. Foi um jantar silencioso, já que você comeu aqui por causa de sua mão queimada, e o chefe Sinclair não estava presente também. Ele vai para Edimburgo pela manhã. Muitos dos homens do clã vão com ele.

— Dair... Alasdair Og vai também? — perguntou Fia.

— Oh, não. O que faria um louco em Edimburgo? — perguntou Meggie. — O chefe vai se reunir com outros lordes escoceses para discutir o que fazer em relação ao ato do Parlamento inglês que tirou todos os direitos dos escoceses com propriedades na Inglaterra, e proibiu os escoceses, como os Sinclair, de negociar com colônias inglesas... ou algo assim. Ele me contou tudo sobre isso, mas eu mal o escutei. É uma questão importante para o chefe, visto que ele tem navios e interesses comerciais no mundo inteiro. Alasdair Og era muito astuto para evitar as patrulhas da marinha britânica, contornar as regras, negociar com países em guerra com os ingleses... Ganhava fortunas com cada carregamento. Os ingleses o odiavam, chamavam-no de pirata, embora ele não o fosse em absoluto. — Ela se olhou no espelho, passando a mão sobre a curva de suas sobrancelhas. — Padraig tem certeza de que esse foi o motivo por que os ingleses detiveram o navio de Alasdair Og, confiscaram-no, roubaram a carga e mataram sua sobrinha e a tripulação. Alasdair Og não põe o pé em um navio desde que isso aconteceu. Eu fiz o melhor que pude para convencer o chefe de que tenho grande interesse na política e que deveria acompanhá-lo a Edimburgo. Eu realmente adoraria ver Edimburgo, Fia! Mas ele disse que ficaria mais feliz se eu permanecesse aqui, segura, desfrutando dos confortos e prazeres de Carraig Brigh.

Fia quase perdeu o fôlego. *Dair, um pirata?* Ela não podia imaginar isso.

— Fia, está me ouvindo? — perguntou Meggie.

— Claro que estou — disse Fia. — Não deve ser difícil desfrutar de Carraig Brigh. Você já viu a biblioteca?

Meggie revirou os olhos e começou a trançar os cabelos com movimentos hábeis.

— Livros não são meu conceito de diversão. Tenho que convencer alguém a fazer uma festa enquanto o chefe estiver ausente, com mais dança.

— O solstício de verão está chegando. Haverá fogueira e danças, se os Sinclair celebrarem como nós em Iolair.

— Não seria uma ocasião para usar seda e joias, não é? Dançar descalços em volta da fogueira é para gente comum e crianças. Eu quero um baile. O chefe me contou sobre os grandes bailes que Alasdair Og frequentou na França, na corte do rei Luís. Não é maravilhoso?

Fia deixou Meggie contar tudo sobre o baile, mas não lhe dava atenção. Sua cabeça divagava para Alasdair Og, como ele a olhara na cozinha, o modo como perguntara se ela cantava. Ele não se lembrava. E se ele houvesse aberto os olhos e a visto pairando sobre ele no escuro da noite, cantando? Fia sentiu seu corpo se agitar. Lembrou-se da maneira como ele cuidara de sua queimadura, tão gentil, doce e galante. Ele não havia dito uma palavra sobre ela ser desastrada. Ela suspirou.

— Fia? Você não está me ouvindo! Está sonhando acordada de novo... Aposto que foi assim que você acabou se machucando hoje, não é? Vou escrever a papai e dizer que não está sendo cuidadosa...

— Oh, por favor, não faça isso! — pediu Fia, sentindo o pânico tomar seu peito.

Meggie estreitou os olhos.

— Oh! Por que não? — perguntou. — Eu vi o olhar doce de Andrew Pyper esta tarde, quando seu nome foi mencionado. Fez uma conquista?

— Eu? — guinchou Fia. — Claro que não. Quem iria olhar para mim com você aqui para encantar a todos? Não está gostando de nossa estada aqui? Porque, se papai me mandar voltar para casa, você também terá que ir.

Meggie apertou a escova de cabelo que tinha na mão ao considerar isso.

— Não seria bom partirmos prematuramente, suponho. Não antes de Sinclair voltar de Edimburgo e podermos nos despedir de forma adequada.

— Claro — disse Fia, e virou-se para afofar o travesseiro.

— Então, não diremos uma palavra a papai por enquanto — garantiu Meggie, apagando a vela com um sopro e deitando-se.

Não houve arranhões na porta naquela noite. E, ao amanhecer, Fia acordou de um sono atravessado por sonhos perigosos com Dair Sinclair olhando-a nos olhos, pedindo-lhe para cantar. E, atrás dele, o rosto que ela vira na fonte esperava nas sombras, com sinistros olhos azuis fixos em Dair.

17

Dair entrou na biblioteca atendendo à convocação de seu pai. Esperava que Padraig desejasse falar sobre como Fia havia operado magia com uma música na escuridão. Mas, em vez disso, o chefe informou a seu filho que iria para Edimburgo na manhã seguinte.

— Eu tive notícias, Dair — disse ele, agitando uma carta. — Um navio inglês, o *Worcester*, entrou nas águas de Leith. Sofreu danos em uma tempestade, precisa de reparos. Dizem que seu capitão odeia escoceses, e é conhecido por ter ordenado a tomada de navios escoceses no mar, a morte das tripulações e o roubo das cargas. Isso lhe parece familiar? Nós capturamos a tripulação. Sabe o que isso significa? — Dair sentiu o aperto do medo no peito. Seu pai sacudia o punho, não aguardou uma resposta. — Vingança, Dair. Vingança pelo que os canalhas ingleses fizeram com você, o que fizeram com outros escoceses. Eles não vão sair impunes desta vez. Eu vou vê-los no cadafalso.

Os olhos de Padraig Sinclair ardiam.

— Não será nada bom perseguir a tripulação de um navio inglês — alertou Dair. — Na verdade, vai piorar as coisas com eles. Espero que você seja a voz da razão. Deixe-os ir.

As narinas de Sinclair se dilataram.

— Como pode dizer isso depois do que os canalhas ingleses fizeram com você e com Jeannie?

Dair hesitou. Vingança. Era o que ele queria, não era? *Não contra homens inocentes.* Ele recordou os rostos dos homens inclinados sobre Jeannie. Havia memorizado todos.

— Não são eles. Eles não estavam em Berwick.

— Eles chamaram os Sinclair de piratas durante anos — disse Padraig. — Trataram-nos como vermes. Agora é nossa vez.

— Nunca fomos piratas. Nós cumprimos a lei escocesa. Simplesmente fomos inteligentes, descobrimos formas de contornar as leis inglesas e suas práticas comerciais injustas — disse Dair. — Nós prosperamos enquanto eles conseguiram esmagar outros comerciantes escoceses. Ficamos ricos e arrogantes. Isso fez de nós um alvo. Outros foram capturados, inocentes...

Padraig bufou.

— Absurdo. Você é mais esperto que os outros, escoceses ou ingleses. Graças a você, aplicamos nosso dinheiro em coisas que ofereciam um retorno sólido, ganhamos uma fortuna enquanto outros perderam a deles. A inveja nos tornou impopulares.

— Fez de nós alvos — repetiu Dair, sentindo o peso da exaustão. Sua perna doía, e ele a alongou, aliviando-a. — Os ingleses querem esmagar a Escócia, nos controlar, forçar a união. Estão procurando uma desculpa para isso. Enforcar marinheiros ingleses por um pretexto qualquer só provocará mais violência. Onde isso vai acabar?

— E o que importa? Vamos mostrar a eles do que somos feitos, não seremos intimidados. Não somos uma colônia, por Deus, mesmo compartilhando uma rainha. A rainha Annie esqueceu que é uma Stuart, uma escocesa. Isso servirá para lembrá-la. Vamos fazer a tripulação do *Worcester* pagar pelo que fizeram com você.

Não comigo. Com outros talvez, mas não comigo. Não foram esses homens. Isso seria assassinato... Dair fechou os olhos.

— Deixo você no comando enquanto eu estiver fora. Você administrará tudo — disse Padraig.

Dair abriu os olhos.

— Não.

— Não?

— Você sabe que não posso. Escolha Angus Mor, ou deixe Logan...

— Logan não é meu herdeiro. Você é. É seu dever, e uma ordem. Você vai assumir.

Dair encontrou o olhar duro de seu pai. Um homem não desobedecia a uma ordem do chefe do clã.

— E nosso povo seguiria um louco, alguém que fez uma mulher inocente e oito homens serem mortos?

Padraig ergueu o queixo, dizendo:

— Eles respeitam a força, Dair. Confiaram em você no passado, e sabem que você é meu herdeiro. Você será chefe um dia.

— Eles têm dúvidas a meu respeito agora, temem o que possa acontecer quando, e se, eu tomar seu lugar.

Dair viu um vislumbre de incerteza nos olhos do pai, rapidamente substituído por arrogância e raiva.

— Maldição, você vai ficar nas sombras para sempre? Tudo que este clã é, tudo que temos se deve a você. Pirata? Talvez. Mas você construiu este clã, impediu-nos de fazer escolhas ruins em tempos de fome e loucura. Nós sobrevivemos. Por você, e por mim, preciso nos vingar do que aqueles canalhas *sassenachs* fizeram comigo e com os meus. Tudo vai acabar, e você vai esquecê-la. Eu ordeno que esqueça. Você cumprirá seu dever, por mim e por seu clã.

— Não é sua vingança. É minha, e só minha — insistiu Dair.

— Quando? Agora temos uma oportunidade — disse Padraig.

Quando eu estiver forte de novo. Ele pensou no dólmen crescendo com lentidão dolorosa. Estava se curando? Poderia se curar? Dair não podia explicar isso ao pai, que queria um milagre. Mudou de assunto.

— O que as pessoas vão pensar se eu tiver que dar uma ordem? Não obedecerão a um louco. Você obedeceria?

Padraig contraiu os lábios, obstinado.

— Você não é louco. Eu vi a virgem curá-lo. Eu estava lá.

Dair cruzou os braços.

— Fia MacLeod não tem mais poderes mágicos que John, Ina ou Angus. Ela é apenas uma moça. Não estou curado.

— Você não teve mais pesadelos. Já faz três dias. Coll me disse que você esteve com o açor. Você não bebe desde...

— Ah, sim, seus espiões. Eles farão fila para relatar tudo quando você voltar de Edimburgo, ou enviarão as mensagens para lá? Acaso me acompanharão todos os dias para se certificar de que eu não me fira, ou que não machuque mais ninguém? Você não teme por ela, a pobre Fia MacLeod? Eu soquei Angus quando estava tendo um pesadelo, quebrei suas costelas. Deixei o olho de John preto quando ele chegou perto demais. Pense no que eu poderia fazer a uma mulher, especialmente alguém tão frágil como Fia.

— Se isso acontecer, vou arranjar outra curandeira, outra virgem — disse Sinclair, sem uma pitada de compaixão no rosto. — Donal MacLeod tem doze filhas. Não tem esperanças de que Fia se case, ela é um fardo para ele. Não tenho dúvidas de que estava pensando exatamente isso quando mandou Meggie com a irmã. Não tenho dúvidas de que ele tem esperanças de que *ela* se case com você, que se torne a próxima lady Sinclair...

Dair sentiu um tremor passar por ele.

— MacLeod disse isso? O próprio pai dela?

Padraig Sinclair corou.

— Não claramente. Mas a deixou vir, mandou-a para cá para cuidar de um lou... — Parou. — Para cuidar de você. Enquanto eu estiver fora, você será chefe em meu lugar. Pelo que vi, a doce Meggie MacLeod gosta de homens com poder e riqueza. Não tenho dúvidas de que ela ficaria feliz de permanecer aqui em Carraig Brigh como sua esposa. Aproveite minha ausência para passar algum tempo com ela, como um bom anfitrião, um chefe, deve fazer. Encante-a, corteje-a, seduza-a. Precisamos de um casamento aqui. O clã vai amá-lo com uma linda esposa a tiracolo. Eles vão esquecer Jeannie. *Você* vai esquecê-la.

Dair sorriu com frieza.

— O que o faz pensar que sou capaz de conquistar uma esposa bonita? Até mesmo você deve se perguntar se ainda sou homem suficiente para isso.

Padraig Sinclair fitou o retrato acima da cabeça do filho. Dair sabia que ele estava comparando o louco marcado e acabado com o filho que um dia havia sido. Padraig engoliu em seco e se levantou.

— Você sabe o que esperamos que faça — disse e saiu da sala.

Dair esperou um momento. A seguir, levantou-se e se voltou para a janela saliente.

— Pode sair agora, srta. MacLeod.

18

Fia não havia ouvido Padraig e Dair entrarem na sala e fecharem a porta; não antes de começarem a discutir. Ela deveria ter se desculpado e saído da biblioteca de uma vez, mas tivera medo de interromper.

Ficara encolhida no canto da janela saliente, escondida atrás das cortinas, com um livro no colo. Havia se perdido nos maravilhosos poemas de amor, nos versos cheios de imagens exuberantes e sensuais — beijos roubados em caramanchões recobertos de hera durante o dia, e sob céus estrelados à noite, contos de amantes que viveram para o êxtase, a beleza, a alegria e o anseio de estar apaixonados. Os poemas haviam sido escritos em italiano, idioma que ela não falava, mas alguém começara a traduzi-los. As folhas manuscritas estavam dobradas entre as páginas de bordas douradas do livro. Fia nunca havia lido nada tão maravilhoso, tão romântico. Ficara sem fôlego.

Quando Fia percebera que não estava sozinha, a voz de Padraig Sinclair aumentara de volume, falando de vingança e piratas. Ela já ouvira as histórias. O clã chamava Alasdair Og de *quase* pirata, o astuto *Laird* dos Mares, que poderia vencer ou ultrapassar os mais velozes navios ingleses. Eles o perseguiram por suas cargas ricas e sua arrogância. Dair sempre tivera sorte — até que não tivera mais.

Na verdade, não havia um jeito fácil de se esgueirar daquela sala. Ela teria que passar por eles. De modo que Fia decidira ficar onde estava e esperar em silêncio até que a conversa terminasse. Ela ouvira Sinclair ordenar ao filho para assumir o comando, e ouvira a recusa de Dair.

Quando Sinclair dissera a Dair que maravilhosa esposa Meggie daria, o coração de Fia se apertara. Ela não sentia ciúme de suas irmãs quando os rapazes as cortejavam e a ignoravam — as filhas do Temido MacLeod eram mulheres encantadoras e charmosas. Se os homens ficavam encantados na companhia de uma delas, ficavam deslumbrados diante de cinco ou seis. Mas Dair e Meggie? Ela sentiu um calor no fundo do estômago, um nó duro e amargo. Era essa a intenção o tempo todo?

Fia imaginou seu pai chegando a Carraig Brigh com suas irmãs para o casamento. Retornariam para casa depois das núpcias, só para perceber, no meio do caminho de volta, que haviam esquecido Fia de novo. A vida inteira ela dizia a si mesma que não se importava. Mas, dessa vez, sim. Dessa vez ela queria que Dair Sinclair *a* notasse, e não sua irmã; que desejasse sua companhia, não a de Meggie, e que... a *admirasse*. E que não se casasse com sua irmã seria bom também, completou Fia, já que esse era apenas mais um entre seus desejos impossíveis.

Não que ela o amasse. Era que Dair Sinclair a havia feito sentir coisas que ninguém mais fizera. Talvez fosse porque ele flertara com ela, falara sobre o mar, fora gentil quando ela se queimara, depois de ter sido um monstro no dia em que se conheceram. Oh, ela estava tão confusa!

A conversa terminara abruptamente, e ela ouvira passos deixando a sala — Padraig, pois eram seguros e rápidos.

— Pode sair agora, srta. MacLeod — disse Dair.

Sentindo-se humilhada, Fia queria desaparecer. Obrigou-se a aparecer pela fresta da cortina.

— Eu não estava ouvindo a conversa alheia. Eu... estava dormindo — disse ela.

Fia não era uma boa mentirosa. Ele ergueu a sobrancelha e lançou-lhe um olhar de descrença. Ela sentiu o rosto arder de vergonha. O coração socava suas costelas. Talvez ela o amasse... um pouco.

— Eu vi seu tartan na cadeira — disse ele, apontando para a manta.
— Ah.

Estava bastante quente ao sol — ou talvez fosse a natureza dos poemas, por isso havia jogado o tartan de lado. Agora, levantou-se para pegá-lo, mas o livro caiu no chão. Ele se inclinou para recolhê-lo.

Viu o título em relevo dourado na lombada.

— Poesia italiana. Você lê italiano? — perguntou.

Ela pensou nas imagens sensuais que havia nos poemas e sentiu as faces arderem de novo.

— Não, mas alguém traduziu alguns. Eu estava lendo esses.

— Deixe-me adivinhar: o poema sobre uma bela mulher que vive em uma torre na floresta, e um príncipe louco de amor pela beleza inacessível e incomparável dela.

— Você conhece o poema? — indagou ela, surpresa.

— Eu fiz a tradução — explicou ele, passando a mão pela página. — Comprei o livro em Veneza, de presente para minha prima. Ela também não falava italiano — disse e parou. Seus olhos estavam fixos na página.

— Você não terminou as traduções — acrescentou Fia.

Ele franziu os lábios.

— Poesia romântica não dizia nada a Jeannie. Ela preferia o missal que tinha... — Ele voltou o olhar para ela. — Você gostou dos poemas?

— Muito.

— Por quê?

Ela pensou um pouco.

— Acho que é porque eu nunca viverei aventuras como essas, nunca serei amada a distância, ninguém lutará por mim ou me seduzirá. É... agradável ler sobre pessoas que as vivem.

Ela mantinha o queixo erguido, fitando-o nos olhos. Não choraria por ele quando se casasse com Meggie. Guardaria seus sentimentos, cinzas de brasas, e os esconderia.

Ele pestanejou, talvez impressionado com a honestidade — ou tolice — dela. Estendeu a mão e tocou-lhe o queixo. Afastou-lhe o cabelo e passou o polegar sobre a cicatriz que marcava o lado esquerdo do rosto de Fia. Ela ficou imóvel, o toque dele despertava faíscas e arrepios gelados em seu corpo.

— Como isso aconteceu? Você nunca disse.

— Eu... caí... quando era criança — falou ela, engasgando com a explicação usual. Mas parecia injusto, desonesto dizer só isso a um homem que havia sofrido muito mais. Ela respirou fundo e fechou os olhos. — Meu pai sempre quis um filho, mais que qualquer coisa no mundo. Um menino para ser o próximo Temido MacLeod. Eu era... sou a terceira filha. Minha mãe teve dois filhos depois de mim, ambos natimortos. Ela ficou melancólica, temia que houvesse uma maldição sobre ela, e também sobre mim. Ficou com meu irmão morto nos braços durante dois dias antes de permitir que o levassem. Quando o levaram, ela foi ao meu quarto, me pegou e me abraçou. Eu a abracei também. Ela foi até a janela e pulou, ainda me abraçando. — Fia abriu os olhos e fitou Dair. — Ela morreu, mas eu sobrevivi. Eles pensaram que foi por eu ser desastrada, que eu devia tê-la feito tropeçar, ou que eu havia caído pela janela e ela se inclinara para me salvar e morrera. Eles me culparam pelo que aconteceu.

Ela viu a garganta dele se mover, mas ele não disse nada. Não havia desdém em seus olhos, nem repugnância. Ele olhava para ela do jeito que havia olhado na cozinha, como se tentasse ver sua alma, entendê-la. Fia sentiu o nó em sua garganta aumentar, encher seu peito até não lhe permitir respirar. Nunca havia contado a ninguém o que acontecera. Não conseguira falar durante muitos meses após o acidente. Nunca contara a seu pai, uma vez que ele nunca perguntara. Dair era a primeira pessoa a perguntar.

Ela baixou o olhar e se afastou dele, entrelaçando as mãos.

— Mas isso não importa — murmurou.
— Você estava realmente dormindo, o tempo todo? — perguntou ele
— Eu... — começou ela, sem saber o que dizer. Balançou a cabeça.
— Acho que você será um bom chefe enquanto seu pai estiver ausente, e...
— Perdão, Alasdair Og, mas há três crianças à procura de Fia — disse uma criada à porta. — Estão com um cordeirinho, senhorita. A mãe da criatura morreu, e nenhuma das outras ovelhas quer aceitá-lo. Eles juram que só a senhorita pode ajudá-lo, visto que ajudou o cachorrinho de Katie Sinclair.
A criada parecia desolada, como se já fosse tarde demais para ajudar.
— Eu irei — disse Fia, feliz com a interrupção.
Dair não tentou detê-la. Ele pegou o tartan e o entregou a ela, e seus dedos se roçaram, despertando faíscas de novo. Ela atravessou a sala o mais rápido possível. Ele não a seguiu, nem se mexeu, pelo que Fia pôde notar, mas ela sentiu os olhos de Dair em suas costas, tão claramente como sentira os dedos dele em seu rosto.

19

— Perdoe-me, padre, porque pequei. Faz quinze dias desde minha última confissão.

Na escuridão atrás da cortina, padre Alphonse fez o sinal da cruz.

— Qual é seu pecado?

— Ódio, padre.

— Quem você odeia? — perguntou o padre, indiferente, passando o rosário por seus dedos longos.

— Alasdair Og.

O padre ergueu as sobrancelhas.

— Por que você o odeia? Ele o prejudicou?

Houve uma pausa e o som de lágrimas reprimidas. A voz era mais grossa quando falou de novo.

— Ele a matou, deixou-a sofrer. Jeannie. Ele é quem deveria ter morrido.

— Talvez Deus tenha outro propósito para ele. Já pensou nisso? Talvez Ele tenha chamado Jean Sinclair para Si por algum motivo...

— Que razão existe para uma jovem morrer de tal maneira, cruelmente torturada, estuprada, assassinada? — Havia ardor no tom de voz crescente. — E acreditar na blasfêmia de que uma virgem o curará, uma pagã, uma bruxa... — A palavra final sibilou entre os dentes cerrados. — Fia MacLeod é uma bruxa, padre, tenho certeza disso. Dizem que ela usou magia com Alasdair Og, que cantou para o demônio dentro dele, que o encantou, lançou um feitiço. Ela não o expulsou. Ela ergueu o demônio, fortaleceu-o, e ele fará mais maldade. Ela vai encantar o clã inteiro.

Padre Alphonse ficou em silêncio, atordoado. Aquela música havia sido uma simples canção de ninar gaélica, ou outra coisa, algo maligno? Teria sido antiga e obscura a linguagem das palavras? Ele falava muito pouco gaélico.

— Como você sabe disso?

— Não vê? — perguntou a voz, angustiada. — Sou o único que percebe isso? O gato, padre, o gato. A fera é má. É íntimo dela. Todos no clã lhe fazem oferendas, alimentam a criatura.

— Sim — murmurou Alphonse. — Sim. Eu vi.

— A Bíblia não diz que não devemos suportar bruxas entre pessoas tementes a Deus? Onde há uma, há mais. Elas estão se reunindo.

— A irmã da garota? Meggie?

— Não, ela não. Mas elas vão usá-la.

— Como? — perguntou Alphonse, inclinando-se para ouvir.

— Eles querem casá-la com Alasdair Og, para dar sua virtude ao demônio dentro dele. É por isso que a trouxeram para cá, para sacrificá-la, assim como sacrificaram Jeannie.

O padre sentia arrepios, e arregalou os olhos na escuridão.

— Deus — murmurou. Seus dedos tremiam, e ele largou as contas. Apertou o crucifixo em volta do pescoço.

— Não vê? Eles tinham que se livrar de Jeannie, que era boa e santa. E, uma vez que ela se foi, começaram a se reunir: bruxas, pessoas que não pertencem a este lugar. John Inglês, Moire da Fonte e agora Fia MacLeod.

— Como pode saber disso? — perguntou o padre.

Seus olhos eram dois buracos ardentes enquanto ele se esforçava para reconhecer a voz sussurrante, para ver a pessoa por trás da cortina.

— Eles vão matá-lo também. Você será o próximo, padre. Você é o último instrumento sagrado de Deus em Carraig Brigh, e a bruxa terá que o destruir antes que eles possam operar a maldade neste lugar, antes que chamem Satanás...

— Quem é você? — perguntou Alphonse.

Ele sentia as mãos geladas, suas pernas tremiam de medo. Arrastou os dedos para a borda da cortina, pronto para abri-la, para ver quem estava por trás dela.

A pessoa apertou sua mão com força, detendo-o.

— Sou alguém que o ajudaria a livrar Carraig Brigh desse mal para sempre. Tenho sua bênção?

— Sim, claro. Vou rezar para...

Ouviu-se uma risada obscura, sem humor. A mão soltou o sacerdote.

— Oh, você vai fazer mais que isso, padre. Destrua Alasdair Og, mate-o, e o diabo dentro dele morrerá. Queime a bruxa, e você será um santo.

Se derrotasse uma bruxa, salvasse os Sinclair do mal, Alphonse poderia sair da Escócia, voltar para a França, ir para Roma até. Ser recompensado.

— Sim, destruir o diabo, queimar a bruxa — murmurou o padre, com os olhos em brasa. — Quando? Como?

Mas só havia silêncio por trás da cortina.

20

— Em breve chegará o solstício de verão — disse Meggie enquanto caminhava com Fia por um lugar que devia ter sido um lindo jardim.

Segundo Padraig, as roseiras haviam sido plantadas por sua falecida esposa, mas estavam abandonadas, selvagens, desde sua morte, vinte anos antes. Era uma pena, pensava Fia, observando as abelhas que zumbiam inebriadas em meio às flores. Um pouco de cuidado e uma poda as restauraria.

— Todos em Iolair devem estar se preparando, colhendo flores e tecendo guirlandas. Nossas irmãs devem estar brigando para ver com que garotos vão dançar e flertar — comentou Meggie. — Oh, Fia, sei que os Sinclair sofreram uma tragédia terrível, mas isso foi há meses. Certamente eles gostariam de dançar e rir e se divertir por uma noite.

Fia não podia imaginar Dair dançando em torno de uma fogueira. E muitos Sinclair eram católicos.

— Talvez eles tenham costumes diferentes aqui.

— *Ach!* Você acha que o padre proíbe celebrar o solstício de verão? Ele é terrivelmente religioso. Faz tudo parecer pecado. Tenho medo de cometer alguma gafe quando ele está por perto. Deve ser capaz de sentir o cheiro do pecado, como o de suor. — Ela arrancou uma rosa e a levou ao nariz. — Pode imaginar nosso padre Cormag se recusando a permitir a fogueira de solstício de verão?

Fia sorriu.

— Ele mesmo lideraria a dança — disse. — Mas ele é escocês, entende os velhos costumes e a magia que temos em nosso coração. Você perguntou a Ina ou a Logan se haverá fogueira?

Meggie fez uma careta.

— Não, e ninguém mais disse uma palavra sobre o assunto, embora faltem poucos dias. — Ela largou a rosa e pegou o braço de Fia. — Por que não planejamos uma celebração do solstício de verão, como a de Glen Iolair?

Fia pegou a rosa largada. Suas pétalas eram cor-de-rosa como o nascer do sol, macias e frescas. Imaginou Meggie nos braços de Dair perto do fogo, beijando-o... Apertou forte a rosa, e sentiu um espinho perfurar sua pele. Observou uma gota de sangue na ponta do dedo.

— Somos hóspedes aqui, Meggie. Não podemos fazer o que quisermos — disse, apertando os dentes devido à dor do ferimento.

— Eu pediria ao chefe se ele estivesse aqui — continuou Meggie. — Não tenho dúvidas de que ele concordaria. Mas não tenho tanta certeza sobre Alasdair Og.

— Ele não é um monstro, Meggie. Está sofrendo o luto ainda mais que o resto do clã.

— Bem, se há um homem que precisa de uma festa, é ele — resmungou Meggie. — Papai nunca impediu o clã de celebrar, mesmo quando estava de luto. Ele enterrou oito esposas, e filhos também. Tem mais motivos que ninguém para o luto, mas ele o transforma em esperança e a compartilha com o clã.

Fia pensou a respeito. Acaso uma celebração da vida e das estações tornaria mais fácil para Dair esquecer as terríveis lembranças que o atormentavam?

— Você poderia perguntar a Alasdair Og, não poderia? — disse Meggie. — Eu quase não o conheço. Podemos fazer tudo do jeito que fazemos em casa... Acha que encontraríamos um pouco de rainha-dos-prados para fazer amuletos de amor?

— Amuletos de amor? Duvido que o padre Alphonse permita isso. — Fia sentiu a tensão no estômago.

— Quem se importa com o que ele pensa? Não é feitiçaria. É só um saquinho com folhas para pôr debaixo do travesseiro e sonhar com o amor verdadeiro. O verdadeiro amor não é perverso — disse Meggie.

Meggie sonharia com Dair? Ele pegaria a mão dela, próximo da fogueira, a atrairia para a sombra, pediria um beijo, faria algo mais? Fia fechou os olhos. Ela pretendia ficar longe do fogo e não sonhar com nada.

— Você vai perguntar a ele? — suplicou Meggie de novo.

Fia observou o rosto ansioso da irmã. Os cabelos loiros de Meggie brilhavam ao sol, seus lábios eram cor-de-rosa, e seus olhos, brilhantes. Ela era linda. Que homem poderia resistir? E o próprio Padraig havia dito isto: Meggie seria a esposa perfeita para seu filho.

Fia se virou. Olhou o mar, com o coração agitado.

— Vou perguntar se o vir — respondeu ela.

Mas planejava evitá-lo completamente.

21

— Está um clima bom para velejar, não? — perguntou Logan, caminhando até onde estava Dair, no penhasco, ao lado do crescente monumento.

Dair havia acrescentado três pedras. Trabalhara até que seus músculos doloridos se recusaram a continuar.

Seguiu o olhar de Logan até onde os dois navios dos Sinclair, *Lileas* e *Maiden*, forçavam as correntes de suas âncoras na baía, ansiando pelo mar aberto.

Ele sentia o mesmo anseio, mas não pusera o pé no convés de um navio desde que voltara. Não conseguia. Logan odiava navegar, permanecia firmemente em terra, de modo que Dair não respondeu ao comentário do primo.

— Jeannie adorava sair de barco quando o sol estava quente — comentou Logan. — Lembra como ela nadava, Dair? Parecia um golfinho. Ela mergulhava das pedras, nadava até o fundo. — Ele olhou para as pedras abaixo, pontudas e pretas. — Continuo esperando que ela apareça naquela rocha plana, como fazia, balançando como uma foca. Não posso deixar de procurá-la exatamente naquele lugar.

Dair conhecia o local. As rochas formavam uma piscina quente na maré baixa, um refúgio para sair da água e secar-se ao sol. Ele passara muitos dias de verão com Jeannie.

Uma onda quebrou, levantando uma coluna de borrifos brancos, como uma mulher se erguendo do mar.

— A governanta repreendia Jeannie, pela areia e pelo sal nos cabelos, mas isso nunca a deteve — continuou Logan.

Dair mirou a piscina de maré e sentiu a garganta se fechar. Havia algo na água, algo vermelho. *Jeannie tinha um vestido vermelho. Era um dos seus favoritos...* Dair não conseguia respirar. Via-a flutuando abaixo, com os cabelos loiros emaranhados — ou eram só algas marinhas? Ele prendeu a respiração, esperando que ela se virasse de costas, com o brilho de uma lontra, e olhasse para cima.

Ela estaria gritando, com os olhos arregalados de agonia.

Dair tentou forçar o ar a entrar em seus pulmões, mas não conseguiu. Não conseguia desviar sua atenção do vestido vermelho. Fragmentos de luz perfuraram seus olhos, cegando-o, fazendo-o piscar. Não conseguia enxergar. Era um vestido vermelho ou apenas um truque da luz solar na água? Ele se sentiu balançar, inclinando-se para mais perto da borda...

Logan levou os punhos à parte de trás da camisa de Dair, segurando-o. Por um instante, Dair ficou pendurado, a meio caminho entre terra e mar, entre a vida e a morte. Dair respirou fundo, sentiu medo. *Logan pretende me jogar do penhasco.* Mas seu primo o puxou para trás.

Dair inspirou o ar como um nadador depois de muito tempo debaixo d'água. Encarou seu primo.

— Cuidado, primo, é fácil cair — disse Logan, amigavelmente. — A tarde está quente. Vamos voltar e tomar uma bebida. Tenho uísque em minha câmara.

— Certo — murmurou Dair.

Seu coração ainda batia forte, ansiando a potente mordida do uísque; o fogo que provava que ele ainda estava vivo, e depois anestesiava a dor. Deixou Logan o conduzir para longe do penhasco como um velho. Ele havia imaginado aquilo: o vestido vermelho, Jeannie na água. No entanto, parecera tão real...

— Logan, você viu alguma coisa na água?

Logan virou-se para Dair, preocupado.

— Você viu alguma coisa? — perguntou com seu tom de voz gentil e cauteloso.

Dair sentiu a amargura encher sua boca. Estava louco. Resistiu ao desejo de voltar para a beira do penhasco e olhar de novo. Sentia coçar a pele entre seus ombros, podia senti-la atrás de si. Esfregou a boca com a mão trêmula. Queria desesperadamente aquela bebida.

22

— As ervas devem ser colhidas antes do solstício de verão — disse Moire ao cortar um punhado de rainha-dos-prados com sua faquinha de osso.

— Os óleos ficam muito fortes depois — disse Fia, recordando as lições de Ada. — O espírito dentro delas volta para fazer frutos.

Moire riu.

— É como com as pessoas. Muitos bebês nascem na primavera dos prazeres do solstício de verão.

Fia se concentrou em cortar caules longos de erva-de-são-joão, a folha dos abençoados. Não queria pensar no solstício de verão, nem em Dair ou Meggie. Colocou os talos na cesta de salgueiro de Moire.

— Então? — perguntou Moire.

— Para curar feridas, nervosismo e queimaduras — respondeu Fia obedientemente.

Moire lançou-lhe um olhar mordaz.

— Não, não é isso. Você está preocupada com algo — a velha disse, e Fia sentiu suas faces corarem. — É Alasdair Og? — perguntou Moire. Fia percebeu que seu rosto ficara ainda mais quente, e Moire sorriu. — Sim, é isso. Não é preocupação... É algo mais profundo e mais doce. E no solstício de verão...

Fia mantinha os olhos fixos nas plantas que segurava na mão.

— Celebram o solstício de verão aqui em Carraig Brigh?

Moire assentiu, dizendo:

— Sim. Alguns dançam, outros celebram em segredo. Eles vêm à fonte sussurrar um desejo de amor, ou de sorte, ou de saúde para o gado. Colhem flores para guirlandas e amuletos, acendem a fogueira, pulam as chamas. Os rapazes roubam beijos, embora as moças os deem livremente. Imagino que seja igual nas terras dos MacLeod.

— Claro — disse Fia.

Se bem que nenhum rapaz jamais tentara roubar um beijo da filha desajeitada e amaldiçoada de Donal MacLeod. Ainda mais com tantas irmãs formosas para eles escolherem. E ela nem podia pular sobre as chamas para dar sorte.

— O clã está no ponto para uma festa este ano. Uma coisa boa, em vez de ruim — disse Moire, observando Fia em sua expressão pensativa. — Eu poderia fazer um amuleto de amor para você, Fia MacLeod.

Fia pensou em Dair... como havia olhado para ela, como tocara seu rosto. Fechou a mão e sentiu a aspereza da pele de sua palma se curando. Se não Dair, alguém, apenas um beijo...

— Não — disse ela. — Não.

— Não? Não tenha pressa de responder — aconselhou Moire.

— Não — falou Fia de novo, com firmeza.

— Você não pode permanecer virgem para sempre, ou sem ser beijada — disse Moire.

Então, murmurou uma bênção rápida sobre a planta antes de cavar com sua faca para tirá-la pela raiz.

— Já fui beijada — mentiu Fia, com o rosto flamejante.

Moire bufou, dizendo:

— Não, não foi. Não corretamente.

— Se vai haver uma fogueira, vão precisar de avelãs, rainha-dos--prados, lavanda e... — As bochechas de Fia estavam em chamas.

— Eu sei o que é preciso — disse Moire, apertando os olhos diante da mudança abrupta de assunto. — Os Sinclair conhecem bem sua terra. — Moire pegou a mão de Fia e tocou-lhe a cicatriz no pulso. — Você acredita em magia, Fia MacLeod, ou não estaria aqui em Carraig Brigh tentando curar um louco. Não finja que não. Você tem tanta esperança no coração que a mostra em seu rosto. Você não estaria aqui cortando plantas antes do solstício de verão, aprendendo sobre a magia e os poderes de cura delas. Vá olhar dentro da fonte de novo.

Se fizesse isso, veria seu amor verdadeiro? Não seria Dair. Fia sentiu a tristeza disso, mas a escondeu de Moire, passando a mão sobre o rosto suado. O perfume pungente das ervas exalou de seus dedos, envolvendo-a. Ela seguiu Moire até a fonte e se ajoelhou ao lado da água. Viu o pálido reflexo de seu rosto. Então, uma chama se acendeu na sombra refletida de seus olhos e explodiu para fora em um jato de faíscas, enchendo o tanque. No brilho laranja, figuras dançavam e balançavam. *Solstício de verão*. Mas as chamas se tornaram vermelhas, nítidas, pontudas, e uma multidão surgiu em sua direção, com rostos feios e raivosos. Fia sentiu o calor encher seu peito e se espalhar por seu corpo. A fumaça queimava seus pulmões e o fogo chamuscava seus cabelos e roupas. Ela respirava fundo, mas o ar estava quente, cheio de faíscas, queimava sua pele, seus olhos...

— O que você vê? — perguntou Moire, atrás dela.

— Fogo — disse Fia, com a garganta áspera.

— O brilho do solstício de verão — apontou Moire.

Fia balançou a cabeça.

— Não...

As chamas famintas ameaçavam se derramar sobre a borda da fonte, pelo bosque, incendiar as árvores. Fia sentia bolhas se formando na pele de seu rosto. Uma fumaça espessa secava sua garganta, fechando-a ao redor de um grito de dor e terror...

Fia se levantou bruscamente, com o coração acelerado.

— É a fogueira — disse Moire e gargalhou. — O calor da paixão.

O tanque ficou preto e imóvel de novo, as chamas desapareceram. Fia lambeu os lábios, sentiu-os frescos, não ressequidos pelo calor. Ainda assim, a visão a deixara abalada.

— Preciso ir — afirmou, e se afastou da fonte.

Fia correu de volta para onde havia deixado o cavalo, amarrado na entrada da clareira de Moire. Suas mãos tremiam, e o som de chamas ainda estalava em seus ouvidos. O animal se assustou quando ela se aproximou, dilatando as narinas. Fia levou a mão ao pescoço peludo do cavalo para acalmá-lo. Enxugou a testa com a manga e, então, olhou com horror para o punho de renda.

O tecido fino cheirava a fumaça.

23

Dair estava sentado apoiado no dólmen semiconstruído. Bebeu outro longo gole do frasco que tinha ao seu lado. Ele havia voltado à beira do maldito penhasco e observava a piscina de maré. Não havia vestido vermelho nem moça afogada. Ele estava louco, via coisas. Estava fitando as ondas e bebendo o uísque que seu primo gentilmente providenciara.

Ele viu Fia MacLeod muito antes de ela o ter visto. Com passos lentos, ela caminhava pela trilha que seguia à beira do penhasco. O vento capturava seus cabelos acobreados, vermelhos como uma bandeira de batalha — ou um vestido vermelho —, e os fazia girar ao redor dela. *Um vestido vermelho...* Uma bola quente de raiva encheu o peito de Dair, expandindo-o. Ele se levantou quando ela se aproximou, e ficou parado diante dela no caminho.

Ela se deteve. Arregalou os olhos de surpresa ao vê-lo.

— Boa tarde, Alasdair Og. *Ciamar a tha sibh fhèin?* Como você está? — cumprimentou ela formalmente. As faces de Fia estavam rosadas pelo calor do dia, e sua pele brilhava. — Tenho uma pergunta a lhe fazer, um pedido... — começou ela.

— Gosta de nadar, srta. MacLeod? — indagou ele, interrompendo a maldita pergunta, ignorando-a sem sequer ouvi-la.

— Se gosto de nadar? — repetiu ela. — Quer dizer, *no mar*? — Ela falava com tanto espanto que era como se ele houvesse perguntado se sabia voar. Ele esperou, franzindo o cenho, exigindo uma resposta. — Não — disse ela, por fim. — Assim como dançar, nunca aprendi. Minhas irmãs nadam no lago em dias quentes, mas... — Parou, abrindo a boca de surpresa. — Está... sugerindo que eu...?

Foi a vez dele de corar. A ideia era ridícula, Fia nadando de vestido vermelho. Dair deveria se desculpar, dar um passo atrás, mas, em vez disso, apontou para o mar e provou que estava realmente louco.

— Eu só queria salientar que são mais de trinta pés até lá embaixo. Se não sabe nadar... — Claro que não importava se sabia nadar ou não se ela caísse de trinta pés de altura. Ele falava como um imbecil. Mesmo assim, continuou. — Seu pai a deixa sair sozinha?

Ela mordeu o lábio, corando de novo. O rubor estava se tornando cada vez mais frequente.

— Não — admitiu ela. — Ele é superprotetor e tem medo que eu caia ou me machuque. Mas isso nunca aconteceu.

Ela tentou passar por ele, seguir seu caminho, mas ele a segurou pelo braço.

— Há muitos outros perigos. Animais selvagens, estranhos... — *Homens.* — Os Sinclair têm inimigos, e você é... — *Jovem, inocente e adorável. Tentadora.* Um homem poderia abordá-la andando sozinha, roubar um beijo, ou desejar ardentemente fazê-lo. O vento fazia voar um cacho de cabelo dela na pequena distância entre eles e acariciava o rosto de Dair. O cheiro doce dela o rodeava. Dair pousou os olhos na boca de Fia. E isso foi um erro.

Ela lambeu os lábios como se estivesse com sede — um movimento nervoso de sua língua que fazia o pulso de Dair acelerar e sua boca se encher de água. Ele imaginava qual seria o gosto dela. Cerrou os dentes, tentando controlar a resposta de seu corpo a isso. Se ela não estava com medo, deveria estar... ele poderia facilmente dominá-la, jogá-la na grama, levantar-lhe as saias, tomá-la...

Ela pousou a mão na dele que segurava seu braço. Outro choque percorreu as veias de Dair, fazendo seu membro enrijecer ainda mais.

— Você está aqui, então estou segura — disse ela.

Dhia, esse era o tipo de coisa que uma moça dizia a um velho ou um inválido — não a um homem de pau duro, meio bêbado e louco. Ele apertou mais o braço de Fia.

— Você não está segura — insistiu. — Não deveria ter deixado os limites do castelo sozinha. Se não consegue ficar quieta, vou ter que mandar vigiá-la.

Algo feroz cintilou no fundo das íris douradas de Fia. Ela arqueou as sobrancelhas, perguntando:

— Sou uma hóspede ou uma prisioneira, Alasdair Og?

Ele hesitou. Jeannie havia sido prisioneira. E fora tão facilmente ferida... Mesmo que ela tivesse uma dúzia de homens fortes ao seu lado, não teria feito nenhuma diferença, e Fia MacLeod estava sozinha...

— Enquanto eu estiver no comando, a segurança dos *hóspedes* de meu pai é minha responsabilidade. Vou designar Angus para acompanhá-la...

Angus era uma boa escolha, bem casado, apaixonado pela esposa.

Ela ergueu o nariz para mostrar o que achava disso.

— Eu sei cuidar de mim mesma — disse. Ela deu um passo para trás e levantou a bainha da saia, mostrando-lhe o punhal preso ao tornozelo. — Meu pai acha que suas filhas devem saber como se manter a salvo.

Ele aproximou o rosto do dela e grunhiu:

— Eu poderia cortá-la ao meio antes que você tivesse tempo de pegar esse punhal.

Um fogo se acendeu nos olhos dela.

— Gostaria de tentar? Nós, MacLeod, somos chamados de temíveis por uma boa razão, Alasdair Og Sinclair.

Rápido como uma cobra, ele puxou seu próprio punhal e o apontou para ela — só para encontrar o dela já levantado contra ele, pressionando sua garganta. Ele a fitou, surpreso. Ela deu-lhe um sorrisinho arrogante e disse:

— Satisfeito? — Fia guardou a faca de volta na pequena bainha, e ele vislumbrou sua panturrilha esbelta e bem torneada antes que ela abaixasse a saia. — Agora posso ir? — perguntou ela. Ele assentiu, sem coragem para falar. — Então, *feasgar math* para você, Alasdair Og. Boa tarde.

Ela passou por ele, deixando o cheiro de seus cabelos para atormentá-lo enquanto voltava para o castelo.

Ele a observou ir, com as costas retas como uma vareta, a cabeça alta, e percebeu que ela não havia feito sua pergunta. Bem, se fosse importante, seguramente ela o encontraria mais tarde.

E ele estava ansioso por isso.

24

Fia acordou com o primeiro grito de Dair, antes que Angus Mor batesse à sua porta. No momento em que bateu, ela já estava vestida. Ela saiu e pousou o dedo nos lábios, uma vez que Meggie ainda estava dormindo.

Ele a levou até as escadas da torre e dentro do quartinho lá em cima. John Erly estava junto à cama.

— Devo ir buscar o padre Alphonse? — perguntou Angus.

Dair estava tendo outro pesadelo, um labirinto escuro do qual não tinha como escapar. O que o padre poderia fazer?

— Não — disse ela, e foi se ajoelhar ao lado da cama.

Dair se debateu, virando a cabeça na direção de Fia.

— Jeannie? — murmurou.

— Fia — sussurrou ela, e pousou a mão na dele.

Ele a pegou como se fosse uma tábua de salvação, bem apertado. Tremia tanto que seus dentes batiam.

— Vou me afogar — dizia ele. — Queimar no inferno.

Angus Mor se benzeu. John estava calado atrás de Fia. Ela engoliu em seco, lembrando-se da visão que tivera na fonte.

— Não, você não vai — sussurrou ela. Ele se encolheu quando ela lhe tocou a testa. — Está tudo bem. Estou vendo se tem febre. Não tem.

Ela se soltou da mão dele e afastou o lençol para verificar a perna de Dair. As ataduras haviam desaparecido. Ela observou a longa cicatriz irregular que estragara a carne do joelho dele até a sombra da virilha. A crueza daquilo fez que Fia sentisse um nó no estômago, mas ela resistiu ao impulso de acariciar a carne arruinada.

— Fiz errado? Ele queria tirar as bandagens — explicou Angus, com dificuldade. — Disse que pinicavam, e que o osso não poderia melhorar.

Ela balançou a cabeça, mas o nó que sentia na garganta a impedia de falar. Puxou o lençol sobre ele mais uma vez. Dair debatia a cabeça no travesseiro e estava começando a murmurar de novo, sobre o mar, sobre nadar e sobre o perigo da maré e das rochas cortantes escondidas debaixo d'água.

— Está tudo bem — sussurrou Fia no ouvido dele.

Ele se voltou de repente, e a barba por fazer em seu rosto roçou os lábios dela, fazendo-os formigar. A boca de Dair estava a poucos centímetros da dela, e Fia a fitou, imaginando como seria beijá-lo. O desejo era poderoso, esquentava seus membros como uísque quente. A respiração dele era áspera, irregular, como se ele estivesse correndo ou lutando pela vida.

— Cante, srta. Fia — disse Angus. — Como da última vez.

Ela fechou os olhos e começou a cantar. Não uma canção de ninar dessa vez, e sim uma sobre uma moça que vai caminhar com um rapaz que quer lhe roubar um beijo.

O corpo de Dair relaxou, seus músculos tensos se suavizaram, o aperto feroz na mão de Fia foi se aliviando. Ela sentia a respiração branda dele em seu rosto enquanto o pesadelo o abandonava. Terminou o verso e abriu os olhos.

Ele a fitava com olhos pesados e expressão ilegível. Não estava mirando uma sombra invisível nem sonhando de olhos abertos.

Estava olhando para *ela*. Fia prendeu a respiração, não conseguia desviar a atenção.

Ele não disse nada. Apertou os dedos dela, passou o polegar sobre a pele em uma lenta carícia. Escrutinou o rosto dela e parou quando seu olhar chegou à boca de Fia. Ela viu o pomo de adão subir na garganta dele quando ele engoliu em seco, sentia o desejo fluindo entre eles. Até mesmo ela o reconhecia, sentia-o inundar seu corpo, aquecê-la, gelá-la.

— Oh, mais um milagre! — exclamou Angus, enxugando uma lágrima e quebrando o feitiço.

Dair tirou a mão da dela, voltou-se e esfregou os olhos com os dedos.

— Estou bem agora. Volte para sua cama, moça — disse suavemente. — John?

— Aqui, Dair.

— Por favor, acompanhe a srta. MacLeod de volta ao quarto dela.

Fia não se levantou de imediato. Hesitou, olhando para Dair, esperando que ele falasse de novo, que dissesse algo sobre o que havia acontecido entre eles. Mas ele ficou em silêncio. A dúvida era como um nó apertado no peito de Fia. Teria ela imaginado tudo? Não lhe restava nada mais a fazer além de ir embora. Levantou-se, enxugando as mãos trêmulas em sua saia.

— Boa noite para você, Angus Mor — disse baixinho.

Ela não queria que John a carregasse para descer a escada. Não queria que nenhum homem a tocasse além de Alasdair Og. Felizmente, John não disse nada. Colocou-a no chão ao pé da escada e seguiu pelo corredor atrás dela com as mãos nas costas.

— Ele melhorou muito — observou John. — Quando Moire foi embora, pensei que... Bem, suponho que haja muitos tipos de cura.

Fia engoliu em seco.

— Ele a amava? Jeannie.

Ele franziu a testa.

— Pelo menos como prima. Se estava *apaixonado* por ela? Não sei. Pergunte a Padraig se quiser saber.

Fia engoliu em seco e assentiu; sabia que não o faria.

— Moça, está se apaixonando por Dair? — perguntou John. Ela se voltou para ele. — Não faça isso — continuou ele. — Dair Sinclair é um homem difícil. Não é para iniciantes.

Dair Sinclair era o homem mais bonito e perigoso que ela já conhecera. Ele a fazia sentir calor e frio, sentir-se *viva* pela primeira vez.

E ele se casaria com Meggie.

Ela levantou o queixo, encarou John e mentiu:

— Claro que não!

— Melhor assim.

Ele fez uma leve reverência, cortês, e se afastou. Ela ficou parada em frente à porta de seu quarto até ouvir que os passos dele iam desaparecendo até o silêncio. No escuro, sentiu o peso de todas as pedras de Carraig Brigh sobre si, duras, pesadas e implacáveis. Tremia enquanto procurava a tranca.

Na escuridão de sua câmara, ela desamarrou o vestido, jogou-o sobre uma cadeira e mergulhou sob as cobertas, pressionando seu corpo contra o calor seguro e familiar das costas de Meggie.

Fechou os olhos, mas só podia ver Alasdair Sinclair fitando sua boca à luz das velas, como se estivesse prestes a beijá-la. Ela levou os dedos aos lábios, imaginando o que teria sentido.

Fia não sabia. Ele não a beijara... e nunca a beijaria.

25

— Ele me arranhou! Dair olhou para o outro lado da muralha externa e viu Niall Sinclair, que fitava horrorizado os arranhões sangrentos que atravessavam seu braço.

— Pensei que fôssemos amigos, gato! — disse Niall. — Eu lhe trouxe metade do meu pãozinho de aveia!

Beelzebub, impenitente, rosnava baixinho, com as costas arqueadas e o pelo arrepiado. O pão de aveia estava na terra, rejeitado.

Jock largou o martelo e saiu da forja.

— Não dá para fazer acordo com o diabo — disse. — Ele sempre vai dobrar a aposta.

— Mas o pão de aveia de Ina... — Niall sacudiu o dedo para o felino. — Você não encontrará melhor em lugar nenhum, gato!

Beelzebub resmungou algo rude e perigoso e, com desdém, olhou para o pão de aveia e baixou as orelhas.

— Talvez devêssemos buscar Fia. Está se sentindo mal, bichano? — arrulhou Ruari. Beelzebub o fitou de mau humor. — Calminha, estou só perguntando. — Reparou nos arranhões de Niall e estremeceu. — Você vai ter que procurar Fia e pedir um pouco de unguento para isso.

— Garoto de sorte — falou Jock.

Niall sorriu.

— Sim.

Jock suspirou.

— Ela vai sorrir e dizer para se sentar ao lado dela, e pegará sua mão...

— Que mãos preciosas ela tem... — disse Ruari.

— Ela vai pegar aquela pomada e colocar um pano — continuou Jock. — E vai se inclinar tão perto que você vai poder sentir o cheiro doce de seus cabelos.

— Rosas — murmurou Ruari.

Niall franziu o cenho.

— Não, é mel. Ela cheira a mel.

— A urze — disse Jock. — Ela faz sabão com isso. Diz que a melhor urze em toda a terra cresce em Glen Iolair.

— Você perguntou a ela? — Ruari apertou os olhos.

Jock deu de ombros.

— Acertei o dedo com um machado. Sangrou tanto que pensei que fosse morrer. Talvez eu tenha dito algumas coisas enquanto ela estava me costurando, certo de que eram minhas últimas palavras nesta vida.

Niall franziu o cenho.

— Mas o que você disse? — perguntou.

— Não consigo lembrar exatamente. A dor era terrível.

O gato soltou um gemido baixo e angustiado, e os três guerreiros se voltaram para a criatura. Beelzebub andou em círculo e depois tombou sobre o flanco.

— Ele está morrendo — sussurrou Jock.

O bichano deu um suspiro exausto e fechou os olhos.

Dair observava o animal de estimação de Fia.

— Ele quer uma moça, uma gata — disse. Os três homens se voltaram para ele. — Já vi homens assim em viagens longas.

Todos observavam o gato. Beelzebub ergueu a cabeça e os fitou.

— Bem, um homem precisa de mais que pão de aveia — acrescentou Ruari, com os polegares encaixados no cinto. — Há muitas gatas na aldeia; uma delas deve servir.

— Espere um minuto. Talvez ele goste de um *tipo* particular de gata. Nem muito gorda, nem muito magra... — disse Jock.

Voltou-se para Dair, como se este tivesse alguma experiência no assunto. Dair pensou em quanto tempo havia se passado desde que tivera uma mulher na cama. *Meses.* Não era de admirar que seu corpo reagisse a Fia MacLeod cada vez que ela passava por ele. Ele não disse nada. Havia muitas outras moças em Carraig Brigh: Beitris Murray estava desimpedida, e Tearlag Sinclair era uma jovem doce. Mas ele não queria levá-las para a cama. Só havia uma mulher que ele queria.

Ele olhou para o gato de novo, para sua expressão entediada, o movimento nervoso de sua cauda, os músculos tensos e inquietos, e sabia exatamente como o animal se sentia.

Ouviram um chamado de fora dos portões, e os homens de guarda se voltaram. Era uma animada melodia de flauta, e um verdadeiro desfile de homens e mulheres Sinclair entrou cantando, rindo e pulando de alegria. Dair e os homens na muralha ficaram boquiabertos.

Era uma visão alegre que Carraig Brigh não presenciava havia muito tempo.

— Estamos nos preparando para o solstício de verão — disse John a Dair.

Dair ficou onde estava, examinando a situação fixamente. As moças estavam cobertas de flores, com as saias esvoaçantes deixando à mostra lindos tornozelos, assim como os pés nus e sujos de terra. Os guerreiros — pois ainda eram os guerreiros de seu pai, apesar das guirlandas de flores que lhes coroavam a cabeça — dançavam como faunos em uma tapeçaria francesa. Olhos se encontravam, sorrisos brilhavam. Mãos se tocavam, acariciavam. A luxúria tomava o ar quente do verão.

Então, Fia MacLeod entrou a cavalo e Dair ficou de boca seca. Suas saias também estavam suspensas, revelando panturrilhas e joelhos alvos, nus e bem torneados. O punhal dela devia estar escondido em outra parte do corpo esbelto, mas ele não conseguia imaginar onde. O vestido de linho simples se colava a suas curvas com o calor do dia. Seu cabelo estava solto em longos cachos vermelhos, e seu rosto, corado devido aos risos. Ela usava uma guirlanda de flores silvestres na cabeça e um colar de margaridas. Os cestos nas ancas do cavalo transbordavam de flores, e o pobre animal tinha algumas na crina também. Fia ria com a cabeça jogada para trás, com uma expressão despreocupada e feliz, como uma fada rainha, luminosa e encantadora.

Dair sentiu o desejo, quente, tenso e instantâneo, percorrer seu corpo. Sentiu uma pontada no estômago, ficou sem ar. Queria puxá-la daquele maldito cavalo, arrastá-la para seus braços e beijá-la loucamente.

Luxúria. Era simples luxúria, por estar sem uma companheira de cama há tanto tempo.

Assim como o gato.

Ele olhou para a fera. Beelzebub estava sentado, orgulhoso, mirando Fia com o semblante afetuoso, sua barriga subindo e descendo pela força de seu ronronar.

O corpo de Dair ronronava também, vibrava de desejo. Ele recordou Fia na noite em que acordara do pesadelo e a encontrara ali, com sua boca doce a polegadas da dele e os olhos dourados à luz das velas. Também então ele a havia querido ferozmente, com uma voracidade que nunca sentira. Naquela noite, houvera desejo nas feições dela também...

John Erly guardou sua maldita flauta no cinto e tomou a cintura de Fia, sorrindo para ela enquanto a tirava do cavalo. Ela sorriu ternamente, encarando-o, e suas mãos brancas desapareceram nas mangas escuras de John. E John sorriu também, maldito; segurou-a por tempo demais e perto demais, na opinião de Dair. Ele queria arrancar as mãos de John de cima dela, dar-lhe um soco na cara, esmagá-lo na terra.

Então, Fia voltou a cabeça e seus olhos capturaram os de Dair. O súbito rubor dela o fez ficar sem ar. Permaneceu paralisado, preso como uma mosca no mel, nervoso e inquieto como o felino.

Ela se afastou de John, desprendeu as saias do cinto que as mantinha suspensas e caminhou em direção a Dair. E ele a observava, vibrando de desejo. Lutando para manter as mãos quietas.

— Queria lhe perguntar uma coisa, Alasdair Og — disse ela, e mordeu o lábio. Ele viu os dentes dela afundarem naquela carne rosada e farta e sufocou um gemido. — Amanhã é véspera do solstício de verão, e nós... Meggie e eu queremos fazer uma fogueira, como é habitual em Glen Iolair. Parece que alguns de vocês gostariam de se juntar a nós. Como chefe interino, você permitiria?

Ele lhe daria qualquer coisa nesse momento, pensou Dair, vendo-a ali daquele jeito, parada diante dele, com os olhos nos dele, os cabelos adornados com flores e o vestido se agarrando a suas curvas esbeltas. O suor escorria pelas costas dele. O calor do dia a fazia brilhar, cintilar, deixando-o com água na boca. Ela inclinou a cabeça e sorriu para ele, doce e sedutora, esperando uma resposta.

— Eu diria que a festa já começou, srta. MacLeod.

Aquilo não era uma resposta, mas Fia estendeu a mão e tocou o braço de Dair com deleite, apertando-o levemente e fazendo um arrepio lhe percorrer as veias e seu desejo aumentar ainda mais, pronto e ansioso. Um toque tão leve, mas que o deixou abobado e sem palavras.

— *Tapadh leibh* — disse ela. — Obrigada.

Então ela foi embora, deixando o cheiro de flores em seu rastro.

— Rosas — disse Ruari ao lado de Dair, farejando o ar. — Será divertido, não acha, fazermos uma fogueira do jeito antigo?

— Não é o que o padre Alphonse vai dizer — grunhiu Jock.

— Quem se importa com o que ele diz? Eu farei uma penitência extra na manhã seguinte, se for preciso — disse Niall, e foi depressa se juntar à alegria.

Dair franziu o cenho. Ela não esperara para ouvir o sim ou não. Nem lhe perguntara se ele ia participar.

Certamente não o faria. Nem mesmo para ver Fia MacLeod ao luar, com flores nos cabelos.

26

— Sua convocação pareceu bastante séria — disse John ao entrar na biblioteca.

Dair largou a pena e fechou o livro à sua frente.

— Sim. É sobre Fia MacLeod.

John riu.

— Ah, então é séria mesmo. E pensei que você a estivesse evitando.

— Por que você pensaria isso? — perguntou Dair, embora fosse totalmente verdade.

John se sentou na cadeira diante da mesa e cruzou as pernas.

— Bem, você não esteve no jantar de ontem nem no café da manhã de hoje. Não está de ressaca nem doente, pelo seu aspecto, de modo que não foi isso que o impediu. O que está fazendo?

Ele estava traduzindo um poema. Recordava o prazer nas feições de Fia quando falara dos versos no livro italiano de poesia — ele não conseguia dormir pensando naqueles olhos, naquela boca, então estava ali sentado, como estivera a noite inteira, traduzindo do italiano para o inglês para ela. Mas dificilmente Dair poderia admitir isso a John, de modo que mudou de assunto.

— Quero que você a acompanhe à fogueira do solstício de verão esta noite, fique de olho nela.

John ergueu subitamente as sobrancelhas.

— Eu? Por que você não faz isso?

— Eu não vou. Esta não é a casa dela. Há perigos aqui que ela não conhece.

Ele imaginou um de seus homens — Niall ou Andrew talvez — sorrindo para ela à luz da fogueira. Ele pegaria a mão de Fia e a afastaria do fogo para a privacidade da escuridão.

— Quais são os perigos? Você é o mais ameaçador aqui — brincou John.

Acaso John esquecia como Fia era inocente? Ela não tinha ideia do que os homens poderiam fazer, desejariam fazer, se ela olhasse para eles do jeito que olhara para ele próprio naquela noite, inclinando-se sobre sua cama...

— Refiro-me a perigos como o mar. O penhasco é traiçoeiro, e ela é instável sobre os pés, pode cair — disse Dair.

— É verdade — disse John. — Mas ela é extremamente engenhosa, não notou?

— Estará escuro — disse Dair. — É meu dever garantir que ela esteja segura, e, como não estarei na fogueira, designo você para cuidar dela.

— Designa a mim? Você está levando seu papel de chefe a sério demais.

— Estou sendo um anfitrião cuidadoso. O que vou dizer à família dela se algo lhe acontecer? Ela é desajeitada.

— Só quando está nervosa — disse John. — Caso contrário, é graciosa como um cisne. E cavalga bem. Em geral, Moire não confia em nenhuma outra alma viva, mas gosta de Fia. Eu também, o que mais me surpreende.

Dair sentiu o ciúme queimar em seu estômago.

— Fique longe dela!

— Você acabou de me dizer para acompanhá-la. O que vai ser?
— John levantou-se. — Já lhe disse que não gosto de virgens. Prefiro amantes experientes, e não vou bancar a babá. Acompanhe-a você mesmo, alegre-se para variar um pouco. Então, tem outras ordens para hoje, chefe Sinclair? Devo esfregar os banheiros ou tirar o esterco dos estábulos?

— Eu não irei à fogueira — repetiu Dair, obstinado.

— Por que não? Não é por convicção religiosa, pois sei que você não acredita em nada. Que mal há em beber uma cerveja em uma noite quente de verão, dançar, roubar um ou dois beijos? Não é dever de um chefe comemorar com seu clã?

— É antiquado e pagão. O padre vai odiar.

Na verdade, ele não queria ver o medo, a raiva, a desconfiança no rosto dos homens de seu clã quando estivessem na presença dele, lembrando-se de Jeannie e dos que haviam morrido sob seu comando, filhos, irmãos e pais, enquanto ele sobrevivera e voltara louco.

John sorriu.

— Se ele vai odiar, mais razão ainda para ir, na minha opinião.

Mas Dair não iria. Não se atreveria. À luz do fogo, Fia levaria até o homem mais santo a pecar.

27

Ele estava na sombra, meio escondido pela veneziana da janela, e observava Fia MacLeod enquanto ela atravessava a muralha externa com uma cesta de ervas, o gato do demônio em seus calcanhares. Ele tocou o crucifixo que levava ao pescoço, sussurrando uma oração contra o mal. Ela tinha um sorriso e uma palavra gentil para todos, e os Sinclair caíam sob seu encanto. Os guerreiros sorriam para ela, derretiam-se, coravam até. As mulheres passaram a usar os cabelos como Fia MacLeod. Será que não viam que ela usava aquelas tranças vermelhas da cor do pecado para cobrir as horríveis cicatrizes na lateral do rosto? *As marcas do diabo.*

Pior ainda, ela os fizera esquecer. O clã devia estar de luto, não se preparando para um rito pagão. Ele puxou a cruz até que a corrente entrou na carne de seu pescoço, ofegou sob a dor arrebatadora e orou pedindo orientação sagrada.

Os Sinclair eram orgulhosos — orgulhosos demais. A morte de Jeannie havia sido uma punição, um aviso. Eles deviam expiar sua ganância, sua riqueza e seu orgulho. Somente o sofrimento e a morte do homem responsável pelo tormento dela quebrariam essa maldição. Mas

Alasdair Og se recusava a morrer, e agora estava melhorando, ficando mais forte. Até mesmo sua loucura estava desaparecendo, curada pela magia profana de Fia MacLeod. Que magia ela usava, que demônio lhe atendia?

A curandeira virgem era uma beldade, e tinha uma qualidade rara, algo frágil e doce que fazia os homens quererem protegê-la. As mulheres não tinham ciúme, *gostavam* dela. Isso era feitiçaria, e somente ele enxergava.

O som do riso de Fia subiu até o esconderijo dele. Era como uma facada, uma abominação. Ele puxou a corrente de um lado para o outro, esfregando-a e se deleitando com a dor.

Ele era o único que poderia salvar o clã. Até mesmo Padraig havia esquecido seu dever sagrado para com seu povo. Estava tão enfeitiçado quanto os demais. Recaía sobre ele restaurar a honra dos Sinclair de Carraig Brigh.

Ele se afastou da janela e da visão detestável de Fia MacLeod. O depósito estava atulhado de altas pilhas de caixas e baús com os bens mundanos de Jeannie, apressadamente empacotados e levados para ali por ordens de Padraig, para que a visão deles não piorasse a loucura de Dair. Eles a haviam esquecido muito facilmente. Ele se persignou diante da estátua da Virgem no canto, passou os dedos pela face de madeira pintada. Antes, ela ficava perto do genuflexório na câmara de Jeannie. Ele via o rosto de Jeannie quando mirava o ícone.

— Jeannie... — sussurrou.

Mas ela não respondeu, não voltou para ele do jeito que voltava para Dair. A sala continuava silente e vazia. Ele abriu um baú, acariciou a bainha de renda de um dos vestidos que ela deixara para trás quando navegara pela França. Apertou-o sob o nariz, capturou o fantasma de seu perfume que se erguia ao redor. Sentiu o peito se apertar de tristeza e fúria, e seus olhos marejarem.

— Você será vingada em breve, muito em breve — prometeu ele ao vazio.

Então ela virá para mim, grata, se Deus quiser.

Ele se voltou para observar Fia MacLeod, mas a muralha externa estava vazia, exceto pelo gato do demônio. O animal estava no meio do pátio olhando diretamente para ele. O medo o fez ficar sem ar, e ele se benzeu de novo quando o felino mostrou dentes afiados e sibilou.

28

— Você é uma moça amável, doce, e tem um verdadeiro toque de cura — dizia Muriel Sinclair enquanto Fia banhava as feridas da perna da mulher com confrei e casca de amieiro.

A gatinha preta no colo da mulher ronronou e piscou, concordando. Fia sorriu para ambas. Muriel era avó da esposa de Angus Mor, Annie. Ela conhecia as histórias do clã melhor que ninguém, melhor até que Tormod Pyper, o *seanchaidh*. Não havia nada de que Muriel gostasse mais do que discutir os detalhes dessas histórias com Tormod. Mas, nos últimos tempos, ela andava atormentada pelas aflições da idade — dores nas articulações, feridas que não cicatrizavam e o desejo de ficar perto de sua lareira em vez de ir à aldeia, como sempre fizera. Quando ela esquecera o nome de um dos maiores guerreiros Sinclair — Sir William Sinclair, que lutara e morrera em Flodden —, as pessoas começaram a se preocupar, e Angus pedira a Fia que fizesse uma visita à amada avó de sua esposa.

— Você é muito lindinha. Como é que não é casada? — perguntou Muriel. — Tenho certeza de que tenho um neto que precisa de uma esposa. Agora, qual era? Alex talvez.

— Alex é seu bisneto, querida, e tem apenas doze anos — recordou-lhe Annie gentilmente.

Ela levou um copo aos lábios de Muriel, e a gata ergueu a cabeça para farejar, esperançosa.

— Não é nada para você, bichana. É algo que a srta. MacLeod trouxe para aliviar a dor da vovó.

— Talvez Angus queira uma esposa... — meditou Muriel. — Ele é bravo, um guerreiro campeão...

— Angus é casado comigo — disse Annie.

Muriel bateu o dedo contra sua têmpora grisalha, dizendo:

— Claro que é! Eu nunca esqueço nada.

Annie sorriu para Fia e deu de ombros.

— Preciso ir — disse Fia suavemente.

— Tão cedo? — perguntou Muriel. — Queria lhe contar a história de Robert Dubh Sinclair, que uma vez lutou contra um gigante.

— Foi Archie Sinclair que lutou contra o gigante, querida — disse Annie.

— Ouvirei a história da próxima vez que eu vier — afirmou Fia.

À porta, Annie colocou uma porção de pães de aveia recém-assados na cesta de Fia.

— Por sua bondade. E fiz uns extras para seu gato. Angus disse que ele é louco por pão de aveia.

Quando Fia passava pelas casas, as pessoas se apressavam a cumprimentá-la. Ninguém mais notava sua coxeadura ou reparava em suas cicatrizes. Perguntavam por Muriel ou por Ina, até mesmo por Bel. Mas ninguém mencionava Dair.

Fia só viu os rapazes chegando quando já era tarde. Robbie e o Pequeno Alex corriam sem prestar atenção a nada virando a esquina da capela. As pessoas gritaram, mas eles trombaram com Fia com força total, fazendo-a perder o ar, bater os dentes e cair para trás no chão enlameado.

Uma dúzia de pessoas estava parada sobre Fia quando ela abriu os olhos, tentando levantá-la e limpar a lama de seu tartan ao mesmo tempo.

— Pequenos demônios, esses dois. Não ficam quietos um instante — disse uma das mulheres, praguejando na direção em que os garotos haviam desaparecido. — Está machucada, srta. Fia?

— Não, estou bem — falou Fia, levantando-se. Na verdade, estava mais envergonhada que machucada. Então ela notou que os pãezinhos de aveia de Annie haviam caído da cesta e se espalhado pela lama. — Ah, não. — Ela se inclinou para recolhê-los, mas estavam estragados. Nem mesmo Bel os comeria mais. Ainda assim os recolheu e os colocou de volta no cesto. As pessoas observavam com estranheza. — Para os pássaros — disse ela. — Alguém deve cuidar deles, não acham?

Eles estranharam sua atitude e desejaram um bom-dia ao se despedirem de Fia. Mas o tempo virou de repente quando uma nuvem se precipitou pelo céu e grosseiramente se instalou diante do sol, conforme Fia deixava a aldeia. Atrás dela, o povo falava sobre o acidente, e a gatinha preta de Muriel saiu correndo atrás dela.

Então começou a chover, o que fez todos correrem para dentro, fugindo da repentina escuridão.

29

— Ainda está escuro? — perguntou Meggie, sentada à penteadeira, passando pó no rosto.

Seu cabelo dourado e longo estava solto sobre os ombros, e uma coroa de flores — artemísias, rainhas-dos-prados, lavandas, samambaias e rosas — descansava ao seu lado, esperando para ser colocada em sua cabeça. Ela usava um vestido simples — quer dizer, simples para Meggie. Era de seda branca, ricamente bordado com florzinhas ao redor da bainha e do corpete.

Fia usava um vestido liso de linho azul. Estava perto da janela, observando o céu em busca das primeiras estrelas, sinal para acender o fogo no penhasco perto do mar e para o povo de Carraig Brigh se reunir ao redor dele.

— Imagino que todos em Glen Iolair estejam celebrando — suspirou Meggie. — Os rapazes devem estar flertando com as moças. Espero que Marcail se comporte. Ela fez papel de boba no ano passado com Colin MacLeod.

— Não aconteceu nada de mau, e todas as moças fazem papel de boba no solstício de verão — disse Fia.

— Não você — rebateu Meggie.

Não, ela não. Fia ficava com os velhos, ouvia histórias ou ninava crianças enquanto as mães dançavam. Ninguém pegava sua mão e a puxava para se juntar à diversão, ou tentava lhe roubar um beijo. Enquanto suas irmãs acordavam na manhã seguinte para fofocar sobre as aventuras, Fia nunca tinha nada para contar. E seria igual naquele ano. Ela ficaria sentada, sorrindo, fingindo que estava contente enquanto os outros se divertiam.

Uma forte vibração encheu seu peito quando ela viu Meggie pentear os cabelos. Sua irmã era tão bonita... Dair puxaria Meggie para seus braços, dançaria com ela... ele a beijaria e a reivindicaria para si. E, mesmo assim, Fia ainda seria capaz de sorrir e fingir?

Ela passou a ponta dos dedos sobre as flores macias da coroa de Meggie.

— Lavandas, rosas e rainhas-dos-prados, todas plantas que atraem o amor. Quem você espera encantar com seus amuletos esta noite? — perguntou, preparando-se para a resposta de sua irmã.

Mas Meggie apenas riu.

— Quero encantar todos os rapazes, é claro, e deixar as garotas com ciúme.

— Tenha cuidado — disse Fia.

Meggie se levantou e pegou as mãos de Fia.

— Você parece Aileen, ou papai. Qual é a graça de tomar cuidado? — perguntou. Fia lhe lançou um olhar sério. — Ah, tudo bem. Mas, se eu tomar cuidado, você precisa ser imprudente, ou as pessoas vão pensar que os MacLeod não têm espírito algum. Faça algo de que possa se arrepender de manhã, Fia.

— Não seja boba — disse Fia, e tentou soltar as mãos.

Mas Meggie as segurava firme.

— Prometa que vai se divertir esta noite — pediu.

O sorriso de Fia era nitidamente falso.

— Eu sempre me divirto — respondeu.

Meggie bufou.

— Não, você não se diverte, e já é hora de mudar isso. Eu ouvi os rapazes Sinclair comentarem sobre como você é gentil e doce.

— Ninguém tem o coração roubado por uma moça *gentil* — disse Fia.

— Alguns, sim. E um terá. Você tem fogo por dentro, Fia MacLeod, e é tão bonita quanto qualquer outra. — Ela pegou a coroa de flores e a colocou na cabeça de Fia. A sensação das pétalas de flores contra a testa era de frescor, e o aroma, doce. — Veja! Você está muito formosa. Está pronta? — perguntou Meggie.

— Não devemos esperar para ir com Dair?

Meggie bufou.

— Alasdair Og não vai, pelo menos foi o que ouvi. Mas não acho que isso seja ruim. Ele é muito... austero.

Não vai? Fia ficou de queixo caído. Ele era o chefe na ausência do pai, *tinha* que ir e dar sua bênção ao clã. Ela olhou para a ponta de seus dedos, que brilhavam nas áreas queimadas, quase curadas. Sabia por que ele se manteria longe: os Sinclair o temiam. Eles se afastavam quando ele se aproximava, ou faziam sinais secretos às costas para se proteger da loucura e de maldições. Achavam que ele não via, mas ele percebia, sim; mais uma ferida que não se curaria.

— Já está ficando escuro. Está pronta? — perguntou Meggie.

Fia mordeu o lábio.

— Preciso fazer uma coisa primeiro. Vá na frente com John e Ina, eu vou depois.

Meggie estava animada demais para esperar.

— Apresse-se então — disse e saiu porta afora.

Fia bateu na porta da câmara de Dair.

— Entre — disse ele.

Ele estava sozinho, parado junto à janela, olhando para o topo do penhasco onde seus homens haviam preparado a fogueira, pronta para ser acesa. Voltou-se para ela. Dair usava uma camisa larga, aberta no pescoço, e calças escuras que abraçavam suas longas pernas. Ela parou na entrada, sentindo a boca seca. Parecia um pirata assim, magro, perigoso e bonito.

Ela engoliu em seco, forçando-se a falar.

— Eu estava me perguntando... Quer dizer, eu pensei... Você vai à fogueira? — perguntou ela depressa.

— Não.

— Não? — Ela sentiu seu coração se apertar.

— Não, não vou à fogueira — disse ele lentamente, como se ela fosse uma estúpida.

Ela franziu o cenho.

— Mas você é o chefe enquanto seu pai está ausente. *Precisa* estar lá. — Ela cruzou a câmara em direção a ele. — O chefe guia seu povo. É um símbolo de sua sorte e poder. Ele celebra com o povo, participa da vida de todos nos bons e maus tempos.

Estava tão perto que tinha que inclinar o pescoço para olhá-lo nos olhos.

Ele ergueu as sobrancelhas.

— Não dou sorte nem sou bem-vindo. Imagine o terror nos olhos das crianças observando o louco dançar, com a luz do fogo brilhando em seu rosto torturado, suas feridas horríveis de se ver, sua simples presença lembrando a todos que ele... — Dair parou. Mirou a coroa de flores de Fia. — Por que você não está lá? — perguntou.

— Estarei. — Ela levantou o queixo. — Tenho cicatrizes e não posso dançar. Não há ninguém interessado em flertar comigo, mas irei e aproveitarei a música. Você pode fazer isso, não pode?

Um brilho escuro tomou os olhos de Dair.

— Você quer flertar? Eu deveria ter dito a John que...

Ele se calou de novo.

— O quê? — disse ela, esperando. — Ter dito o quê?

— Eu deveria ter pedido a John para dançar com você, ou até...

Os olhos de Dair pousaram na boca de Fia.

Dessa vez ela ficou realmente com raiva.

— Você *mandaria* John Inglês me beijar? Nem mesmo meu pai faria uma coisa dessas... forçar um homem a fazer algo que achasse desagradável!

Ele franziu o cenho.

— *Ach!* Não foi o que eu quis dizer. Você está longe de ser desagradável, Fia. Você é linda. Eu não teria que *mandar* John nem qualquer outro beijá-la, teria que dar minha *permissão*. Certamente viu como os homens olham para você.

— Não, não vi.

Ele pegou a mão de Fia e atravessou a câmara com ela. Retirou o pano que cobria o espelho.

— Olhe — pediu, colocando-a diante do espelho, apoiando as mãos nos ombros dela. — Você é uma beleza rara, Fia MacLeod. Ninguém nunca lhe disse isso?

Ela olhou para o pálido reflexo de seu rosto, seus olhos arregalados e escuros na luz fraca da câmara. Seus lábios eram cheios, os pômulos altos, a pele lisa.

— Não — sussurrou ela. — Não como Meggie.

— Meggie? — disse ele.

— Quando você se casar com ela...

— Não tenho intenção de me casar com sua irmã! — reagiu ele.

— Sério? Ela é adorável e...

Atrás dela, ele olhou para a imagem no espelho, dizendo:

— Eu só tenho olhos para você, Fia. Mesmo que houvesse uma centena de mulheres aqui, agora, você ainda seria a mais bonita.

Ela queria acreditar nele — ah, como queria! Sentiu o formigamento do toque dele correr por seu corpo, acumulando-se no estômago, nos seios. Fechou os olhos, sem fôlego, e ele tomou o gesto por negação. Virou-a de frente para si, ergueu seu queixo com o dedo, e ela se viu olhando de novo nos olhos de Dair.

— Você é linda — insistiu ele com a voz rouca. — Tão...

Fia ficou na ponta dos pés e juntou os lábios aos dele. Ele grunhiu, ficou rígido, e ela recuou abruptamente.

— Oh, eu não quis...

Ele passou os braços ao redor dela, puxou-a contra o peito e tocou-lhe a boca com a sua, mais gentilmente do que ela o beijara, mas com tamanha voracidade que até ela pôde sentir. Os lábios dele eram quentes e suaves, e exigentes. Ela enroscou os dedos nos laços abertos da camisa de Dair, roçou-lhe a pele do peito com as unhas, sentiu as batidas do coração dele. Ele passou a língua sobre a união dos lábios de Fia e, quando ela ofegou, invadiu sua boca aberta. A sensação da língua dele na sua, o gosto de uísque dele, fez a excitação a percorrer. Ela emitiu um som de espanto, retribuiu o beijo, seguindo a liderança dele. Ele cheirava a lã e ao vento marítimo. Fia deslizou as mãos ao redor do pescoço dele, enroscou-as em seus cabelos grossos e suaves. Na ponta dos pés, estreitou-se contra o corpo tenso dele, desejosa. Ele emitiu um som gutural e aprofundou o beijo, deslizando as mãos pela curva das costas dela para aproximá-la ainda mais, segurando-lhe a cabeça enquanto lhe pilhava a boca como um pirata.

Foi como ela sonhara que seria um beijo — ardente, doce, excitante e totalmente irresistível. Ela não conseguia pensar, não podia parar. Teria soluçado de deleite, muito excitada, se sua boca não estivesse preenchida pela língua dele.

Ele interrompeu o beijo de repente e a afastou de si. Ela sentiu o ar frio correr para o lugar onde o calor do corpo dele tocara o dela. Segurou-se na borda do lavatório que havia atrás dela e o fitou. Sentia os lábios latejando, os seios doendo. Estava ofegante, tonta e, sinceramente, queria muito mais. Mas ele parecia... atordoado; era a única palavra em que ela podia pensar. Ou arrependido. *Sim, arrependido.* Seu coração se apertou.

— Perdoe-me — disse ele com a voz rouca. — Eu não devia ter feito isso.

Ela respondeu, aborrecida.

— Acho que fui *eu* que o beijei.

Dair tremia, gemeu baixinho, como se sentisse dor. *Oh, céus!* O que ela havia feito com ele?

— Você precisa ir — disse ele.

A fogueira do solstício de verão, lembrou ela.

— Você virá agora?

Ele pestanejou, surpreso por um momento e, então, jogou a cabeça para trás e riu.

— Como você é inocente, Fia MacLeod! — Ele lhe tocou o rosto, passou a ponta do dedo pela cicatriz dela. Ela estendeu a mão para tocar as cicatrizes do rosto dele também, mas ele segurou forte seu pulso. Seu sorriso desapareceu e a raiva o tomou. — Não quero sua piedade. Eu disse vá.

Ele foi até a porta, abriu-a e esperou que ela saísse. Ela se voltou à porta, e pela janela atrás dele viu a fogueira se acender e suas chamas alaranjadas pularem no céu índigo.

Então a porta se fechou e ela ficou ali, no escuro.

Dair ficou andando de um lado para o outro em sua câmara até sua perna queimar, querendo fazer desaparecer o desejo, o arrependimento, a culpa e uma série de outras emoções, numerosas demais para listar. Queria Fia. O desejo ainda ardia, cozido a fogo baixo, vibrando em suas veias. Isso era mais que simples luxúria, reconheceu. O beijo de Fia era inseguro e docemente desajeitado; e suas reações, novas e intensas. No entanto, o beijo dela o excitara como nenhum outro, de nenhuma outra mulher que ele havia conhecido. Mais um minuto e ele a teria pegado no colo, jogado na cama e a possuído. Mas ela era virgem, e ele... bem, de manhã ela não seria mais donzela, e ele ainda estaria louco, com mais um arrependimento obscuro em sua consciência.

Ele voltou para a janela, admirando a fogueira e as figuras dançando ao redor. Ela acharia mais alguém para beijá-la esta noite, ele tinha certeza disso. Fia era tão linda, tão inocente, tão vulnerável... Outro homem sorriria para ela, pegaria sua mão e a atrairia para as sombras. E esse não era o único perigo. Ele a imaginava correndo pela trilha do penhasco em direção à fogueira, abalada, atrapalhada devido à estúpida luxúria dele. Estava escuro, era fácil tropeçar...

Dair praguejou baixinho. Pegou seu tartan, enfiou um punhal no cinto e foi atrás de Fia.

30

Dair corria pela borda do penhasco. Conhecia todas as rochas, todos os outeiros, cada obstáculo no caminho, mesmo no escuro. Ignorou a dor na perna; não tropeçou nem hesitou. Seguia firme em direção à fogueira, a Fia.

O céu era como veludo preto, as estrelas brilhavam como joias. O oceano cintilava como os olhos de uma mulher flertando. Não como Fia — ela não sabia flertar, assim como não sabia beijar. O beijo havia sido culpa dele, mesmo ela tendo começado. Dair ainda podia sentir o gosto dela, o perfume dela em sua pele... urze, mel e mulher. Era uma loucura ir atrás dela, loucura atrás de loucura.

Fia MacLeod conhecera apenas um beijo — o dele. Dair sentiu o corpo se agitar instantaneamente, urgentemente, e se perguntou se teria acendido nela o mesmo fogo do desejo, como ela acendera nele. Ficava dizendo a si mesmo que era um instinto masculino completamente diferente que o fazia atravessar a escuridão para alcançá-la; que simplesmente queria proteger uma garota vulnerável do tipo de dano que homens bêbados poderiam causar a alguém tão inexperiente. Eles culpariam a bebida, o fogo pagão, a escuridão, mas a responsável seria Fia — sua vulnerabilidade, a atração inconsciente, sexual, inocente que ela exercia.

Ouviu risos e canto ao se aproximar da fogueira. A brisa do mar era benevolente esta noite, carregando brasas incandescentes no ar como vaga-lumes dançando sobre a cabeça de seus homens. O gaiteiro tocava um *reel*, e os casais giravam dentro e fora da luz e das sombras. Dair apertou os olhos para enxergar através da fumaça, escrutando os rostos. Não a viu.

Alguém passou correndo por ele, batendo em seu ombro — uma moça perseguida por um rapaz. Ela parou, olhou para ele e arregalou os olhos de horror ao vê-lo. Então, desapareceu na escuridão.

A fumaça e o calor faziam os rostos se ondularem, mudarem, brilharem. Ele viu Annie, Niall, Ruari, Ina... Meggie MacLeod dançava; sua saia pálida era como uma mariposa na luz da fogueira. Seus cabelos dourados cintilavam, e seu rosto se iluminava de alegria. Casais já estavam emparelhados, os rapazes puxavam as garotas para a escuridão. Alguns ficavam nos braços um do outro junto ao fogo, beijando-se...

Dair viu o brilho exuberante e sanguíneo de cachos ruivos, e uma moça nos braços de um amante. *Fia?* Ele reconheceu o homem: John Erly. Ele a abraçava, e os quadris dela se moviam contra os dele enquanto ele lhe saqueava a boca. John puxou a fita dos cabelos dela e encheu as mãos com seus gloriosos cachos vermelhos. Dair apertou os punhos, avançando. Arrancaria Fia dos braços do inglês se fosse preciso... mas a mulher riu, alto, coquete. Não era Fia. Ele olhou em volta, já frenético. Onde diabos estava ela?

Uma mão em sua manga o fez girar. A metade superior do rosto estava nas sombras, embaixo da maldita coroa de flores. O cheiro doce o levou de volta à sua câmara, fazendo-o lembrar a sensação dela em seus braços, seu gosto... A luz do fogo iluminava apenas os lábios doces, entreabertos, ainda rosados e inchados do beijo, sedutores. O coração de Dair batia como um tambor, e o desejo correu por todo ele.

— Você está aqui — disse ela com voz rouca, quase inaudível em meio ao riso e à música. Ele observou os lábios dela se curvarem em um sorriso. Seu corpo doía por ela. Fia estendeu a mão e ele a pegou. Entrelaçaram os dedos, e esse simples toque fez seu membro subir ainda mais. — Você está aqui — disse ela de novo, aproximando-se.

O aroma de rosas, rainha-dos-prados e lavanda se misturava com madeira queimada, vento do mar e Fia.

— Eu quero... — começou ele.

Queria o quê? Arrastá-la para as sombras, deitá-la na grama suave sob as estrelas e fazer amor com ela. Ah, sim, ele queria muito isso, de fato. Ele a puxou para seus braços, apertou-a contra seu corpo e deixou que sua boca encontrasse a dela. Beijou-a à luz do fogo, diante dos olhos de seu clã e da irmã dela. Onde estava seu bom senso, sua honra? Ele não sabia nem se importava. Ouviu vozes ao redor deles, risos, música. Sem dúvida as pessoas tinham visto, observavam-no tomando-a, mas ele não podia parar, não conseguia arrancar seus lábios dos dela. Ela o foi conhecendo beijo a beijo, imitando, aprendendo rápido, enroscando a língua na dele. Emitiu sons suaves que só ele pôde ouvir quando pôs os braços ao redor do pescoço dele, aproximando-o, convidando-o a aprofundar o beijo, a fazer mais...

Um movimento atrás de Fia chamou a atenção de Dair. Alguém se aproximava dele saindo da escuridão. Ele a reconheceu de imediato: Jeannie, sua imagem borrada e distorcida pela fumaça da fogueira. Dair sentiu o peito se apertar de medo, culpa e angústia. O cabelo claro de Jeannie estava solto sobre seus ombros, os poços escuros que eram seus olhos fixos nele, cheios de tristeza. Os ossos de Dair viraram água; ele afastou Fia, levou-a para trás de si e encarou Jeannie enquanto ela atravessava a névoa e se aproximava.

Mas era Logan que se aproximava da fogueira. Angus vinha atrás dele com uma expressão sombria e cinzenta. Algo estava errado. Muito errado. Dair sentiu um nó no estômago.

— Dair? Graças ao Senhor o encontrei — disse Logan. — Seu pai está em casa, mas está ferido. Você deve ir vê-lo imediatamente.

31

Fia sentiu Dair enrijecer em seus braços, e ele parou de beijá-la. Ela abriu os olhos, fitou-o, surpresa, mas ele não olhava para ela. Via algo atrás dela, e o desejo se transformou em horror nos olhos dele. Dair tirou os braços de Fia de seu pescoço, empurrou-a para trás de si e levou a mão ao punhal. Detrás dele, ela espiou e viu Logan com a expressão tomada de tristeza. Sentiu o coração se apertar.

— Seu pai está em casa, mas está ferido...

Ela ficou sem ar. Ouviu os gritos consternados das pessoas próximas. Em um instante o prazer se transformou em desespero.

Fia tentou abraçar Dair, mas ele se afastou e as mãos dela caíram de lado, vazias.

— John, onde está você? — ele gritou. — Vá buscar Moire!

Ele começou a se distanciar com Angus, e Fia se apressou para alcançá-los.

— Eu posso ajudar.

Dair não respondeu, mas Angus assentiu. Ela os seguiu com o coração disparado.

Havia uma carroça ali perto e Dair subiu a bordo sem sequer notar Fia. Foi Angus quem a levantou. Logan subiu ao lado dela.

— O que aconteceu? — perguntou Dair a Angus quando a carroça começou a avançar.

— O chefe foi atacado na estrada. Foi feio.

— Onde estava a retaguarda, a escolta? — perguntou Dair. — Ele levou trinta homens consigo.

— Eu sei. Eu era um deles. Ele deixou vinte homens em Edimburgo. Houve um tumulto. A multidão esperava encontrar alguns tripulantes do navio inglês, e queriam se vingar por Jeannie e por você. Seu pai permitiu isso, incentivou até. Ele recebeu seu recado, e partimos imediatamente. Ele escreveu para você dizendo que estava voltando para casa. Não recebeu a mensagem?

Dair balançou a cabeça.

— Não recebi nem enviei recado algum.

Angus franziu o cenho, mas continuou.

— Voltamos com dez homens, os melhores guerreiros. Seis estão mortos, dois feridos. Nós não os vimos chegar. Eram selvagens, Dair. Não foi um assalto, foi um assassinato. Eles queriam nos matar. Mal conseguimos escapar com o chefe.

Fia notou sangue no rosto de Angus, e mais escorria por sua camisa.

— Quem fez isso? — perguntou Dair, moendo as palavras com os dentes apertados.

A fúria vibrava em seu corpo como uma coisa viva. Fia resistiu ao desejo de tocá-lo para oferecer conforto. Ele não gostaria. Não neste momento.

— Ninguém sabe — disse Logan. — Perguntei aos homens que voltaram com o chefe, visto que não conseguia encontrar você. Os atacantes não usavam tartans nem emblemas, não proferiram nenhum grito de batalha. Simplesmente saíram da escuridão e pegaram de surpresa o grupo do chefe.

— Meu pai... está muito mal? — perguntou Dair a Angus, com palavras estranguladas.

Lágrimas brilhavam nos olhos de Angus.

— Ele foi esfaqueado no ventre. Estávamos em terras dos Sinclair, mas ainda a uma dúzia de milhas de casa. Foi uma cavalgada difícil.

Fia levou a mão à boca e sentiu suas próprias lágrimas rolarem. Ergueu os olhos e viu Logan a observando com expressão ilegível.

Dair olhava diretamente para o escuro castelo enquanto se aproximavam, não dizia nada. Ele desceu antes que a carroça parasse, ignorando sua perna ferida, correndo para a porta.

O padre Alphonse saiu das sombras e bloqueou o caminho de Dair. Seus olhos queimavam como brasa.

— É culpa sua, Alasdair Og. Você atraiu a ira de Deus sobre Carraig Brigh permitindo ritos pagãos. Pecado! Blasfêmia! Mal! Você amaldiçoou este clã! — Suas palavras ecoaram nas pedras da fortaleza. O padre gritou quando viu Fia e ergueu o crucifixo. — Fora daqui! Eu sei o que você é! Você não pode entrar aqui!

Dair pegou o padre pela batina com as duas mãos e o levantou do chão. Disse, com os olhos arregalados de fúria:

— Saia do meu caminho.

O padre Alphonse gemeu quando foi jogado de lado.

Dair atravessou a porta sem olhar para trás.

Fia estendeu a mão para ajudar o padre a se levantar, mas ele se esquivou. Empunhava o crucifixo como uma arma. A luz das tochas iluminava o reflexo de Fia na superfície de prata, distorcido e feio.

— *Bruxa!* — sibilou o padre. — Você amaldiçoou Carraig Brigh, desviou essas boas pessoas dos caminhos sagrados de Deus.

Fia deu um passo para trás, em choque.

— Eu não sou bruxa!

Ela olhou em volta à procura de alguém que a defendesse. Logan a fitava em silêncio, com uma expressão fechada e sombria. No portão um guarda ouvia tudo; persignou-se e murmurou uma prece. Outras pessoas chegaram e escutaram também. Sussurros corriam entre todos, repetindo a palavra terrível. Eles a julgavam em silêncio, mais uma vez de luto e procurando alguém para culpar. O padre ainda gritava, invocando Deus e condenando o diabo, apontando para ela seu dedo ossudo, afiado como um punhal.

O sangue quente tomou o rosto de Fia, fez sua língua travar. Ela se voltou e correu para dentro, longe das terríveis acusações.

32

Padraig Sinclair jazia inconsciente em sua cama. Seu rosto estava pálido. Seu ventre fora atado com bandagens improvisadas, tiras irregulares arrancadas da camisa e do tartan de seus homens. Estavam todas encharcadas de sangue, assim como o lençol debaixo do chefe. O coração de Dair se apertou no peito e sua boca secou de medo.

Dois homens estavam parados junto à cama, guardando o líder ferido, com as mãos sobre o cabo da espada. Dair conhecia os dois, faziam parte da retaguarda de Padraig. Seu dever era proteger o chefe, mantê-lo seguro, e haviam falhado. Eles sabiam disso. Tinham o rosto cinzento de fadiga, e seus olhos duros e maxilar apertado diziam que achavam que deviam estar deitados ali no lugar de Sinclair. Eles não haviam removido suas armas nem se banhado. Haviam carregado o chefe para a casa principal e ficado ao seu lado, exaustos, ensanguentados e sujos. Se tinham alguma esperança de que o chefe sobrevivesse, não demonstravam.

— Vocês estão feridos? — perguntou-lhes Dair.

— Nada sério. Um ou dois arranhões.

— Não é nada — disse Callum Sinclair, embora a manga de sua jaqueta de couro estivesse rasgada e manchada de sangue, e seu braço pendesse em um ângulo impossível.

Fia entrou no aposento. Dair observou a atenção dela recair sobre Padraig e viu o sangue se esvair de suas faces. Então, sua própria esperança desapareceu. Não havia milagres a serem feitos ali. Ela atravessou a sala, afastou as ataduras sangrentas que amarravam o peito de Padraig e emitiu um suspiro de consternação. Virou-se para Dair com lágrimas nos olhos. Ele engoliu em seco.

— Vamos esperar por Moire. Cuide de Callum — disse ele.

Fia estava pálida como a neve, mas não se intimidou ao ver todo aquele sangue. Cortou habilmente a jaqueta de Callum com um punhal. O corte a espada era longo e profundo, e o sangue do homem escorria para o chão já todo ensanguentado — sangue do pai de Dair, sangue Sinclair, sangue *dele*.

Dair engoliu sua raiva, tristeza e choque. Mais homens se aglomeravam na sala, observando-o, calados e amedrontados, esperando que assumisse o comando e os fizesse entender tudo aquilo. O pavor fechava a garganta de Dair enquanto ele olhava de um para outro.

Encontrou o olhar de Fia e leu nele a confiança silenciosa, em si mesma e nele. Isso lhe deu coragem.

— Vá ver por que Moire está demorando — ordenou Dair ao homem mais próximo da porta.

— John Inglês e mais três foram buscá-la, Alasdair Og — disse o homem, tirando o gorro e torcendo-o nas mãos. — Logan disse que queria falar comigo, visto que eu estava com o chefe... — Sua voz falhou quando mirou a figura imóvel na cama.

— O que aconteceu? — perguntou Dair.

— O chefe recebeu sua mensagem, e nós deixamos Edimburgo imediatamente. Estávamos quase em casa, em terras Sinclair, quando eles saíram da escuridão e caíram sobre nós. Nós cercamos o chefe, mas eles lutaram como demônios. Levaram seis homens nossos, os assassinaram a sangue-frio e feriram o chefe. Angus tomou as rédeas do cavalo e veio para casa. Ele está...?

Não houve mensagem nenhuma, pelo menos não minha.

— Quem fez isso? — perguntou Dair.

Os homens sacudiram a cabeça.

— Estavam vestidos de preto, usavam capuz. Estava escuro na estrada, difícil diferenciar o inimigo das sombras.

— Quantos eram? — indagou Dair. — Vocês os mataram?

— Não sei. Juro que atacamos, mas o chefe... tínhamos que proteger o chefe. Deixamos os mortos na estrada.

— Onde está Will? — Angus procurava o capitão da guarda de Padraig.

— Aqui — disse Will Sinclair, dando um passo à frente. — Preciso falar com você, Dair.

Will olhou para o rosto cinzento e pálido de seu chefe e engoliu em seco. Seu tartan estava escuro de sangue.

— Você está ferido? — perguntou Dair.

— Não. — Will balançou a cabeça. — É o sangue do chefe. Ele me pediu para lhe dizer... — Engoliu em seco de novo, balançando nos pés. — Ele o nomeou o próximo chefe, se... quero dizer, se ele não...

Ina chegou. Fia deixou a sutura do braço de Callum para ela e se aproximou da cama de novo. Pegou a mão flácida do chefe na sua, checou seu pulso, e então se virou para Dair.

— Moire ainda pode demorar — disse, pedindo sem palavras permissão para cuidar do pai dele. Ele assentiu. Ela se pôs a trabalhar de imediato. Usou o próprio punhal do chefe para cortar as ataduras ensanguentadas. Dair sentiu seu estômago revirar ao ver o que havia embaixo. — Ina, traga-me algumas camisas limpas — disse Fia baixinho.

Dair observava enquanto ela pressionava o linho contra a ferida. O barrado de fina renda ficou rapidamente embebido em sangue.

— Está muito ruim, senhorita? — perguntou Angus.

— Sim, muito ruim — murmurou ela enquanto arregaçava as mangas, revelando braços esbeltos que pareciam delicados demais para a tarefa de salvar a vida de um homem.

As linhas prateadas de sua cicatriz se enroscavam em torno do pulso de Fia como uma videira.

— Do que precisa? — perguntou Dair.

Ele precisava fazer alguma coisa, ajudar, salvar a vida de seu pai. Não poderia ser chefe. Não nesse momento.

— Precisamos deter o sangramento. Pressione aqui — disse ela, pegando a mão dele e colocando-a sobre o pano.

Ele sentiu a força nos dedos dela; passou por ele como um raio. Então, sentiu o calor úmido do sangue de seu pai escorrer pelo tecido e as lágrimas fizeram seus olhos arderem. Fia ergueu a mão dele e substituiu o pano encharcado por outra camisa, e depois outra, com calma e cuidado. Ina chorava baixinho. O quarto ficou em silêncio. Os homens observavam e esperavam.

Os guerreiros recuaram para deixar Moire entrar. Ela se inclinou sobre Padraig e levantou-lhe a pálpebra.

— Está vivo — disse. Olhou para Fia. — Sangramento?

— Ele perdeu muito sangue — respondeu Fia.

Moire levantou o linho.

— Betônica e milefólio — murmurou enquanto abria sua trouxa.

Colocou sobre a ferida um punhado de folhas secas. Padraig estremeceu.

— É um bom sinal: não está longe demais para sentir dor — disse Fia.

Moire não respondeu.

A parteira colocou um punhado de linho limpo sobre a ferida viva e olhou ao redor, só então notando a multidão de homens ali.

— Saiam, todos vocês, estão tapando a luz. Fora, não há nada a fazer senão esperar.

— Vamos ficar, velha. Ele é nosso chefe — disse Angus.

Ela apontou para o canto mais distante da sala e disse:

— Então fiquem lá. Ele precisa de espaço para respirar.

Os homens se posicionaram ao longo da parede. Dair ficou ao lado da cama. Notou uma pétala de flor branca presa no cabelo vermelho de Fia. A coroa de flores havia desaparecido, e seu vestido azul estava encharcado de sangue.

— Dair? — disse Padraig num fio de voz.

Dair se voltou para o pai. Moire estava ali, diante dele, com suas mãos nodosas pairando sobre o chefe, checando a sua temperatura e mantendo-o imóvel.

— Aqui, pai — disse Dair.

Padraig franziu o cenho para Moire.

— Pare de fazer estardalhaço, velha.

Ela franziu o cenho para ele.

— Chefe ou não, você fará o que eu disser se quiser continuar respirando.

Padraig fez uma careta.

— Nós dois sabemos que há poucas possibilidades disso, e eu preciso falar com meu filho e Angus enquanto tenho tempo — disse o chefe. Dair tomou a mão do pai. O anel de Padraig, com o brasão do clã, brilhava à luz das velas. Sua mão já estava fria, e seu aperto era fraco. — Sua mensagem dizia que havia problemas aqui — murmurou Padraig. — Esperava que você me encontrasse no rio.

Dair franziu o cenho.

— Eu não enviei mensagem nenhuma. Também não recebi a sua.

Padraig fechou os olhos.

— Uma armadilha... Então o perigo existe. Você sabe como lidar com isso. Você é um pirata, um highlander, e o melhor de todos os Sinclair. — Tossiu, e sangue borbulhou em seus lábios. — É minha vontade que você seja chefe depois de mim. Angus, você está aí? Seja testemunha.

— Sim, chefe — disse Angus.

— Você nunca falhou comigo. Nunca falhou com Dair. Alguns tentarão forçar uma votação, escolher outro para liderar os Sinclair, mas Dair deve...

— Sabe quem fez isso com você, tio? — interrompeu Logan, forçando passagem.

Padraig se voltou para o sobrinho, surpreso com a audácia do rapaz.

— Depois, Logan — disse Dair.

Seu pai apertou a mão do filho. Um aperto fraco provindo de um homem conhecido por sua força. Padraig mantinha os olhos em Logan.

— Eu sei — sussurrou, mas o gorgolejo em sua garganta o impediu de continuar.

— Mandei chamar o padre. Vai se confessar? — persistiu Logan.

Padraig não respondeu. Voltou os olhos para Dair, sem necessidade de palavras, com expressão suplicante. Dair sentiu seu peito se apertar, e pressionou ainda mais a mão do pai, como se pudesse segurá-lo ali.

— Você é o chefe — insistiu Padraig, mas sufocou de novo, e mais sangue correu sobre seu queixo e peito.

Morreu com os olhos fixos no filho. Padraig estremeceu uma última vez antes de expirar. Dair viu a luz deixar os olhos de seu pai, seu rosto se esvair na morte.

Ouviu o soluço de Angus, os lamentos baixinhos dos homens. Moire estendeu sua mão enrugada e sardenta e baixou as pálpebras de Padraig. Foi abrir a janela um instante para deixar que a alma do chefe voasse livre, e depois a fechou de novo. As velas tremeluziram e quase se apagaram.

Os homens se aproximaram da cama formando uma roda silenciosa em volta do chefe, como uma paliçada.

Angus pegou a mão de Padraig e tirou-lhe o anel do dedo. Estendeu-o a Dair, dizendo:

— O que devemos fazer, chefe?

Dair o encarou. Viu as lágrimas, o orgulho feroz e a determinação no semblante do protetor dos Sinclair. Olhou ao redor, para os outros, e viu muito menos certeza neles.

Sentiu uma mão em seu ombro. Fia. Reconheceu o aroma de seus cabelos, sentiu a força em seu toque, encorajando-o. Pegou o anel do pai, segurando-o na palma da mão. O rubi cintilou como uma gota de sangue. Colocou-o no próprio dedo e reivindicou seu direito de nascença.

33

As mulheres do clã Sinclair lavavam o corpo do chefe para o enterro, chorando sobre ele.

— Então, Alasdair Og deve ser chefe — ponderou Moire, observando as mulheres. — Acaso ele é um líder? Já foi, mas ainda será? Ele vai sentir um luto profundo, mais culpa, o que pode ser sua ruína.

— Ou sua força — disse Fia, com os lábios apertados e o corpo cansado e dolorido por sua tristeza.

Tristeza pela perda sofrida por Dair, pela morte violenta e sem sentido do chefe e seus homens. Dair já havia assumido o comando. Não havia loucura em seus olhos quando ele partira para buscar os que morreram em batalha, nem quando voltara e caminhara entre aqueles que haviam perdido um filho ou um marido. Garantira que seu clã estivesse seguro, alimentado e cuidado antes de se isolar em sua câmara. Teria chorado, ou amaldiçoado, ou lamentado a morte do pai de outra maneira? Donal MacLeod havia enterrado oito esposas; sempre permanecera forte para suas filhas e seu clã, mas, na privacidade de sua câmara, Fia sabia que ele chorava, triste e sozinho. Ela desejava oferecer a Dair uma palavra de conforto, um toque, mas ele estava entre seu povo, rígido, com uma expressão pétrea, e nem sequer olhava para ela.

Ela não conseguia esquecer o beijo que haviam trocado, o olhar dele quando a encontrara junto ao fogo. A partir desse momento, ela se apaixonou. Entendia por que ele não a procurara desde então — com tudo que havia para fazer, ela era a última coisa na cabeça dele. Bem, talvez ela não entendesse nada, visto que seu coração pulava e aguardava com expectativa sempre que ele aparecia, e se apertava quando ele não a notava. Ela era invisível de novo.

— Será como a Deusa decidir — refletiu Moire. — Mas o clã não esquecerá a loucura dele nem deixará de culpá-lo pela morte *dela*. E, quando se lembrarem disso, será fácil culpá-lo por essas mortes também. Alasdair Og não tem sorte. Eles não vão querer um chefe desafortunado.

— Ele será um bom chefe — insistiu Fia. — Ele foi comerciante, líder, capitão, e trouxe prestígio e poder para os Sinclair. Certamente eles vão se lembrar disso também.

— Oh, você o defende como uma mulher apaixonada. Ouvi dizer que ele a beijou à luz da fogueira. Tão bom quanto reivindicá-la para si, embora nada tenha sido dito, nenhuma promessa feita. — Moire estendeu a mão para pegar a de Fia. — Tenha cuidado, moça. Ele é fogo, e fogo queima, destrói. Eu vejo dor e mágoa no futuro, e pode acabar com você da mesma maneira que acabou com ele. — Ela observou o rosto de Fia, soltou-lhe a mão e se levantou, dizendo: — *Ach!* Não há razão para eu lhe dizer isso agora. As coisas serão como tiverem que ser. Não cabe a mim interferir. Vou embora.

Fia a viu partir. Moire estava errada. Dair não era fogo; era água. Ele podia navegar por tempestades e mares bravios e voltar para casa. Ela passou os braços ao redor do corpo e fechou os olhos, desejando que ele encontrasse seu caminho.

34

— Ora, Fia, deixar que ele a beijasse assim na frente de todos! As pessoas vão pensar que você e ele são... — Meggie parou, com as faces coradas. — Vocês *não são*, certo?

Fia sentia as faces queimando sob o escrutínio da irmã. Estavam no salão, e ela olhou ao redor para ver se alguém estava ouvindo. Pela primeira vez em dias, ninguém olhava para ela especulando... Ela foi poupada da necessidade de responder à pergunta quando John entrou no salão com Angus, e Meggie voltou a atenção para eles. Angus encheu canecas prateadas com cerveja, e todos se sentaram.

— Que momento terrível para os Sinclair... Sinto que podemos estar sendo intrusivas. Talvez Fia e eu devêssemos ir para casa — sugeriu Meggie.

Angus balançou a cabeça.

— Dair proibiu viagens até descobrirmos quem atacou o chefe.

— Sem dúvida, foi um clã rival — disse Meggie.

— Nós somos escoceses. *Sempre* há um clã rival.

Angus tirou os olhos de sua caneca.

— Padraig teve muitos inimigos, mas nenhum tão ousado a ponto de atacá-lo em suas próprias terras. Se o quisessem morto, eles o teriam matado em Edimburgo.

— E por que quereriam matá-lo? Ele me pareceu um bom homem — disse Meggie.

Angus lançou um olhar frio a Meggie.

— Há pessoas que guardam ressentimentos em relação aos Sinclair, senhorita. — Deu um tapinha em sua própria testa. — Somos muito sagazes, assim como fortes. Houve um esquema alguns anos atrás... Você provavelmente é jovem demais para recordar. Uns bravos escoceses elaboraram um plano para fazer a fortuna da Escócia criando uma colônia comercial no Istmo de Darién, no Novo Mundo. Todo o comércio do leste e oeste, do Atlântico e do Pacífico, passaria pelas mãos escocesas. Se houvesse funcionado, seríamos ricos e poderíamos mostrar nosso desdém pelos ingleses. Muitos clãs investiram suas fortunas no empreendimento, e perderam tudo quando não deu certo. Os Sinclair não investiram. Dair havia estado em Darién, onde só havia moscas, doença e vizinhos desagradáveis com lanças afiadas. Ele avisou Padraig para não investir e salvou a fortuna dos Sinclair. Aqueles que perderam tudo suspeitaram de algum tipo de traição.

— O que aconteceu em Edimburgo? — perguntou Fia.

— Mais insensatez — disse Angus. — Os escoceses acusaram a tripulação de um navio inglês chamado *Worcester* de deter um navio escocês e matar todos a bordo, assim como aconteceu com o navio de Dair. Padraig nunca superou isso. Fizeram o capitão inglês ser julgado por pirataria e enforcaram três homens, como exemplo e alerta.

— Isso foi motivo suficiente para matar Padraig? — perguntou Fia.

— Não — disse Angus. — Nenhum escocês jamais se opôs a enforcar um ou dois ingleses. Sem ofensas, John Inglês. Não, os homens que atacaram o chefe eram escoceses, mas sem coragem de mostrar o rosto ou usar seus tartans.

— Como você sabe? — perguntou Meggie, de olhos arregalados.

— Eles usaram espadas medievais — respondeu Angus. — Um inglês não consegue nem levantar uma arma tão poderosa. A escolta do chefe teria retalhado atacantes ingleses enquanto eles ainda estariam tentando levantar as lâminas.

John ignorou a provocação.

— Will disse que eles apareceram do nada, chamaram um dos homens de Padraig pelo nome antes de matá-lo. E puxaram as armas primeiro — disse.

Angus balançou a cabeça.

— Um guerreiro Sinclair é um inimigo formidável. Ele não se arrisca. Eu mesmo treinei a maioria dos rapazes da retaguarda do chefe. Eles eram nossos melhores lutadores.

— O que vai acontecer agora? — perguntou Fia.

— Dair é o chefe — afirmou Angus. — Pode levar tempo para o povo se acostumar com isso. Alguns não concordarão, e talvez sejam necessárias algumas cabeças rachadas para mudarem de ideia. Mas, enquanto eu viver, a palavra final do chefe sempre valerá.

— Eles temem ter um chefe louco, é o que quer dizer? — perguntou Meggie, sem rodeios.

As faces de Angus se tornaram escarlate.

— Ele não é louco. Fia o curou.

— É mesmo? — disse Meggie, cruzando os braços. — Então por que ela não curou Padraig?

Angus franziu a testa, aparentando não ter pensado nisso. Ele lançou um olhar para Fia, e ela sentiu sua pele se aquecer.

— Seus ferimentos eram muito extensos. Ele perdeu muito sangue — argumentou ela.

— Homens morrem — acrescentou John. — Você sabe disso, Angus. Você viu o ferimento.

Angus grunhiu e olhou para John.

— Eu sei que você é amigo de Dair, mas não se meta, John Inglês. Você não é um de nós. Alguns poderiam pensar que...

Ele deixou a terrível ideia no ar.

— O povo se vingaria em John? — perguntou Meggie. — Nem mesmo meu pai, que odeia *sassenachs*, faria algo tão desonroso.

— Já não houve vingança suficiente? — ponderou Fia. — E não ajudou em nada. Na verdade, piorou as coisas.

Angus se inclinou para a frente, dizendo:

— Padraig não deveria ter enforcado homens inocentes, mesmo sendo ingleses. Eu o protegerei, John Erly, se você me ajudar a proteger Dair.

— *You have my sword, sir* — disse John, em inglês.

— O quê? — perguntou Angus, semicerrando os olhos.

— Com prazer lutarei ao seu lado, Angus Mor Sinclair — disse John em gaélico.

Angus ergueu a caneca de novo.

— Então, ao chefe; o vivo e o morto. E à saúde e boa fortuna de todos os Sinclair de Carraig Brigh.

35

Fia parou à porta da biblioteca quando viu Dair sentado à mesa.
— Não quero me intrometer. Devo ir embora?
— Não, fique. — Ele se levantou. Ela notou os círculos escuros sob os olhos de Dair e se perguntou quando teria sido a última vez que ele comera ou dormira. Desejava tocá-lo, afastar aquela mecha de cabelo de sua testa, mas não havia calor nos olhos dele. Sua expressão era neutra, polida. — Veio pegar um livro?
— Queria ler mais daqueles poemas italianos — disse ela. — Angus falou que Meggie e eu não devemos deixar o castelo.

Ela estava entediada, inquieta e incapaz de pensar em algo além de Dair. Não o vira durante vários dias. Deixou seu olhar pousar na boca de Dair, recordou e sentiu o rubor subir como fogo.

Algo se acendeu nas profundezas dos olhos cinzentos dele, como se ele recordasse também. Mas ele desviou o olhar.

— O livro está aqui — disse, encontrando-o sob uma pilha de papéis. — Eu estava traduzindo mais antes de...

Ela sentiu a boca seca.

— Para mim? Quero dizer... — Ela parou antes que sua língua lhe causasse mais problemas.

— Sim, Fia, para você.

Ele apanhou uma página e a entregou a ela, que se aproximou e a pegou, roçando seus dedos nos dele. Fia leu as primeiras linhas do poema. Uma moça recordava o beijo de despedida de seu amante enquanto o observava se afastar. Ela o queria de volta, ansiava por seu toque, seu corpo no dela no sigilo da noite... Um rubor e algo mais se espalharam pelo corpo de Fia. Ela entendia esse tipo de anseio agora; sentia o mesmo.

— É maravilhoso — disse ela, com voz rouca.

— Não tive tempo de terminar.

— Eu gostaria de saber como acaba. Ele volta para ela? — Ela mordeu o lábio quando ele ergueu as sobrancelhas e sua boca tremeu. Céus, estaria ele pensando o mesmo que ela? Ela sentiu um arrepio, um fogo... Apenas a largura da mesa os separava. Ela sentia água na boca de vontade de outro beijo. Devia dizer algo sensato... — Lamento por seu pai. Ele era um bom homem. Prefere que Meggie e eu partamos? É um momento difícil para ter que se preocupar com hóspedes — disse, embora não quisesse deixá-lo nesse momento, nem nunca.

— Não — respondeu ele, depressa. — Não posso enviar um grupo adequado de homens para acompanhá-las. Preciso deles aqui. Por enquanto, vocês estão mais seguras em Carraig Brigh que na estrada.

Com ele. Fisicamente, sim, ela estava o mais segura possível. Mas seu coração estava terrivelmente em perigo. Ela fitou as sombras sob os olhos dele, as rugas de tristeza em torno de sua boca, notou que seu corpo esbelto estava ainda mais magro. Enroscou a mão na saia.

— Eu não lhe agradeci... Você fez o melhor que pôde para salvá-lo — disse ele.

— Você será um bom chefe, Dair.

Os olhos de Dair escureceram.

— Serei? Muitos chefes de clãs têm apelidos. Seu próprio pai, por exemplo, é o Temido MacLeod. Suponho que serei conhecido como o Louco Sinclair. — Ela franziu o cenho diante da brincadeira. — Não? — perguntou ele, meio sorridente.

— Eu vi você na noite em que seu pai morreu, e depois... Você é um bom líder.

Ela sustentou o olhar de Dair, tentando fazê-lo acreditar. Mas ele desviou o rosto.

— Será a escolha do clã, claro. Apesar dos desejos de meu pai, eles farão uma votação.

— Seriam tolos se escolhessem outra pessoa — garantiu ela. — Você é forte, inteligente, corajoso...

Ele a fitava, espirituoso.

— Um beijo e você sabe tudo isso? Oh, senhorita, talvez descubra estar errada.

Ela levantou o queixo. *Foram dois beijos, ou cem talvez, um em cima do outro...* As centelhas de luxúria se transformaram em ira.

— Minha vida inteira fiquei nas sombras. Aprendi a observar, a ler as pessoas, a entender quando é seguro aparecer. Você não é louco. E, se bem me lembro, eu o beijei primeiro.

— Verdade. — Ele contornou a mesa e parou diante dela. — Sabe por que eu fui à fogueira? — A barreira entre eles havia desaparecido. Dair estava parado diante dela, perto o suficiente para tocá-la. Fia inclinou a cabeça para olhar para ele e a balançou. Ele pôs a mão no rosto dela e fitou-lhe a boca. — Fui porque queria beijá-la de novo. Na verdade, eu poderia ter ido além dos beijos, não fosse... — Ele a fitou de novo, com olhos atormentados. — As coisas têm razão de ser, Fia.

Ela recuou, levando as mãos à cintura.

— Você realmente acredita que o Deus de padre Alphonse, ou a Deusa de Moire, ou o próprio destino, intervieram e mataram seu pai para evitar que você me beijasse? — Ele não respondeu. — Eu nunca ouvi nada mais tolo na vida! — Ela se afastou e começou a andar de lá para cá sobre o tapete. — Se não fosse pela morte de Jeannie, eu nunca teria vindo para cá. Não teríamos nos beijado, provavelmente nunca nos veríamos, Dair Sinclair. Acha que eu deveria me arrepender de vir só porque você me beijou? — Ela colocou a folha de poesia na mão dele de novo e balançou a cabeça. — Eu gostei. E poderia muito bem *ter deixado* você fazer mais que me beijar na véspera do solstício de verão. — Ele sorriu para ela, surpreso. A língua indisciplinada de Fia era rápida. — Não me importa se o choco. Não tenho chance de ter muitos beijos nesta vida, e...

Ela se calou. Só queria o tipo de beijo de que se recordaria para sempre — os beijos de Dair.

Ele se apoiou na mesa e a encarou, com diversão.

— E o quê?

Ela bateu o pé, quase tropeçou. Ele a deixou se endireitar sozinha.

— E você é o homem mais irritante que já conheci!

Ele sorriu.

— Mas você gosta dos meus beijos.

— Sim! Não! — Ela estava confusa, não tinha experiência com o jogo do flerte. O que Meggie faria? Ou Jennet, ou Aileen? Flertariam também. Corajosamente, Fia inclinou o queixo em um ângulo atrevido. — Acho que gostei dos seus beijos, mas não tenho nada com que os comparar. Não posso dizer com certeza. Talvez eu deva fazer mais disso com outra pessoa antes de formar uma opinião.

O semblante jocoso de Dair se transformou em uma carranca.

— Se fizer isso, vou mandá-la para casa imediatamente, Fia MacLeod.

— Não vai me deixar beijar mais ninguém?

— Não enquanto eu for o chefe aqui. Seus lábios são proibidos.

Ela parou.

— Isso é... flertar?

— Você não sabe? — ele perguntou, e ela negou com a cabeça. — É por isso que você não vai beijar mais ninguém enquanto estiver em Carraig Brigh, srta. MacLeod.

— Só você? — perguntou ela, sem fôlego.

Ele fechou os olhos.

— Não, Fia. Nem a mim. Especialmente não a mim.

Ela ficou imóvel por um momento, considerando a possibilidade de nunca mais o beijar. Isso não aconteceria. Nesse exato momento, seus lábios formigavam e seu corpo se lembrava de como era se sentir pressionada contra a dureza dele, da doçura de estar nos braços de Dair.

Ela avançou até ficar de frente para ele, seus pés encostados nos dele.

— Durante toda a minha vida as pessoas me disseram o que eu deveria ou não deveria fazer. Elas acham que sou limitada, frágil demais, estranha demais, arruinada pelas cicatrizes. — Ela colocou o dedo no peito dele. — Eu sou mais forte do que você pensa, e mais inteligente também. E quanto ao que eu mesma quero para mim? Não posso ter sonhos ou... prazer? Alasdair Og Sinclair, não beije uma moça e depois a proíba de ter mais, sendo que é culpa sua eu gostar de beijos. — Ela ficou na ponta dos pés, tomou o rosto dele com as mãos e pressionou a boca na dele por um longo momento. Então recuou. Sentia o coração bater contra as costelas, e o formigamento que atravessava seu corpo exigia mais. Levou a mão aos lábios, como se pudesse segurar o calor da boca de Dair sobre a sua, guardá-lo para sempre. — Pronto — disse ela firmemente, ciente de que ele não se mexia nem piscava.

O que mais havia para dizer? Fia deu meia-volta e saiu da biblioteca.

36

Se fosse o velho Dair, o trapaceiro, o capitão, o pirata, ele teria ido atrás de Fia MacLeod, perseguido a moça e lhe mostrado como era perigoso provocar um homem com beijos castos. Seu corpo maltratado estava se curando, sua necessidade natural de sexo havia voltado. Ele se sentira enrijecer como um pedaço de madeira, instigado somente por um beijinho e uns momentos de flerte desajeitado.

Ela falara de desejo e prazer. Seria muito fácil mostrar a ela, ensinar-lhe. Ela era a mulher mais fascinante que ele já conhecera.

Foi atrás dela. Ela não o rejeitaria.

Mas parou. O desejo dela era recém-nascido, uma flor desabrochando. Se ela não fazia ideia do que era *flertar*, não estaria pronta para mais. E ele era um maldito louco, perigoso e transtornado. Fia seria de verdade o antídoto para sua loucura, ou apenas outra forma de insanidade, enviada para atormentá-lo? Ele passou a mão no cabelo, praguejando.

Fosse o que fosse, ele a queria como nunca havia desejado uma mulher, ou uma bebida, ou qualquer outra coisa na terra.

E sobrara bastante do antigo Dair para saber que não poderia tê-la.

37

— Não é a gata de Muriel? — perguntou Ruari. A linda felina estava ao sol lambendo delicadamente suas patas pretas, de costas para a porta do estábulo.

— Sim, é Angel — disse Angus, olhando para a gata como um pai protetor. — Vá para casa, gata.

A gata o ignorou.

— Ela esteve aqui o dia inteiro, fazendo jogo duro, fingindo não ver Beelzebub a observar — disse Ruari.

Viram Bel aparecer na porta. Suas pupilas eram como fogo enquanto espiava a gatinha preta sentada no pátio. Ela o viu no mesmo instante; baixou as orelhas, arqueou as costas e sibilou.

Bel pestanejou em silêncio, à espera.

— Ele gosta dela? — perguntou Andrew.

Jock riu.

— Se ele gosta dela? Veja essa pose masculina, a total calma em seus olhos. É a vez dele de jogar duro. Observe. Ele vai dar meia-volta, retornar para dentro e deixar que ela vá atrás dele.

— Eu vi Dair fazer exatamente isso em uma festa em Paris com uma duquesa — disse Angus.

— É mesmo? — indagou Andrew. — Ela foi atrás dele?
— Claro que sim, foi direto para a cama dele.
Soltaram risos masculinos.
Beelzebub virou as costas para a fêmea que se lavava e entrou no estábulo. Ela pareceu surpresa por um momento, antes de levantar a cauda como uma bandeira de batalha, baixar a cabeça como um aríete e segui-lo.
— Vejam só — disse Ruari.
Jock estendeu a mão.
— Viu? Eu ganhei. Encontrei uma parceira para ele. Podem me pagar.
Andrew cruzou os braços.
— Ela veio sozinha! Se ainda estiver aqui pela manhã, pagaremos. Não antes disso.
— Ela estará. Você já ouviu as histórias antigas — disse Angus. — Meu pai diz que há uma mulher para cada homem. O primeiro de nossa linhagem, Sir William Sinclair, teve sua Mairi. Uma vez que um homem encontra sua verdadeira companheira, nenhuma outra lhe chama a atenção. Ele dá seu coração a quem ama... seu coração e seu juízo.
— Amor? Não seja tolo — retrucou Jock. — As mulheres são espertas, sabem como nos fazer lhes dar nosso coração e um lar. Tudo se resume a um bom par de...
— Ei! Olá!
Todos se voltaram quando Logan adentrou a muralha externa em seu cavalo, carregando um corpo coberto.
Angus levantou a cabeça do morto.
— É Lulach Murray! — disse, olhando surpreso para Logan.
Os olhos de Logan eram ardentes, e havia sangue em suas mãos.
— Um dos canalhas que mataram o chefe — disse Logan.
— Lulach? — indagou Ruari. — Ele não é do tipo que ataca uma retaguarda formada de bons lutadores. É só um pastor.
Logan abriu seu alforje e tirou um tartan, tingido de preto para esconder o padrão.

— Isto estava em sua cabana. Está vendo o sangue? É o sangue do chefe. Eu perguntei a Lulach por que ele fez aquilo; porque o clã está amaldiçoado, disse ele. Então veio para cima de mim com um punhal, tentou me matar, foi uma luta terrível. Ele preferiu morrer a entregar seus amigos, de modo que eu o apunhalei no coração.

Angus notou que Logan não estava ferido. Sentiu certo desconforto.

— Mas eu conheço os amigos dele — disse Andrew. — A esposa dele é prima de minha mãe. Lulach conhece as mesmas pessoas que nós conhecemos. Nunca soube que ele se afastasse de seus rebanhos. Sempre o considerei um homem calado e maçante.

— Os calados é que têm os segredos mais profundos. O filho dele foi um dos homens mortos em Berwick — afirmou Angus.

Logan ergueu o tartan tingido, dizendo:

— Na noite em que Padraig morreu, eu prometi encontrar os responsáveis. Isto é o começo.

Ruari franziu o cenho.

— Por que diabos Dair enviou você sozinho? — perguntou. — Ele deveria ter enviado todos nós. Padraig era nosso chefe também. Temos tanto direito de vingá-lo quanto qualquer outro Sinclair.

Logan sorriu, mas sua expressão continuava fria.

— Dair não me enviou. Ele não enviou ninguém, mas isso tinha que ser feito. Eu decidi ir sozinho.

Angus sentia suas entranhas se apertarem enquanto os homens se entreolhavam e resmungavam.

— Bom trabalho, Logan — disse Jock, dando-lhe um tapinha nas costas. — Entre e tome uma bebida conosco.

Angus olhou de novo para o cadáver de Lulach. Os olhos sem vida do pastor ainda estavam abertos, fixos nos pingos de seu próprio sangue escorrendo no chão empoeirado. Angus ergueu a cabeça morta de novo. Lulach não havia sido esfaqueado no coração, sua garganta havia sido cortada de orelha a orelha, e havia uma cruz esculpida em sua testa. Por que isso estaria ali?

Ele segurou o braço de Ruari quando este passou.

— É melhor ir buscar Dair. Ele vai querer saber disso — falou.

38

Mais uma pedra. E outra. O corpo de Dair doía de tensão. O monumento a Jeannie estava quase pronto, mas havia outras mortes que mereciam ser homenageadas. Era como se cada polegada das terras dos Sinclair estivesse encharcada de sangue. Ele havia pedido a seus homens que o ajudassem a construir os outros, um para cada companheiro que haviam perdido, e um para o chefe assassinado — tantos, todos em menos de um ano. Logo haveria uma floresta de dólmens, uma triste lembrança.

Ele começara aquilo porque queria vingar a morte de Jeannie. Mas ainda queria? Pensou nos marinheiros ingleses enforcados ilegalmente em Edimburgo, nos homens sacrificados com seu pai, na tripulação, em sua prima. Talvez fosse melhor deixá-los descansar; recordá-los, mas pensar no futuro, construí-lo, deixar o passado para trás. Como chefe, era o que faria.

Alguém se mexeu na urze atrás dele, agachado. Os sentidos de Dair se aguçaram. Teriam os assassinos ido atrás dele? Ele puxou o punhal. Não facilitaria as coisas para eles. Avançou, e quase caiu sobre Fia.

Ela estava de joelhos, a atenção fixa no solo, colhendo flores, tão concentrada que não havia percebido que ele estava logo atrás dela. O alívio de Dair se transformou em raiva. Ela deveria estar dentro das paredes do castelo, segura. E se alguém a houvesse encontrado? Seria muito fácil agarrá-la, pôr uma faca em sua garganta, imobilizá-la no chão... Sentiu a náusea subir de seu estômago, e a lembrança da tortura que Jeannie sofrera e da espada na barriga do pai apagou a luz do sol. Ele ofegou, com dor no peito.

Ela se voltou tão de repente que caiu de lado, esparramando-se na grama e praguejando de maneira surpreendente. Já estava com o punhal em posição para matá-lo. Derrubou a cesta e o conteúdo se espalhou — flores amarelas na grama dourada, seu vestido vermelho contra urzes roxas e a terra preta.

Ele a fitou. Ela estava linda à luz do dia, com o cabelo avermelhado bailando ao vento e os cachos sedosos lhe acariciando as faces beijadas pelo sol. Havia suspendido as saias por causa do calor, e suas pernas expostas eram longas e brancas. Também desabotoara os botões superiores do vestido, e ele podia ver os contornos dos seios. Novas imagens apagaram as imagens obscuras de sua mente, fazendo-o enlouquecer de novo — de desejo.

— *Ach, v*ocê me assustou! — disse ela, baixando a faca e se sentando.

— Eu lhe disse para não deixar a segurança do castelo — rosnou ele.

Parado acima dela, sua sombra bloqueava o sol. Ela estendeu a mão, esperando que ele a tomasse e a ajudasse, mas ele a ignorou. Fia se levantou sozinha.

— Eu tinha coisas a fazer, assim como todos os outros — disse ela, cruzando os braços.

Isso só serviu para acentuar ainda mais seu decote e escancarar as bordas abertas de seu corpete. Gotas de suor cobriam a testa de Dair, e seu membro pulsou, esperançoso. Ele se obrigou a se concentrar no assunto em questão.

— Você nem me viu chegando.

Ela inclinou a cabeça.

— Eu sabia que você estava no monumento.
— Então, por que foi tão fácil surpreendê-la?
Ela corou.
— Eu estava ocupada, e não imaginei que você fosse se esgueirar sobre mim. Certamente não tenho motivos para temê-lo, Dair. — Ele fechou os olhos. Ela não fazia ideia dos pensamentos sombrios que passavam pela cabeça dele. — Ou tenho? — acrescentou, examinando a expressão dele e corando.

Dair olhou para ela.

— Qualquer um poderia ter se esgueirado e...

Fia levou a mão ao pulso de Dair. Seu toque era leve e quente. Ela cheirava às plantas que havia colhido — algo ácido e pungente. Com seu olhar suave, ela o acariciou, acalmou-o. Ela entendia, sabia o que ele estava imaginando. Ela estivera lá, à noite, enquanto ele se contorcia, revivia o horror... apertara-lhe o braço, sacudira-o, insistente, obrigando-o a ficar com ela, a vê-la; a ver a Fia viva, vibrante, bonita e desejável.

Ele mal se deu conta do que estava fazendo ao puxá-la para seus braços e levar a boca à dela. Foi um beijo duro e desesperado, áspero e perigoso, mas ele não queria ser gentil. Ela o aceitou, retribuiu o beijo, passou as mãos ao redor do pescoço dele, ficou na ponta dos pés na urze, gemendo de desejo.

Ele aprofundou o beijo, sua língua lutava com a dela. O gosto de Fia era tão doce quanto seu cheiro. Dair beijou-lhe a face, a mandíbula, e ela inclinou a cabeça, dando-lhe acesso, de olhos fechados e lábios entreabertos. Ele deslizou as mãos pela lateral do corpo de Fia, pelas curvas de seus quadris, pela cintura estreita. Ela suspirou quando ele tomou seu seio, depositou beijos em suas curvas aquecidas pelo sol. A renda do corpete íntimo provocava cócegas no rosto dele. Ela entrelaçou os dedos nos cabelos dele, puxando-o para si. *Ela está gostando*, dizia o corpo de Dair, urgindo-o.

Ele estava pegando fogo, seu desejo doía. Dair agarrou um punhado de pano da saia de Fia e a levantou, encaixou a mão sob o joelho e pôs a perna dela ao redor de sua cintura, encostando sua excitação no ápice do corpo de Fia.

— Diga-me o que fazer — sussurrou ela na orelha dele, ronronando. — Ensine-me.

Foi como jogar água fria no fogo. Imediatamente ele a soltou e recuou.

Ela tremia, respirava com dificuldade, e seus peitos subiam e desciam. Mais dois botões se haviam aberto, na verdade. Teria sido ele? Ele conteve um gemido. Os olhos de Fia estavam arregalados, mas não de medo. De desejo.

— Não pare. Não pedi para você parar, Dair.

Ele deu meia-volta, curvou-se apoiando as mãos nos joelhos, apertando os dentes, de olhos fechados, tentando controlar sua ereção e o desejo bárbaro de deitá-la de costas, tomá-la ali, na urze, aliviar-se sobre ela como um pirata.

Mas ela não era uma mocinha de taberna ou uma cortesã. Era filha de um *laird*, e virgem.

— Você não entende o que está pedindo, moça.

Ele ouviu um ruído e logo reconheceu o sibilar da seda. Que o céu o ajudasse. Ela tirou o vestido pela cabeça. Não vestia mais nada além da fina anágua de musselina e o corpete. O sol de verão cintilava através do tecido delicado, iluminava a forma esbelta de suas pernas, o escuro V entre suas coxas, os mamilos rosados que se espetavam contra o pano. Ele mirou a fita rosa entre os seios dela, que amarrava o corpete. Como seria fácil esticar a mão, pegar a ponta da fita de seda e puxar... Sua ereção pulsou, esperançosa.

— Moça — sussurou, como uma súplica. — Você não sabe o que está pedindo. Talvez eu não permaneça como chefe por muito tempo. Sou louco, assombrado, atordoado.

Ela corou, ficando rosa como a maldita fita.

— Eu sei o que estou pedindo, Dair. Quero saber o que é ser amada por um homem. Não espero casamento, se é o que teme. Eu provavelmente nunca... — Ela mordeu o lábio.

— O que diria seu pai? Sua irmã?

Fia ergueu o queixo, obstinada.

— Eles não estão aqui. Sou uma mulher adulta, Dair. Ninguém nunca me chamou de linda, nem quis me beijar, antes de você.

Ele leu o desejo nos olhos de Fia, claro e honesto. Definitivamente, ela era uma mulher adulta. Ela estendeu a mão, e dessa vez ele a tomou. Ela o puxou de volta para seus braços e caiu na grama macia com ele em cima. A urze se fechou ao redor deles como uma câmara secreta, e só se via o céu acima deles.

— Sim — disse ela. — Ah, sim.

Ela o abraçou, segurou-o, e seus beijos eram tão ardentes quanto os dele.

Ele foi descendo a boca pela garganta de Fia, segurando a ponta da fita rosa enfim, e puxou. O corpete se abriu, revelando-a diante do olhar faminto dele.

— Linda — murmurou ele.

Passou a ponta dos dedos sobre os seios dela, pegou-os nas mãos, observou a borda de seus mamilos. Ela jogou a cabeça para trás, abrindo os lábios. Ele levou a boca a um mamilo e ela gemeu baixinho, enroscou as mãos nos cabelos dele, segurando-o contra si. Fia movia os quadris, receptiva; seu corpo não fora treinado para aquele momento, mas estava ansioso.

Fia sentia a excitação de Dair contra seu ventre, sabia o que aquilo significava. Ele a desejava, a *ela*, Fia MacLeod. Ela sentiu um choque de prazer atravessá-la. Tirou o manto e a camisa dos ombros dele. Ali estavam as cicatrizes, cruas, mas ela já as havia visto, à noite, e não tinham o poder de chocá-la. Fia passou os dedos sobre elas gentilmente, conhecendo-as, porque faziam parte dele. O cheiro da pele de Dair se espalhou por ela, pungente e masculino, embriagante. Ela levou a boca ao peito dele. Atrevida, encontrou seu mamilo e o mordeu com delicadeza, girou a língua sobre o duro grão, assim como ele havia feito com os dela. Ele respirou fundo.

— Ah, Fia — disse ele —, *mo leannain*, querida.

Ele ergueu a anágua dela, e dessa vez afastou a fina musselina e passou a mão sobre a pele nua, fazendo incendiar cada lugar que seus dedos roçavam. Ela arqueou o corpo contra o dele, inquieta, desesperada, querendo o que aconteceria depois.

— Por favor — murmurou ela.

Mas ele continuou sem pressa, foi explorando lentamente o corpo de Fia com as mãos, os lábios e a língua. Ela se contorcia enquanto ele a acariciava dolorosamente devagar. Ela se curvava contra a mão dele enquanto ele a passava por sua barriga, separando as coxas para ele, querendo mais. Ele tinha o poder para conceder o que ela queria, mas recuava, fazendo-a esperar. Levou a boca à dela de novo, e ela a abriu, mordendo e sugando a língua e os lábios dele. Fia ouviu a respiração de Dair se transformar em grunhidos de desejo suprimido, e sentiu a ereção dele em seu quadril. Ela estendeu a mão para acariciar seu membro por cima do tartan. Ele ofegou, murmurando em gaélico.

A mão de Dair ainda pairava sobre os lábios delicados do sexo de Fia, e então seus dedos mergulharam e encontraram o lugar onde ela mais precisava dele. Fia soltou um grito, e ele começou a acariciar, a circular e provocar, levando-a para além de tudo que ela jamais imaginara ser possível, a um lugar de tão primoroso prazer que ela temia morrer daquilo. Sua mão pairava sobre a dele, meio com medo do que estava por vir, meio com medo de que ele parasse. A sensação a fez explodir em chamas e faíscas, estrelas e tudo que era sagrado. Ela se agarrava a ele, cega pelo sol, sentindo a luz entrar em suas veias para cantar através de seu sangue, fazendo-a flutuar.

Ele a abraçou, beijou-a até que ela conseguiu respirar de novo. Fia se voltou para fitá-lo.

— E agora? — perguntou, sem fôlego.

Ele sorriu.

— Mocinha implacável.

Ele se inclinou para beijá-la, mas ela não queria simples beijos. Havia mais, muito mais... que os poetas cantavam e que faziam as mulheres desfalecerem. Era isso que ela queria. Ousada, ela pôs a mão sob o tartan dele, tocou aquela dureza quente, sedosa e desconhecida. Ele grunhiu quando ela fechou a mão ao redor de seu membro, forçando-o contra a palma dela. Ela apertou, e ele arregalou os olhos. Soltou uma praga e segurou a mão dela, dizendo:

— Se fizer assim, vai acabar antes de começar. Devagar...

— Dair? Onde diabos está você?

Ele ergueu a cabeça ao ouvir a voz de Angus, que o arrancou instantaneamente da bruma erótica. Ficou imóvel por um momento, de olhos fechados, aparentando estar sofrendo.

— Dair? — Angus chamou de novo.

— É Angus — sussurrou para Fia. Ela ofegou, com pressa pegou seu vestido e o abraçou contra o peito. Gentilmente ele a fez se deitar de novo na urze quando ela tentou se sentar. — Fique quieta, moça. Vou ver o que ele quer. — Ele ajeitou a camisa e se certificou de que seu cinto estivesse bem preso antes de se levantar, afastando-se dela. Fia fechou os olhos e esperou. — Aqui — disse Dair, não muito longe.

— Ah, aí está. Pensei que tivesse desaparecido. Precisamos de você. Logan chegou com um dos homens que mataram o chefe.

Fia sentiu seu coração dar um pulo.

— Ele está vivo? — perguntou Dair, com voz sombria.

— Não. Logan o matou. É Lulach Murray, Dair. Pai de Daniel.

Houve silêncio por um momento, e Fia aguardava a resposta de Dair.

— Vamos — disse ele.

Deitada na urze, o corpo de Fia ainda queimava, formigava. Mirando o céu, ela esperou que o som dos passos dos homens desaparecesse. Ela queria... o quê?

Principalmente, que não houvessem sido interrompidos.

Mas Dair era chefe, e ela era filha de um *laird*. Entendia a responsabilidade. Fechou seu corpete com dedos trêmulos e colocou o vestido. O que ela havia feito era o oposto de ser responsável, talvez... mas não se arrependia.

Uma nuvem encobriu o sol, e o vento subiu, agitando a mata.

Ela pegou a cesta, suspirando. Talvez se arrependesse de uma coisa. Queria mais, todos os prazeres, todos os mistérios. No entanto, o céu e os eventos do dia haviam se tornado escuros. Ela olhou ao redor, imaginando se Dair teria razão, se o perigo realmente espreitava por trás de cada árvore e pedra de Carraig Brigh. O vento gemeu e ela estremeceu, mas Fia não acreditava em maldições.

39

Uma tempestade se avizinhava. O vento açoitava o castelo, sacudia as janelas. Um trovão distante estourou sobre o oceano, atravessando ondas revoltas para alcançar terra firme.

Dair andava de lá para cá em sua câmara. Logan contara que saíra para caçar, parara na cabana de Lulach para tomar um copo de água e oferecer ao pastor um dos coelhos que havia pegado. Quando Logan pusera os olhos na roupa preta em um canto da cabana, ensanguentada e amassada, Lulach o atacara com uma faca. Logan o matara, vingando-se por Padraig e os outros.

O clã aclamava o rapaz como herói. Ainda assim, alguma coisa não estava certa, na opinião de Dair. Não havia uma única ferida no peito de Lulach, mas havia marcas contra feitiçaria em seu corpo. Logan não havia dado nenhuma explicação para isso. O pastor tinha motivos para estar com raiva, mas os guardava para si, mantinha-se à parte. Não era do tipo de se juntar à multidão. E atacar o chefe não fazia sentido, sendo Dair o culpado pela morte de Daniel... Dair fechou os olhos. Rumores sobre bruxaria e maldições haviam se espalhado pelo clã como uma praga desde o assassinato do chefe.

Os Sinclair queriam que alguém fosse responsabilizado. Dair queria os responsáveis pela morte de seu pai tanto quanto qualquer outro — mais até —, mas queria saber o *motivo* do ataque. Se ele não encontrasse logo os verdadeiros culpados, seus homens se voltariam uns contra os outros.

O tempo estava acabando. Olhou de novo a carta que chegara naquela tarde; uma convocação de lorde Queensbury, comissário da rainha, que ele não podia ignorar. Haviam acordado que um comitê anglo-escocês, incluindo o chefe dos Sinclair, se reuniria para negociar os termos do Tratado de União, que coligaria a Escócia e a Inglaterra sob um só governo. Como herdeiro de Padraig e o novo chefe, Dair teria que ir, e sem demora. Tinha poucos dias para pegar os assassinos de seu pai e acabar com o medo e a superstição.

Decidiu deixar Will Sinclair no comando em sua ausência, visto que decidira mandar Fia e sua irmã para casa, escoltadas por Angus e John. Não poderia dispor de mais homens.

Seria melhor que ela partisse. Senão, ele continuaria de onde haviam sido interrompidos. Se persistisse em beijos e quase sexo, acabaria com ela, partiria seu coração. Ela se arrependeria, e Dair não poderia suportar isso.

Ele tremia de desejo só de pensar nela em seus braços na urze, com as faces coradas de prazer. Foi até o lavatório para jogar água no rosto, embora o que realmente necessitasse fosse de um longo banho em um lago gelado. Observou seu reflexo no espelho. Havia se esquecido de cobri-lo de novo depois da primeira vez que beijara Fia, ali, naquela câmara. Um relâmpago brilhou, iluminando suas cicatrizes, o nariz torto, o olhar louco e assombrado. Elas desapareceriam com o tempo, se tornariam menos assustadoras, mas ele nunca se acostumaria. Como Fia poderia suportar ser desvirtuada por uma fera como ele? Ele podia imaginar o horror nos olhos de Donal MacLeod quando soubesse que Dair havia se deitado com sua filha. Não pelo fato em si, mas porque MacLeod seria forçado a insistir em um casamento, e Fia ficaria amarrada pelo resto da vida a um louco marcado de cicatrizes.

Dair era grato por Angus haver interrompido as coisas naquela tarde. Poderia ter sido um desastre.

Ou o paraíso.

A explosão de um trovão sacudiu a câmara, e o vento abriu a janela, fazendo as folhas de madeira baterem como um mau presságio. Elas lutavam contra os esforços de Dair para fechá-las, deixando a chuva atingir o rosto dele como agulhas e desprezando a vontade do novo chefe dos Sinclair de Carraig Brigh.

40

Fia não conseguia dormir, seu corpo vibrava de desejo. Do lado de fora, caía uma tempestade com todo o seu poder, como a paixão e o desejo bruto que Fia sentia por dentro.

Ela se levantou, colocou um vestido sobre a camisola e disse a si mesma para ser sensata, voltar para a cama. Para a própria cama...

Olhou para sua irmã, profundamente adormecida apesar dos trovões, e disse a si mesma que era uma loucura, que não deveria abrir a porta e sair do quarto.

Então, ela estava voando pelo corredor, seu coração batendo forte de desejo e medo de encontrar alguém no caminho e ser forçada a se explicar. Ela não poderia. Nunca havia se sentido assim. Suas saias farfalhavam alto em torno dos tornozelos. O estouro de um trovão a fez gritar e se agarrar à parede, surpresa. Levou a mão ao peito, sentindo o coração bater forte.

Fia olhou para trás mais uma vez. Nessa direção estavam o quarto que ela dividia com Meggie, a sanidade e o bom senso. Mas ela havia sido sensata, obediente e boazinha a vida inteira...

Ela se voltou e correu para o desejo de seu coração.

41

Dair abriu a porta.
Fia estava no limiar, ofegante, de olhos brilhantes e bochechas coradas. A excitação dele foi instantânea, feroz e urgente. Ele a fitou sem ousar falar, nem pensar, nem esperar. Ela passou por ele, entrou depressa no quarto e se virou para encará-lo, enquanto ele ficava parado ali, com a porta aberta.

Ele cravou as unhas no painel de madeira, tentando encontrar coragem para mandá-la embora. Mas não encontrou. Não podia. Ela estava sem fôlego, de cabelo solto, o vestido esvoaçante, sem corpete por baixo, sem barreiras dessa vez...

— Eu quero... — Ela engoliu em seco. — Quero terminar o que começamos. Há mais coisas, e eu as quero, seu corpo dentro do meu, seu prazer.

Dair pestanejou. O perfume dela enchia o quarto, e a lembrança de seu corpo, o gosto de sua boca enchiam a mente dele. Ela o rodeava, envolvendo-o em desejo puro, denso e doce. Ele fechou a porta, os dados estavam lançados.

Fitou o poço dourado das íris dela, as pálpebras pesadas. Suas emoções eram fáceis de ler.

— Você me enfeitiçou, afinal? — perguntou ele suavemente, afogando-se em mel.

Ela passou os braços em volta da cintura dele, descansando o rosto em seu peito.

— Eu quero isso, Dair. Quero tudo.

Ela inclinou a cabeça para fitá-lo, deslizou as mãos sobre o linho macio de sua camisa, acariciou seus músculos rijos. Ele notou o desejo se acender nos olhos dela. E foi sua perdição. Tomou-lhe a boca, saqueou-a, beijou-a com força, com todo o desespero e a confusão que sentia. Ela não se intimidou. Abriu a boca, retribuindo os beijos.

Fia estendeu a mão para acariciar o membro de Dair por cima do kilt, mas ele segurou-lhe o braço.

— Não — conseguiu murmurar.

— Não?

Ele tirou a camisa pela cabeça e a jogou de lado. A seguir, desfez-se do cinto e deixou o tartan deslizar para o chão. Ficou parado diante dela, marcado de cicatrizes, maltratado e totalmente ereto; uma visão de assustar qualquer virgem. Dair receava que a luxúria dela se transformasse em horror, que ela recuasse, fugisse dali.

Mas Fia correu os olhos sobre ele, ofegou, e suas bochechas ficaram rosadas.

— É certo dizer que um homem é bonito? — perguntou ela. — Nunca vi um homem completamente nu. Já vi dorso e quadril em abundância, mas não assim, não como você...

Ele prendeu a respiração enquanto a atenção de Fia pousava em sua excitação, em seu membro ereto, pulsante. Ela corou de novo e ergueu os olhos para encontrar nos dele um apelo profundo.

Ah, agora ela diria que havia cometido um erro, que mudara de ideia... Ele se preparou para ouvir.

Mas, em vez disso, ela pegou os laços de seu vestido com os dedos lentos devido ao desejo. Ele observou a fita se desenrolar, um laço após o outro, até que o pano se separou, e a roupa de baixo também, revelando os montes brancos de seus seios.

— Mostre-me o que fazer, como agradá-lo.

Ele mal acreditava no que estava escutando. A fita embaraçou, e Fia lutou com ela.

— Deixe comigo — disse ele, e se encarregou de despi-la.

— Você já deve ter visto dezenas de mulheres — balbuciou ela, nervosa. — Centenas. Milhares.

Ele deslizou-lhe a roupa pelos ombros, separando a seda e o laço, acariciando cada centímetro de pele que se revelava a seus olhos famintos. Ela tirou as mangas, deixou-o puxar a roupa de seus seios, sua cintura, seus quadris esbeltos. Suspirou, parada sobre uma onda brilhante de seda azul, como Vênus em uma nuvem. Não levantou as mãos nem se protegeu. Mantinha uma expressão cuidadosamente neutra enquanto esperava a opinião dele — esperando a rejeição, como ele havia esperado.

— Não milhares — protestou ele com voz grossa. — E nenhuma tão bonita como Fia MacLeod.

Ele viu lágrimas nos olhos dela. Abraçou-a, segurou-a contra seu peito, sentindo a pele de Fia na sua, seu coração batendo contra o dela. Ela ergueu o rosto para o beijo, e ele a pegou no colo, levou-a até a cama e a pousou sob a visão atenta de Netuno e suas ninfas.

O corpo de Dair pressionava o dela sobre o colchão de penas. Ela se regozijava sentindo os ângulos masculinos dele contra suas curvas, como se encaixavam perfeitamente, como se houvessem sido feitos para isso. Fia havia ouvido as moças cochichando, rindo juntas; sabia que era agradável se deitar com um homem, mas não havia entendido como era maravilhoso, completamente delicioso. Já sentira um arrepio passar por seus membros, beliscar seus mamilos. E uma vibração também. Não mais que isso, porém. Fia já havia ouvido o suficiente para saber que na primeira vez que uma moça se deitava com um homem sentia um pouco de dor. Ela poderia suportar isso por ele, o homem que lhe havia dito que ela era linda, que fizera amor com ela na urze. Confiava nele implicitamente, com sua vida e seu corpo. Ele a estava beijando, beijos intensos, lentos, doces, que a incendiavam.

Ela não devia se apaixonar por ele — bem, não profundamente. Um coração partido machucaria muito mais que qualquer dor que a perda da virgindade pudesse causar. Ele não era dela. Aquilo era só por enquanto, e depois eles se separariam.

Ele deslizou a mão pelo corpo de Fia, acariciando seus seios, seus quadris, suas pernas. A boca seguia as mãos, apagando todos os pensamentos da cabeça dela. Ela só queria sentir, agradá-lo como ele gostasse, ser deflorada, impudica, selvagem e perversa. Fia o tocava em todos os lugares que ele a tocava, descobrindo do que Dair gostava com os sons que ele fazia, com o modo como seu corpo reagia. Ela sentiu a dureza de seu membro contra a barriga e se arqueou, querendo mais. Isso o fez gemer de desejo. Fia se sentia poderosa, ousada. Ela o tocava cuidadosamente, deslizava os dedos ao longo de seu eixo, pegava as bolas firmes e quentes. Ele levou os quadris à frente e pousou a mão sobre a dela para lhe mostrar também como excitá-lo com carícias lentas.

— *Mo eudail*, meu tesouro — murmurou ele, acariciando a orelha de Fia e se empurrando contra a palma da mão dela. Ele ofegou, deu um pulo quando ela o espremeu. — Devagar — disse ele.

E ela se perguntava por quê. Não queria ir devagar. Ela queria tudo, tudo de uma vez, nesse momento e para sempre. Ele beijou seus seios, rodeando com a língua os mamilos intumescidos. Sua respiração aquecia a carne dela. Fia estava gostando. Então, com os lábios ele percorreu a barriga, os quadris dela; desceu ainda mais, e ficou ainda melhor. Fia estava pegando fogo e esticou a mão para tocá-lo. Mas ele sorriu suavemente, dizendo:

— Espere, meu amor. Tenha paciência. Não queria que eu lhe ensinasse?

Ela não queria ser paciente, e abriu a boca para dizer isso, mas ele beijou o tufo de pelos entre as coxas dela e ela ofegou. Então, ele afundou a língua nela, e ela gritou quando o tremor doce e gostoso do prazer atravessou seu corpo. Fia se desmanchava enquanto ele usava os lábios, os dentes e a língua para lhe dar prazer. Ela se agarrava aos lençóis, presa em um turbilhão, deixando-o operar a magia enquanto fitava os olhos das ninfas nuas acima dela, que a observavam atrevidas enquanto ela era iniciada no mais precioso mistério feminino de todos. A sensação crescia como a maré, fazendo-a flutuar, inundando-a até que mal conseguisse respirar. Ele a acariciava com os dedos e a língua, explorando-a, deixando-a cada vez mais quente, até fazê-la soluçar, e as ninfas gritaram com ela, e Fia se juntou a elas no céu. Paraíso puro.

Dair a abraçou quando Fia voltou para a terra, para a alegria de estar nos braços dele enquanto ele a beijava suavemente, acariciando seus cabelos. Ela sentia o cheiro de sexo nas mãos, na boca de Dair.

— Existe mais que isso? — perguntou ela, sem fôlego.

Dair riu.

— Sim, existe. Infinitamente mais. Mais para uma vida inteira.

Ela franziu o cenho, percebendo o que ele havia dito, a quase promessa que fizera. Pousou o dedo nos lábios dele, ignorando o anseio em seu peito.

— Mostre-me tudo esta noite — disse ela, suspirando, e, passando os braços ao redor do pescoço dele, puxou-o para si e o beijou.

Nada de falar mais. Falar era perigoso. Ele pôs a mão debaixo do joelho dela, ergueu-lhe a perna e a pôs em torno de seu quadril, e onde a língua e os dedos dele haviam estado ela sentiu o calor brusco de sua ereção, pressionando, esfregando, até que foi tomada pelo desespero de novo.

— Por favor — implorou. — Agora.

Ele deslizou para dentro dela com cuidado, grande, duro e quente, e ela se retesou. Dair murmurava palavras doces no ouvido dela, em gaélico, italiano, francês, acariciava-a com a mão, provocava-a, agradava-a de novo. Havia gotas de suor em sua testa pela espera, por se controlar. Mas ela não ia esperar. Respirou fundo, inclinou os quadris e os pressionou forte contra ele, e ele foi em frente, com um urro de surpresa. Ela sentiu uma pontada quando o envolveu, um encaixe apertado, uma invasão. Prendeu a respiração, e ele começou a bombear, mexendo-se dentro dela, criando um mundo de doces sensações e calor, preenchendo-a, retirando-se, preenchendo-a de novo. Fia se sentia completa, inteira, emocionada. Apertou-o com os braços e as pernas, cravou as unhas em seus ombros. Jogou a cabeça para trás e disse seu nome, repetidamente, e dessa vez subiram juntos às nuvens pintadas, e ele se esvaziou dentro dela com um grunhido de prazer gutural, cru e maravilhoso.

— Está quase amanhecendo — sussurrou ele na orelha de Fia, abraçando-a contra o peito, sonolenta e quente.

Do lado de fora, a tempestade havia passado, e ele podia ouvir as ondas lavando a costa distante.

Fia se agitou nos braços de Dair, mudou de posição para fitá-lo e sorriu.

—Já? — murmurou.

— Vou mandar você para casa — disse ele. — Você e Meggie.

O sorriso de Fia desapareceu.

— Porque nós... Porque eu o seduzi?

Ele acariciou os cabelos dela, enroscando o dedo em um cacho vermelho.

— Não é seguro aqui, moça.

Ela se aconchegou mais nele, como se a cama de Dair fosse o lugar mais seguro possível. Mas não era. Instantaneamente ele ficou excitado, queria-a de novo, mas não havia tempo. Os criados acordariam logo, e também a irmã de Fia. Ele tinha que a deixar ir. Fia o fizera se sentir um homem de novo, inteiro e normal, desde o momento em que a conhecera. Acaso ela teria curado sua loucura? Dair sentia que podia fazer qualquer coisa com Fia MacLeod ao seu lado, em sua cama.

— Você vai para casa, vai se casar — disse ele, com voz rouca.

Em vez de soltá-la, ele apertou o ombro dela. Fia era dele, e ele mataria o homem que a tocasse...

— Vou? — perguntou ela, desenhando círculos no peito dele com a unha. Ele sentiu suas bolas se apertarem. — Talvez eu me case — disse Fia, passando os dedos sobre a ereção dele, enlouquecendo-o. — Possua-me de novo — sussurrou.

Ela não precisou dizer duas vezes. Dessa vez ele se deitou de costas e a puxou sobre si.

42

Acaso as interrupções nunca acabariam? Moire ergueu os olhos, sentindo que alguém se aproximava. As pessoas haviam começado a procurá-la atrás de unguentos e beberagens para todo tipo de males menores — coisas que até recentemente pediam a Fia que curasse. Fazendo sombra sobre as pestanas com a mão, Moire viu Effie Sinclair subir depressa a trilha, carregando desajeitadamente uma criança nos braços.

— Meu Robbie está doente. Ele estava bem ontem, mas ficou enjoado à noite. Está com febre e com a barriga inchada. Vê coisas que não existem, grita e transpira.

Effie deixou seu filho na grama aos pés de Moire.

O menino estava pálido, e seus membros moles. Moire lhe ergueu as pálpebras e viu o reflexo frio da morte em seus olhos. Tocou-lhe a barriga, mas o garoto não se mexeu. Seus pés e mãos já estavam frios, as unhas azuis.

— Por favor, eu posso pagar. Não só um seixo ou uma fita, mas uma moeda de prata. Ajude meu garoto.

— Quando ele comeu pela última vez? — perguntou Moire.

— No café da manhã de ontem. Depois ele saiu com Pequeno Alex, filho de Angus Mor.

Moire sentiu o medo transpassá-la.

— Mais alguém está doente?

Effie deu de ombros.

— Eu não saí do lado de meu filho, mas ouvi dizer que a velha Muriel Sinclair, bisavó do Pequeno Alex, está mal. — O semblante da mulher implorava para Moire, e as lágrimas corriam sobre suas faces.

— É uma maldição? A Deusa pode salvar meu filho?

Moire ergueu o rosto bruscamente.

— Maldição? — perguntou.

Effie enxugou as lágrimas com as costas da mão, dizendo:

— Andam dizendo que os Sinclair são amaldiçoados, que o mal veio quando a Sagrada Donzela morreu, e todos aqueles homens com ela. Então o chefe, assassinado em suas próprias terras. E Alasdair Og está louco como...

— Cale-se! — disse Moire depressa, contrariada com o rumo que Effie estava tomando.

O povo precisava de alguém para culpar quando coisas ruins aconteciam. Moire sentia o medo se agarrar a seus velhos ossos, murmurando um alerta por todos os seus membros.

— Devo banhar Robbie na fonte? Fazê-lo beber a água? — perguntou Effie, acariciando o rosto de seu filho.

Mas já era tarde demais. Moire fechou as pálpebras do garoto e se afastou um pouco para deixar sua jovem alma passar sem impedimentos.

O uivo da mãe do rapaz espantou os pássaros das árvores.

Nem uma hora depois, Annie Sinclair foi procurar Moire, pálida de preocupação. Seu filho também estava doente, e sua velha avó estava morrendo. Annie ainda estava de luto pela perda de seu bebê, e o terror em sua feição fez Moire a seguir.

A aldeia era um lugar sombrio; as pessoas cochichavam entre si. Várias fizeram um sinal contra bruxas ao ver Moire passar, e o medo gelou seus velhos ossos.

Quando Moire entrou, Angus ergueu os olhos da cama, onde estava segurando a mão do filho. Ela temeu o pior, mas o menino estava consciente, e, apesar de pálido, o cheiro terrível atestava que ele já havia purgado a maior parte do que o afligia. Tocou-lhe a testa. Não estava com febre.

— Vai me dar remédios com gosto ruim? — indagou ele.

— Se está com forças para perguntar, não vai precisar — disse Moire.

No canto oposto da cabana, atrás de uma cortina, estava Muriel Sinclair, na cama, dormindo. Annie gentilmente banhava seu rosto vincado com água gelada, enquanto as lágrimas caíam sobre o tartan que cobria o corpo murcho da velha.

— Ela é idosa demais — disse Moire gentilmente. — Não há nada a fazer contra isso. É hora de ela partir.

Moire saiu quando Annie explodiu em lágrimas. Angus a seguiu.

— Meu filho vai viver? — perguntou ele.

— Ele terá uma vida tão longa quanto Muriel teve, se nada o levar antes.

Pessoas se aglomeraram em torno de Angus. Alguém perguntou:

— O Pequeno Alex foi amaldiçoado como Robbie?

— E Muriel? Que motivo havia para amaldiçoá-la?

— Não é uma maldição. É uma bênção viver tanto tempo — ponderou Moire.

— Ah, sim? Então o que a impede de continuar vivendo bem?

Ouviu-se um grito no fim da rua. Alan Sinclair corria para eles.

— Minha vaca está morta — disse ele. — Ela tombou no estábulo e morreu, do nada. Se não há maldição alguma, por que um animal saudável morreria?

— Assim como o pobre Robbie, e Muriel — murmurou alguém.

— Da última vez que vi Robbie, ele estava correndo nesta mesma rua com o Pequeno Alex. É estranho que os dois tenham adoecido tão subitamente.

— Sim, eu me lembro desse dia. Fia MacLeod estava aqui, e os rapazes trombaram com ela e a derrubaram.

Moire sentiu o estômago se apertar contra a espinha dorsal. Ficou observando enquanto as pessoas estreitavam os olhos e começavam a sussurrar. O murmúrio foi aumentando, inchando, encheu a estrada, o céu... foi ficando ainda mais alto, até que zumbia sobre toda a aldeia como um enxame de abelhas raivosas. Em meio aos gritos e acusações, Moire ouvia apenas uma palavra repetida diversas vezes: *Feitiçaria.*

43

Havia rumores de que aqueles que haviam matado Padraig estavam escondidos em uma caverna nas terras dos Sinclair. Dair formou uma comitiva de dez homens, saiu para investigar, mas não encontrou nada.

— Ninguém esteve aqui nos últimos meses — disse Ruari, examinando os antigos abrigos que os viajantes e pastores usavam quando surgiam tempestades repentinas nas montanhas ou no mar.

Dair ficou na boca da caverna, observando as colinas e vales das terras de seu clã — suas terras. Havia algo errado ali; manteve a mão em seu punhal, na expectativa de uma emboscada. Mas os homens que o acompanhavam eram leais, homens de seu pai, homens que haviam navegado com ele cem vezes.

— Não há pegadas nem provisões. Quem disse que eles estavam aqui? — perguntou Jock.

— Logan disse que ouviu rumores sobre isso na aldeia. Algumas mulheres lhe contaram, alegaram ter escutado de um caçador — disse Dair. — É uma pista falsa. É melhor voltarmos para casa.

Alguém mentiria deliberadamente para levá-lo para longe? Ele escrutou a densa floresta, a urze profunda, as montanhas se elevando tão alto que seus picos se escondiam nas nuvens. Seu instinto fazia seus nervos formigarem, advertindo-o sobre o perigo. Ele franziu o cenho, virando a cabeça de seu cavalo em direção à casa.

Quando Dair voltou, o crepúsculo havia estendido as sombras, transformando a luz do dia em cinza. Outra tempestade estava chegando. Ele sentia isso nos ossos, sentia o cheiro no vento. Precisava de um banho, de uma camisa limpa. Mal podia esperar para ver Fia de novo, no salão na hora do jantar, e depois...

Uma fragrância doce e familiar o deteve quando ele entrou em sua câmara. Rosas e lírios. Não era o perfume de Fia. Era o de Jeannie.

Sentiu um nó no estômago e analisou a câmara, na expectativa de que sua prima o estivesse esperando. Sentia a vibração de sua presença, os olhos dela fixos em sua nuca. Acaso ela havia estado ali, observando-o quando dormia com Fia? Dair começou a tremer, sentiu o suor gelado correr por suas costas. Foi avançando quarto adentro, procurando nas sombras, com o coração batendo forte. Tropeçou em alguma coisa e olhou para baixo. Era um xale de seda, como o que Jeannie estava usando no dia em que partiram de navio. Ficou esmagado sob sua bota... mas era impossível. Seus captores haviam amarrado a boca de sua prima com ele. Dair o apanhou. Sentiu algo úmido e pegajoso e sua pele ficou gelada.

O xale estava coberto de sangue.

Ele ficou sem ar, deixou cair o xale e olhou as manchas em sua pele. O sangue formava uma poça a seus pés, começava a se espalhar pelo chão. Ele podia sentir o cheiro, o cheiro de sangue misturado com o perfume dela, denso e esmagador.

Ela estava ali, assombrando-o.

Um movimento chamou sua atenção, e ele recuou de novo, gritando. Era seu próprio reflexo no espelho. Ele fitou seus olhos, desvairados de loucura, as cicatrizes lívidas que marcavam seu rosto pálido e suado. Ele era um monstro, desumano, horrível.

— Não — murmurou. — Não.

Com um palavrão, deu um soco no espelho. Ouviu o vidro se quebrar e sentiu os fragmentos lhe cortarem a carne.

44

Logan parou ao pé da escada — um gesto estudado — e olhou em volta do grande salão onde os membros do clã se reuniam para jantar. Ele sabia que estava em sua melhor aparência — havia estudado o retrato de Padraig na biblioteca, passara horas praticando a mesma pose diante do espelho em sua câmara, até exalar o poder de seu tio. Estava até mesmo com o broche de rubi de Padraig, o laço dele na garganta, suas fivelas de diamante nos sapatos. Certamente os Sinclair veriam Logan, saudável, bonito e heroico, como chefe no lugar de Dair.

Ele se regozijava nos olhares especulativos e de surpresa enquanto caminhava em direção ao lugar do chefe na mesa.

Passou por Fia MacLeod. Notou que ela se virou para as escadas, procurando Dair, sem dúvida. Seu primo não jantaria essa noite. Em menos de uma hora, Dair começaria a gritar e vociferar. Então ele, Logan, assumiria o comando e ordenaria que Dair fosse levado à torre. Trancaria o primo e jogaria a chave no mar. Tinha todas as chaves na mão.

Nesse meio-tempo, enquanto esperava, Logan sorria cheio de charme e dentes. Estendeu o braço para Meggie MacLeod.

Olhou de soslaio as curvas exuberantes dos seios dela, acima do corpete decotado, enquanto a conduzia à mesa. Poderia tê-la quando fosse chefe. Ninguém ousaria dizer não ao chefe dos Sinclair de Carraig Brigh — talvez ele a tomasse naquela noite.

Logan franziu o cenho. Não, naquela noite não, tinha que cuidar de seu primo louco, e no dia seguinte, quando fosse chefe, teria que partir para Edimburgo para participar do debate sobre a coalizão. Não que ele soubesse muita coisa sobre o tratado, ou a união, ou qualquer outra coisa sobre política, mas vira a carta de Queensbury na câmara de Dair, lera-a e a roubara. Haveria homens poderosos comprando votos em ambos os lados da questão em Edimburgo, e, como chefe dos Sinclair, Logan seria cortejado, bajulado, bem pago por seu voto. Todos os prazeres da cidade seriam dele. Ele escondeu um sorriso atrás da borda de sua caneca e bebeu um grande gole.

— Onde está Dair? — perguntou Fia com um sorriso falso, tentando fazer parecer que estava apenas curiosa. Mas os olhos deixavam transparecer sua preocupação.

Saiu, Logan poderia ter dito. *Foi atrás de um falso rumor, à procura de bandidos que não existem.* Dair veria muitas coisas que não eram reais esta noite. Exceto a loucura; essa seria sombria e eterna. Logan quase suspirou. *Finalmente, por Jeannie.*

Logan não havia saído com Dair; ficara na aldeia, fazendo perguntas casuais sobre bruxas e maldições, exibindo falsas lágrimas pelo úbere de uma vaca, balançando a cabeça com compaixão pela terrível sorte de um arrendatário que pisara em um prego. Com a morte do velho chefe e seus homens, e a loucura do novo chefe, não demoraria muito para que as pessoas começassem a cochichar e a especular. Acaso não haviam sido sempre os curandeiros acusados de feitiçaria? Aqueles que conheciam ervas, poções e venenos?

Ele se voltou, dando a Fia MacLeod um sorriso solidário.

— Dair provavelmente bebeu de novo, srta. Fia.

Os homens murmuraram e trocaram olhares, com o cenho franzido.

Fia arregalou os olhos, triste e surpresa por um instante, antes de baixá-los. Pobre garota aleijada... Devia ser uma grande aventura para ela curar um louco pelo poder de sua virtude. A idiota merecia cada gota de sofrimento que estava prestes a encarar.

Então, Fia ergueu os olhos de novo, e Logan leu outra coisa neles: desconfiança e orgulho. Sua altivez a teria deixado quase bonita, não fosse por suas horríveis cicatrizes. Mas também a deixava perigosa. Acaso ela sabia? Logan apertou sua taça, mas logo relaxou. *Impossível.* A pequena virgem não era páreo para ele.

45

Fia foi ao quarto de Dair assim que conseguiu escapar. Estaria bêbado, ou doente, ou pior? Parou diante da porta dele tentando ouvir algum som vindo ali de dentro. Escutou um gemido baixinho e sentiu a nuca se arrepiar.

Abriu a porta.

Dair andava de lá para cá. Estava todo desgrenhado, com olhos selvagens. Havia sangue em sua roupa, em seu rosto, cobrindo suas mãos. Ele recuou quando a viu entrar, e Fia sentiu sua garganta se apertar de medo.

Louco.

Ele não disse nada. Simplesmente a encarou. Fia fechou a porta e atravessou a câmara, abrindo os braços para ele. Mas ele recuou.

— Não.

A palavra saiu como se arrancada dele.

Algo estava errado — muito errado.

— Eu vi luz por baixo da porta e pensei que... — Ela parou de falar. O quarto estava escuro. A única luz provinha da lua, visível pela janela aberta. Fazia cintilar os cacos de vidro que cobriam o chão, lançando estranhos padrões de luz e sombra nas paredes. — Há sangue em suas mãos — disse Fia com cuidado.

— Não é meu — disse ele. — É... — Ele mexia a boca, mas as palavras não saíam.

— Perdeu o jantar. Posso pedir a Ina que lhe traga algo. Você comeu hoje?

— Então, você está aqui como curandeira desta vez, para checar minha saúde? — disse ele, e seu tom era tão afiado e cortante quanto o espelho quebrado.

Ela se encolheu diante da frieza dele, evitando olhar para a cama.

— Não conseguiria dormir sem saber se você não... não se arrependeu de...

— Me arrepender? — perguntou ele. — Você é quem deveria se arrepender, Fia.

Ela levantou o queixo, afirmando:

— Eu não me arrependo. Foi... — Ela procurava a palavra certa. *Mágico? De tirar o fôlego?* — Foi tudo que eu queria. E ainda mais. — Ela o viu engolir em seco, viu o desejo em seus olhos superando a loucura por um instante antes que ele os fechasse e os esfregasse com o polegar e o indicador. — O que compartilhamos foi oferecido gratuitamente, Dair. Eu não me arrependo. Eu queria, queria você, porque...

Porque eu o amo. Mas ela não podia pronunciar as palavras em voz alta, sabia que ele não acreditaria.

Então atravessou a câmara, pegou a mão dele e observou seus dedos rasgados. Os cortes eram profundos, sangravam livremente. Ele tremia. Fia pousou a mão no peito de Dair, sentiu seu coração martelar. Ele ficou parado um instante, e então abraçou-a com um gemido, apertando-a.

— Você tem que partir, Fia. Amanhã, à primeira luz.

O desespero tomou conta de Fia. Tão cedo?

— Eu prefiro ficar — sussurrou ela com voz rouca. — Preciso costurar suas mãos.

Ele a afastou e começou a andar de novo.

— Aqui não é seguro. — Ele examinou o quarto, nervoso. Fia sentiu um arrepio subir por sua espinha ao ver os olhos de Dair queimando os seus. — É Jeannie. Ela não vai permitir isso com você. Eu tenho uma dívida com ela, entende?

Fia sentiu uma onda de desespero encher seu peito.

— Você não lhe deve nada, Dair. Ela está morta, em paz. Deixe-a ir.

Ele atravessou o quarto em três passos, pegou um pedaço de pano do chão e, segurando-a pelo punho, mostrou-o a Fia, dizendo:

— Ela não se foi. Ela está aqui. Vê isto? É dela. Ela o estava usando no dia em que partimos, e no dia em que fomos capturados. É o sangue dela...

Fia pegou o xale de seda coberto de manchas escuras. Deixou-o cair.

— Não é sangue dela, Dair, é seu, dos cortes em sua mão. Deixe-me ajudá-lo.

Ele se afastou.

— Isso é o que ela quer, o que ela necessita: meu sangue, minha mente, minha alma.

Fia o encarou.

— Isso parece...

— Loucura? — completou ele.

A palavra era áspera, feia, desesperada, e ela estremeceu. Fia não podia aceitar isso, apesar das evidências diante de si.

— Não. Você não está louco.

Ele deu um sorriso macabro.

— Porque você me curou, me fez inteiro de novo me dando seu corpo? Foi só sexo, Fia, nada mais. Eu sou um marinheiro. Isso é o que fazem os marinheiros. Eles fodem onde podem e depois seguem sozinhos. Sempre sozinhos — ele disse. As lágrimas fizeram arder os olhos de Fia. — Eu organizarei uma escolta para você e sua irmã. Vá para casa, Fia. Não há nada para você aqui.

O choque a deixou paralisada. Ela também tremia.

— Eu não vou lhe virar as costas e deixá-lo para os fantasmas e a loucura.

— Pense nisso como uma aventura que não deu certo. No mínimo vai evitar que você cometa o mesmo erro no futuro. Fique longe dos loucos.

Ela viu o arrependimento cintilar nos olhos dele, aliviando a loucura. Ele ainda estava lá, seu Dair, o homem que ela amava. Ele não estava louco, só perdido.

— Você me chamou de sua, disse que mataria qualquer outro homem que...

— Os homens dizem muitas coisas no calor da luxúria.

Ela levantou o queixo.

— Você é cruel, Dair Sinclair, mas não está louco. — Ele a fitou, rosnou, mas ela ficou firme. — Você não está louco! — disse Fia de novo. Abriu os braços para ele, e ele a abraçou, enterrando o rosto no pescoço dela. Dair tremia, de medo ou de desejo. Ela beijou o rosto cheio de cicatrizes dele, sussurrou em sua orelha. — Possua-me.

Guiou-o até a cama, caiu para trás, ainda abraçando-o.

— Deus, Fia, eu quero você... — Ele pousou sua ereção contra o ápice do corpo dela. Enroscou os dedos nos laços do vestido dela e os abriu. Levantou-lhe as saias, afastou seu tartan e mergulhou nela com uma blasfêmia gutural. Foi forte e rápido, acabou depressa, e ele saiu de cima dela, deitando-se ao lado com o braço sobre os olhos. — Perdoe-me — murmurou ele.

— Não há nada para perdoar — disse ela, e tentou tocá-lo. Mas ele se afastou.

— Não estava falando com você. — Dair se pôs em pé e alisou a roupa.

Fia estremeceu. Levantou-se, deixando as saias caírem. Seu corpete estava rasgado. Ela cruzou os braços sobre os seios expostos.

— Dair...

— Vá, Fia, vá embora. — Ela ficou parada atrás dele, com as pernas tremendo e o coração disparado. — Saia. — A voz de Dair era afiada como um punhal. — Não quero ver você de novo.

Ela não se mexeu. Não conseguia. Praguejando, ele se voltou, pegou-a pelo braço e a arrastou pelo quarto. Abriu a porta e a atirou para fora, com uma expressão dura como pedra.

Ela estendeu a mão antes que ele pudesse fechar a porta. Ele estava envergonhado, dolorido, assustado.

— Por favor, Dair, não faça isso.

Ele olhou para ela com um sorriso doentio.

— Não implore, Fia. Jeannie implorou, mas não conseguiu piedade nem trégua. Vá para casa, esqueça-me, encontre um bom homem para amar.

— Eu pensei que havia encontrado — disse ela suavemente.

Ele fechou os olhos.

Então a porta bateu, e ela ficou ali sozinha.

Fia permaneceu parada no corredor escuro, mirando a porta fechada, com lágrimas nos olhos. Dair precisava dela, Fia sabia disso, mas ele não a queria. Qual Dair era real: a fera cruel, perigosa, raivosa, ou o amante gentil?

— Como posso saber? — sussurrou. — Só sei que o amo.

— Está lançando um feitiço? — Ela se voltou e viu Logan a alguns pés de distância, encostado na parede, com a mão no punhal. Ele foi se aproximando até ficar acima dela, seus olhos queimavam à luz fraca do corredor. Fia sentiu a boca seca. — Você estava mexendo os lábios... Está ciente de que as pessoas pensam que você é uma bruxa? — disse ele, franzindo o cenho e fitando-a. — Por que está coberta de sangue, srta. MacLeod? E suas roupas estão rasgadas. O que andou fazendo?

Ela juntou mais as bordas rasgadas de seu corpete e engoliu em seco.

— Não é meu sangue, e não sou bruxa.

Ele inclinou a cabeça e sorriu friamente.

— Não é? Acho que não acredito em você. Meu primo não está curado, não é? Ele ainda está louco, e você enfeitiçou meu clã para pensar que ele está normal, digno de ser chefe. Está ciente de que a feitiçaria é um pecado mortal? — Logan Sinclair irradiava maldade. Fia podia sentir o cheiro de suor sob a colônia, colônia de Padraig, perfume provindo das roupas de Padraig, usado por um homem que não podia chegar aos pés de Padraig. Era como confrontar um fantasma. Ela começou a se afastar, mas ele a pegou pelo braço. E, com a outra mão, deu-lhe um forte tapa na cara. Ela caiu no chão, sentindo o sangue jorrar. Logan grunhiu, ainda segurando-a firmemente: — Você não deveria ter vindo para Carraig Brigh, bruxa.

— Não sou uma bruxa — disse ela, ofegante, lutando para se levantar e empurrá-lo. — Deixe-me passar.

Ele chutou a perna torta de Fia e a derrubou de novo. Pôs o pé em seu peito, impedindo-a de se mexer.

— Peguei você, bruxa. Não posso permitir que lance mais feitiços em mim e nos meus. Você sabe o que fazemos com as feiticeiras?

Ela o fitava, apavorada. Já havia visto essa expressão antes, selvagem e cheia de ódio. Sentiu um nó no estômago. Não era o rosto de Jeannie que ela havia visto na fonte, era o de Logan. Havia sido um aviso. E aquele fogo que ela havia visto, tão real que sentira seu calor abrasador? Fia mal conseguia respirar. Lançou um olhar frenético para a porta fechada de Dair, tentou gritar, mas Logan a atingiu de novo, fechou sua boca com a mão e apertou sua mandíbula dolorosamente. Ele a puxou para si, até que seu rosto quase tocou o dela.

— Eu lhe fiz uma pergunta. Você sabe o que fazemos com as bruxas? — ele indagou. Ela não respondeu, não conseguia. — Nós as queimamos, jogamos de volta ao inferno, onde é o lugar delas. — Ela mordeu forte a mão que cobria sua boca. Conseguiu um instante de liberdade e começou a se arrastar para longe dele. — Cadela — disse ele, pegando-a pelos cabelos e socando-a de novo.

Então, era apenas a escuridão.

46

Padre Alphonse conteve outro grito enquanto se autoflagelava com um chicote nodoso. Os nós penetravam profundamente, deixando a pele em carne viva, e ele fitava o crucifixo acima do altar em êxtase, compartilhando a agonia do Cristo. Ele era um homem santo, e faria qualquer coisa para proteger sua igreja e seu rebanho. Chegara ali havia seis anos para substituir o antigo padre, que servira fielmente os Sinclair católicos por uma geração. Padre Francis lhe avisara que o clã ainda conservava hábitos pagãos. O velho fazia vista grossa para os amuletos de amor, magia e superstições das Highlands. Seu trabalho se limitava a abençoar bebês, oficiar casamentos, orar pelos mortos e rezar missas para a esposa devota do chefe e para todos os que desejassem seguir os caminhos católicos dela.

Isso havia sido um erro. O pecado crescia desenfreado em Carraig Brigh, e Alphonse era o único entre os Sinclair e o diabo. O clã estava tão afundado em perversidade e maldade que Alphonse temia não ser suficientemente forte para salvá-los. Seu sagrado dever era lavar suas almas de crenças e superstições obscuras, torná-las tementes a Deus.

Por isso Ele enviara Alphonse a essa terra fria, atrasada e bruta. Então, chegara a hora, e Ele mostrara ao padre por onde começar.

Pela bruxa Fia MacLeod.

Seu rosto se contorceu de ódio, e ele empunhou de novo o flagelo.

— Conceda-me coragem para fazer a Sua santa vontade — gritou, fitando o crucifixo através da névoa vermelha de dor.

Com as mãos trêmulas, açoitou-se de novo. Os nós estavam ensanguentados, densos. Ele podia sentir seus pecados fugindo pelas feridas abertas, libertando-o, endurecendo-o para a batalha.

— Eu sou Seu instrumento — disse e se obrigou a levantar.

Ela logo chegaria, amarrada e desamparada, com sua magia maligna contida. Alphonse tinha que resistir ao poder dela. Apertando os dentes, ele derramou água do mar sobre sua pele esfolada. O ardor o fez cair de joelhos, e ele se prostrou no chão de pedra em frente ao altar com a face colada no sepulcro recém-selado de Padraig Sinclair.

— "Não deixarás viver a feiticeira."

47

Fia respirou fundo ao despertar. Sentiu o gosto do pano em sua boca. O rosto doía por causa da mordaça apertada e dos socos de Logan. Ela tentou levantar as mãos, mas seus braços estavam amarrados às costas, e seus pés atados à cadeira que ocupava. Fia olhou em volta. Estava em um pequeno depósito cheio de caixas e baús.

Quanto tempo teria passado ali? Do outro lado da janela fechada, estava escuro, ainda noite. Fia virou a cabeça com cautela e encontrou um rosto iluminado pela luz fraca de uma única vela deixada em um baú ao seu lado. Sentiu o coração pular em seu peito quando um par de olhos risonhos a fitou. *Jeannie Sinclair.* Era apenas um quadro, mas Fia podia sentir seu perfume — um toque suave de rosas e lírios, mesclado com aromas sombrios de umidade e suor. O medo a fez tremer, e ela se debateu de novo, lutando contra suas amarras. Mas estavam apertadas.

O farfalhar de roupas chamou sua atenção. Havia uma mulher sentada diante de um espelho em meio à escuridão, de costas para Fia, penteando seus cabelos loiros reluzentes. Fia ficou observando enquanto a moça enrolava fitas nos longos cachos, amarrava-as, prendendo os fios errantes antes de se virar para encarar a prisioneira.

Fia gelou. Pestanejou, sem poder — sem querer — acreditar em seus olhos. Devia estar sonhando ou alucinando. Era isso que Dair via na escuridão? Sua prima morta parada diante dele?

— Você acordou... — A voz de Jeannie Sinclair era baixa, mas muito viva. Fia sentiu a raiva crescer. Como era possível? Jeannie pegou um xale de seda, colocou-o em torno dos ombros e observou o efeito no espelho. Então, levantou-se e atravessou o espaço entre elas. — Tola — disse ela. — Sua tolinha. Você não deveria ter interferido.

O coração de Fia batia em sua garganta, e arrepios corriam por sua espinha. Ela virou a cabeça e mirou o retrato de novo. A imagem do rosto doce da Sagrada Donzela não tinha semelhança alguma com o rosto retorcido pelo ódio diante dela agora. O fantasma se aproximou, e o cheiro de rosas foi avassalador. Ela cheirava a suor também — fantasmas suavam? A mão que segurou Fia pelo queixo era quente e viva, não tinha a frieza da tumba. Forçou sua cabeça para o lado. Fia sentiu o olhar de sua captora sobre suas cicatrizes, sentiu o tremor de repulsa que atravessava a mão que a segurava.

— Como você é feia. É fácil acreditar que é uma bruxa — Jeannie disse. Fia gemeu baixinho, suplicando sem palavras. — Você quer Dair? Mas não pode tê-lo. Não permitirei que ele seja feliz, nem com você nem com ninguém. São as cicatrizes, a coxeadura que atraem vocês um para o outro? Acha que o pobre Dair virá salvá-la e *se casar com você*? — Fia suplicava com os olhos, mas Jeannie se mantinha impassível. — Outros virão buscá-la, mas não Dair. Depois que padre Alphonse a fizer confessar, claro. Vão levá-la, amarrá-la à estaca, e você queimará, sua bruxa, agora e no inferno por toda a eternidade.

Fia tentou gritar, mas o som saiu abafado, inútil. Puxou ferozmente as cordas que a prendiam. Aquelas íris azuis e frias, cheias de ódio, pareciam triunfantes. Jeannie riu, e o som foi profundo, cruel e assustadoramente familiar.

— Tenho coisas a fazer, srta. MacLeod. Coisas importantes. Portanto, isso é uma despedida.

Com um único sopro a vela se apagou, deixando Fia na escuridão.

48

Ele nunca havia maltratado uma mulher, mas fora bruto com Fia. Dair cobria o rosto com as mãos, podia sentir o perfume e o corpo dela em sua pele, impregnado. Ele a tomara como a uma prostituta, e ela permitira, aceitara-o. Sabia que era o que ele necessitava. Mas isso não afastara seus fantasmas, aproximara-os, com suas mãos ossudas estendidas para puxá-lo para o inferno, onde era seu lugar.

Fia era a única coisa boa que restava em sua vida. Com ela, ele se sentia inteiro de novo, capaz e confiante como o antigo Dair, um chefe — que inferno, um rei. Ele a amava, mas a havia destruído. Seu peito doía. Isso era tudo que restava dele? A carcaça marcada de um homem sem compaixão, sem encanto, sem amor no coração?

Foi até a janela e a escancarou.

— Deixe-me, Jeannie — gritou para o vento, para o mar. — Eu não posso ajudá-la. Eu teria feito qualquer coisa para salvá-la, teria tomado seu lugar, morrido por você, mas é tarde demais. Deixe-me.

Ele fitou o dólmen. As pedras brancas brilhavam como crânios à luz da lua, uma para cada alma que pesava em sua consciência. O registro de seus pecados, para que todos vissem.

Algo se mexeu na escuridão. Dair sentiu a boca seca. Alguém saiu de trás do dólmen. Ele viu o brilho de cabelos dourados, o voo de renda e musselina, as órbitas escuras dos olhos dela. Sentiu o coração socar suas costelas. *Jeannie.* Dair sentiu tristeza, saudade e terror. Ela ergueu o braço, acenando para ele do jeito que fazia em vida, à luz do sol. Havia ido buscá-lo. Ela não o perdoara, nunca o perdoaria.

Ela acenou novamente, e ele teve que ir.

49

A batida na porta de sua câmara foi tão fraca que John se perguntou se a teria imaginado. Abriu e encontrou Meggie parada no corredor, vestindo uma capa com capuz que a cobria da cabeça aos pés.

— Srta. MacLeod — disse ele.

Para surpresa de John, ela passou por ele e entrou na câmara. Tirou o capuz e olhou para ele com expressão preocupada.

— Quero que saiba que não sou o tipo de garota que vai ao quarto de um homem tarde da noite, mas minha irmã desapareceu.

John mirou o outro lado do corredor, a porta fechada de Dair. Desconfiava de que sabia exatamente onde Fia estava e o que estava fazendo.

— Não vai se sentar? — disse John, indicando uma cadeira perto do fogo.

Com um olhar, Meggie mediu a distância entre a cadeira e a cama.

— Por favor, feche a porta — sussurrou.

Ele fechou, e ela se sentou na beira da cadeira, fitando-o.

— Você é o primeiro *sassenach* que conheço. Os ingleses não se arriscam em Glen Iolair. Papai não permitiria. Ele os mataria antes que pudessem pôr os pés na soleira da porta. Eu o ouvi dizer isso cem vezes, mas ele nunca teve que provar.

John cruzou os braços.

— Prometo que nunca levarei meus pés em direção a seu pai — disse.

— Isso seria sábio — disse Meggie com sobriedade. — Mas não foi por isso que vim. Eu sei que você é amigo dele... de Alasdair Og. Posso confiar em você?

— Claro.

Meggie mordeu o lábio.

— Temo que Fia possa ter se apaixonado por ele, ou imagina que está apaixonada. Ela é inocente demais para saber a diferença — disse, mexendo na borda de sua capa com dedos nervosos. — Ele...

Ela se calou, e um rubor ardente tomou suas faces.

— Qual é sua suspeita? — perguntou John.

Ela respirou fundo e continuou:

— Temo que ela tenha fugido com ele. Meu pai não vai gostar que uma de suas filhas se case com um louco...

Fugir? Isso seria loucura, de fato.

— Ele não é louco — protestou John, depressa.

Ela parecia em dúvida.

— Então, onde está minha irmã? Já passa da meia-noite, e não a vejo, ou a ele, desde o jantar.

John sentiu a boca seca. Ele não tinha resposta a essa pergunta, não enquanto não falasse com Dair. O homem acabaria se casando, de fato, querendo ou não, se Meggie MacLeod conseguisse o que queria.

— Venha, srta. MacLeod, vou acompanhá-la de volta ao seu quarto. Talvez Fia esteja lá — disse John, levando-a até a porta.

Mas ela se soltou dele.

— Eu acabei de sair de lá! — redarguiu, encarando-o rispidamente. — Você sabe de alguma coisa, não é? Ela está com ele agora?

Antes que John a pudesse deter, Meggie MacLeod atravessou o corredor e bateu na porta de Dair. Não esperou resposta. Abriu a porta e entrou, chamando o nome de sua irmã. John correu atrás dela.

A cama desfeita estava vazia, assim como o resto do cômodo. John podia sentir perfume, e também o cheiro de sexo no ar. Havia sangue no chão, cacos de espelho quebrado, e pior. A janela estava aberta, as persianas se chocavam ao vento. *Não. Oh, não...*

John foi até a janela e se preparou para olhar para baixo. Não havia ninguém caído nas rochas. Soltou a respiração que havia prendido e seu coração voltou a bater. Ajeitou sua túnica e se virou para Meggie.

— Não há ninguém aqui — disse Meggie, preocupada.

Teriam fugido? Isso seria ordinário, desonroso e contrário a tudo que Dair era. Mas se ele estivesse realmente louco, se fosse realmente perigoso... John pegou Meggie pelo braço, dizendo:

— Venha, senhorita, vamos checar a biblioteca.

Provavelmente não os encontrariam lá, mas era uma maneira de distrair Meggie dos medos sombrios que estavam tomando forma na mente de John.

50

A grama tremia e sussurrava enquanto Dair passava, indo firmemente em direção à figura no dólmen. A tempestade estava mais próxima, e as nuvens se aglomeravam no horizonte, fervilhando. Ele viu um raio ao longe. Seria um vendaval violento, do tipo que afundava navios e rasgava árvores ao meio. Dava para sentir a advertência no ar seco e sulfuroso. Ainda assim ele prosseguiu enquanto o vento agitava suas roupas e cabelos. Também açoitava o vestido branco de Jeannie e seus cabelos loiros, como se seu espírito maltratado fosse incapaz de encontrar a paz no túmulo. Ela estendeu as mãos para ele, que se aproximava, e curvou os lábios em uma paródia sinistra do doce sorriso que Dair recordava. O perfume dela o envolveu. A repugnância fez o suor escorrer por suas costas e se transformar em gelo ao vento. Dair estremeceu.

Isso não é real. Mas, se não fosse, então ele estava alucinando e realmente louco.

Jeannie estendeu as mãos para ele.

— Venha comigo, Dair — disse.

Ele recuou, não queria tocá-la. Esfregou os olhos, tentando banir o espectro à sua frente. O perfume de Fia, o cheiro doce e íntimo de seu corpo, ainda se agarrava a sua pele. Dair sentiu medo.

— Onde está Fia?

Havia raiva nas feições pálidas de Jeannie. Ela fechou a mão estendida.

— Se você a quer, venha comigo.

A voz dela era mais baixa e sombria do que ele recordava. Ela se afastou e parou no alto da trilha que levava à praia. Quantas vezes ele a vira esperando-o, com os olhos ardentes de alegria, travessa, pronta para nadar ou subir o penhasco para procurar ovos de andorinhas-do-ártico?

Ela ficara ali, na mesma posição, no dia em que partira pela última vez, as lágrimas brilhavam em seus olhos e seu sorriso hesitara. Ele a havia guiado naquele dia, pegando sua mão e descendo o penhasco para o navio que os esperava...

Mas, dessa vez, Dair a seguiu. Seu coração batia forte, o corpo estava entorpecido, os pés se mexiam automaticamente, os olhos fixos no movimento da musselina branca do vestido dela.

Sua mente estava densa como mingau; seu corpo, lento e trêmulo. Ela chegou à praia antes dele e ficou ali, encarando-o fixamente. Ele pisou nos seixos, sentiu-os se mover sob seus pés, desequilibrando-o.

Jeannie o havia feito parar no dia em que ela partira, apoiara-se no ombro dele para tirar uma pedra do sapato.

Ele a viu levantar o braço, e a renda de sua manga era como espuma do mar. Ela apontou para os navios que balançavam e se contorciam nas ondas da tempestade iminente.

— Ali — disse ela.

Sua voz foi levada pelo vento, girava em volta dele, chegava de todas as direções e de nenhuma. Dair sentiu o medo na garganta. Não subia a bordo de um navio desde Berwick, não podia...

Jeannie não havia entrado ansiosamente no barco aquele dia, como havia feito mil vezes antes. Ficara parada ao lado, melancólica, enquanto o sol da manhã transformava seu cabelo em ouro. Rindo, ele havia levado as mãos à cintura dela e a passado por cima da borda do barco. "Vamos perder a maré", havia dito, e pulara também. Enquanto seguiam para o navio, ela fizera sombra sobre os olhos com as mãos, escrutando o penhasco, a torre, memorizando sua última visão de casa com um sorriso triste nos lábios. Havia lágrimas em seus olhos...

— Não. — A palavra saiu rasgada de Dair, arrancada do sofrimento, da tristeza, da culpa e da dor. — Não vá — murmurou Dair. Ele deveria ter dito isso na época.

Jeannie atravessou correndo a areia escura, amaldiçoando Dair. Acertou o maxilar dele com o punho, derrubando-o. Ele não resistiu, não podia. Ela passou o braço em volta da garganta dele — um braço mais forte do que ele recordava. Jeannie havia sido delicada e frágil, como... Fia. Ele prendeu a respiração ao sentir a pressão fria do aço em sua traqueia. A lâmina afiada o mordeu o suficiente apenas para tirar um fio de sangue, para mantê-lo concentrado. O cheiro do perfume de Jeannie ficou encoberto pelos odores mais sombrios de suor, sal e algas quando ela o arrastou para levantá-lo.

— Você é quem vai desta vez, primo, para nunca mais voltar — sibilou ela na orelha de Dair.

Ele sentiu a lâmina de novo, e mais sangue, quente, logo virando gelo. Ela apertou mais, sufocando-o. Ela tremia, lutando contra o desejo de enfiar a lâmina o suficiente para matá-lo. Por um instante, intimamente ele queria que ela fizesse isso, que acabasse com seu tormento. O esquecimento o chamava, borrava sua visão. Ele fechou as pálpebras, pronto para se render. Mas no inferno escuro de sua própria mente não era Jeannie que esperava por ele, era Fia. Seu olhar era uma tábua de salvação, sua voz suave chamando-o de volta à pouca sanidade que ainda lhe restasse.

Dair abriu os olhos, segurou a mão que empunhava a faca e a forçou para trás, o suficiente para poder respirar.

— Onde está ela? — perguntou, debatendo-se.

Mas a sombra de Jeannie era notavelmente forte. Rosnando, com uma velocidade surpreendente, ela o jogou na água e o empurrou com força para dentro do barco. Ele caiu sobre a perna ferida e estremeceu. Mas se endireitou, com os instintos de marinheiro imediatamente alertas.

— Reme — ordenou Jeannie, entrando também.

Dair via o brilho do punhal na mão dela, ainda molhado com seu sangue.

Pegou os remos, sentiu o peso familiar na palma das mãos e começou a remar.

"Melhor assim", havia dito ela no dia em que partira, dando-lhe um bravo sorriso.

Ele notara as lágrimas brotando enquanto ela sustentava seu olhar. Havia algo mais ali... Ele se voltara para dar uma ordem, e, quando olhara de novo, ela havia desaparecido. Ela subira na proa, brincando de ser a rainha pirata. Ele rira, balançara o barco, fizera-a pular para encontrar o equilíbrio, sabendo que ela conseguiria. E ela lhe dera um tapa, sentara-se ao lado dele, apoiara a cabeça em seu ombro e encaixara sua mão na dele...

Dair olhava para Jeannie agora. Havia manchas escuras em seu vestido branco. Sangue? Seu ou dela?

Os canalhas ingleses a socaram repetidamente, rasgaram suas roupas, fizeram-na gritar...

O vento atravessava os mastros dos navios ancorados. Era um som alto e doce, uma música familiar, como uma canção de ninar.

— Onde está Fia? — indagou Dair outra vez.

— Você gosta tanto assim dela? Não pode ser amor. Você não é capaz disso. Você deixou que a matassem, salvou a própria pele. O que deu a eles para que o deixassem viver? O corpo dela, o tormento dela, a morte dela foi parte do preço?

Eles a fizeram assistir enquanto assassinavam a tripulação, homens que ela conhecia desde a infância. Eles a haviam surrado, estuprado, partido seus ossos, mas não subjugaram seu espírito. Ela cuspira no carrasco quando ele colocara o laço em sua cabeça, amaldiçoara-o em gaélico. Seus olhos encontraram os de Dair, preso atrás da janela gradeada. O que ele havia visto no olhar dela? A dor no peito não o deixava lembrar.

O vento transformou em gelo as lágrimas em seu rosto. Ele fitou os olhos profundos e brilhantes da Jeannie de agora, pedindo perdão silenciosamente. Mas não havia consolo nem conforto neles. Apenas mais loucura. Então, ele entendeu.

Sua prima estava tão louca quanto ele.

— Não — conseguiu dizer, e a agonia rasgou sua alma.

A iminente sombra do navio os fez mergulhar em uma escuridão mais profunda. O *Maiden*. Ele conhecia bem o navio. Conhecia todos os seus navios como amantes: pela visão, pelo olfato, pelo tato, sob o sol e na escuridão. Como Fia. Fitou o casco com os olhos apertados. Estaria ela a bordo?

A ideia de embarcar num navio de novo o deixou enjoado, borrou sua visão, esgotou sua mente. Dair apertou os dentes para evitar que batessem.

— Está com frio? — perguntou Jeannie. — É frio no túmulo. Escuro também. Solitário. O lugar de Jeannie não é no túmulo, mas o seu sim. E o dela... a bruxa.

— Fia? — indagou Dair.

— A bruxa — corrigiu Jeannie, cuspindo as palavras. Dair começou a remar com mais força, deixando que o trabalho e a dor o mantivessem consciente, presente. — Por acaso sabia que Jeannie estava apaixonada por você? Que queria se casar com você? Todos sabiam, menos você. Padraig lhe disse que ela não poderia tê-lo, que não era boa o suficiente para você. Ele queria uma esposa rica para você, uma princesa, uma rainha até, se pudesse lhe comprar uma. Um casamento feito por poder, por dinheiro. Para Padraig, o dinheiro nunca era suficiente. Ele disse não a Jeannie quando ela pediu você, implorou, e isso partiu o coração dela. Ele disse que a casaria com alguém de longe, longe de Carraig Brigh, que nunca mais a deixaria ver você. E você... você nunca soube quanto ela o amava. Que outra escolha ela teria senão tornar-se freira? Amar você a arruinou para qualquer outro, menos para Deus. E mesmo assim você a deixou morrer. Por acaso você se importou?

O choque o atravessou como um raio. Jeannie o amava como homem? Não, ele não sabia, não havia pensado nisso. Mais um pecado sobre sua alma. Ela havia sido sua amiga, sua companheira de brincadeiras, sua prima.

Ela se lançou sobre Dair, amaldiçoando-o, pressionando o punhal entre suas costelas.

— Eu queria poder matá-lo aqui e agora, mas tenho outro destino em mente, mais adequado para um pirata louco.

O golpe do barco contra o costado do navio a fez cair para a frente. Dair fitou o grande casco. A escada de corda pendia na lateral, retorcendo-se ao vento.

Os olhos de Jeannie haviam encontrado os dele enquanto eles colocavam o laço ao redor do pescoço dela. Ela movera os lábios machucados, mas ele não conseguira ouvi-la...

Seu fantasma se erguia sobre ele agora, segurando-se na escada de corda.

— Suba.

Dair se levantou, sentiu o balanço familiar do barco sob seus pés, respirou o cheiro do alcatrão que cobria o casco. Pôs os pés na escada. Sua perna doía, e a tarefa que ele antes fazia tão facilmente era dolorosa agora. Mas, por fim, jogou-se por sobre a amurada e caiu no convés.

Era como voltar para casa. Ele sentiu o navio batendo contra as ondas. Levantou-se, compensou o balanço, equilibrou-se instantaneamente, seu corpo se lembrava. As velas estavam amarradas, mas as bordas enroladas do pano tagarelavam ansiosamente na brisa, dando-lhe as boas-vindas. Ele ouviu o rangido das madeiras se flexionando, uma canção antiga, nunca esquecida. O vento salobre soprava em seu rosto, limpando sua visão e sua mente.

Ele se voltou quando Jeannie subiu pela amurada atrás dele com as saias enroladas, as pernas longas, fortes e peludas. Não estava de sandálias, e sim de brogues. Dair observou o vestido de Jeannie, o xale, o rosto. Mas o corpo debaixo das roupas mal ajustadas não era dela. Era alto, musculoso e masculino, e Dair por fim entendeu.

— Logan.

Havia ódio nos olhos de Logan quando encarou Dair, apertando o punhal nas mãos. Logan odiava navios, já estava enjoado, mantinha-se em pé com dificuldade, lutando contra o balanço da embarcação.

— Então não está completamente louco. Eu estava começando a pensar que você realmente acreditava em fantasmas, primo. Está assim tão louco? Minha irmã o persegue?

— Sim, ela me assombra — murmurou Dair. — Onde está Fia?

Logan soltou uma risada áspera.

— Morta, ou em uma situação tão boa quanto. Padre Alphonse está tomando sua confissão agora. E depois o clã vai queimá-la como bruxa.

Dair sentiu o coração se apertar.

— Ela não é bruxa, Logan. Ela é tão inocente quanto Jeannie...

Mas Logan brandiu o punhal, ignorando o argumento.

— Eu preciso saber, Dair. O que você lhes deu para que o deixassem viver? Você os subornou, prometeu ouro? Eles mataram Jeannie e todos os outros homens daquele navio, mas não você. O que fez, Dair?

Dair sentiu o amargor familiar da culpa o dominar. Balançou a cabeça.

— Nada. Não havia nada que eu pudesse fazer, nada que eu pudesse oferecer que os salvasse. Eu teria prometido qualquer coisa, feito qualquer coisa para salvá-la. — Dair deu um passo em direção a seu primo, mas parou quando Logan apontou o punhal para seu coração. — Eles não queriam me matar. Deixaram-me vivo, ainda que praticamente morto, para servir de aviso aos Sinclair, à Escócia.

— Devia ter sido você — insistiu Logan. — Você nem teve a decência de morrer quando chegou em casa, e então *ela* veio... sua virgem, sua prostituta, *a bruxa*. — Ele soluçou e balançou a cabeça.

— Não posso permitir que você desonre a memória de Jeannie com outra mulher. Você deve pagar por seus pecados, por falhar com Jeannie e seu clã.

Como fazia todos os dias desde que haviam tomado seu navio, Dair vasculhou seu cérebro de novo procurando algo, qualquer coisa que permitisse que Jeannie e seus homens vivessem. Mas não havia nada. Eles haviam tomado o navio, a carga, as moedas em sua bolsa. Mas não fora suficiente. Os homens que aguardavam ali tinham ordens, reverenciavam o mal, estavam cheios de ódio. Não havia sido culpa sua, apenas seu fardo a suportar. Fora isso que eles fizeram com Dair: deixaram-no morto em vida. Esse era o preço que ele pagava.

— *Perdoe-os.* — Dair ouviu as palavras carregadas pelo vento no tempo e na distância. Era o que Jeannie lhe sussurrara da forca: *Perdoe-os.*

Sentiu um peso ser tirado de seu coração, sua mente, sua alma. Fitou Logan, seu rosto, seus olhos eram tão parecidos com os de Jeannie... Mas o semblante de Logan estava ofuscado pelo ódio, a ambição e a loucura.

— Você ama Fia MacLeod? — indagou Logan. Dair sustentou o olhar ardente de seu primo. *Sim*, pensou. *Sim, eu a amo. Ela é minha salvação, minha esperança de futuro.* Mas não disse nada. Diante de seu silêncio, Logan torceu os lábios de nojo. — A pequena aleijada o enfeitiçou. Ela trouxe uma maldição sobre este clã. *Você* nos amaldiçoou sobrevivendo, em vez de morrer como deveria. Toda essa sina é sua culpa. Você foi contra Deus, e ainda por cima Padraig o escolheu para ser seu sucessor.

A maré estava subindo, carregando a tempestade consigo. Dair sentiu o navio se levantar sob seus pés, inspirou o cheiro do vento, esperançoso. O navio era como uma extensão de seu corpo. Mirou as nuvens, leu-as, observou-as avançar para a lua, cercando-a. Um relâmpago iluminou o céu por trás de Logan.

— Eu sou filho de Padraig, Logan. Sempre fui seu herdeiro.

— Você não tem aptidão para ser chefe! Você é louco, Dair, um monstro. — Logan apertou os dentes.

Dair balançou a cabeça, com a mente clara.

— Não sou louco, primo. — Fia o havia salvado. Agora, ele tinha que salvá-la. — Eu sou seu chefe.

Empertigou-se e esperou que Logan reconhecesse sua autoridade. Mas, em vez disso, Logan gritou e bateu o pé.

— *Eu* sou o chefe! Ou serei. Por Jeannie, eu serei o próximo chefe dos Sinclair.

Dair levantou os punhos, desafiando-o:

— Lute comigo, Logan. Soque-me, se quiser, mas eu vou revidar. Jeannie está morta, e vou lamentar isso enquanto viver; chorarei por ela para sempre, mas vou lutar com você por Fia e como legítimo chefe dos Sinclair. Não permitirei que você ocupe meu lugar.

Logan hesitou. As saias de musselina de sua irmã morta se agitavam em torno de suas pernas, e ele brigou com elas, mirando ansiosamente o céu, só então percebendo o clima. Um trovão ecoou e Logan estremeceu, arregalando os olhos de terror.

Ele parecia realmente louco, apavorado, de olhos arregalados e pálido. O punhal tremia em sua mão.

— Vem chegando uma tempestade. As amarras podem se partir — disse Dair. Logan sentiu engulhos, seus olhos reviraram. — Será uma tempestade forte. Vamos voltar para a costa.

O navio balançou, jogando Logan contra o corrimão. Ele deixou cair o punhal, que girou por sobre a amurada como um peixe prateado pulando no mar. Logan soltou um palavrão. Esfregou a boca com a mão e apertou os punhos.

— Vá para o mastro e coloque os braços em volta dele — ordenou a Dair, gritando para ser ouvido acima do vento.

Essa era uma posição para punição. Um homem seria amarrado ao mastro para pagar por suas transgressões, ter as costas açoitadas.

— Você pretende me açoitar por meus pecados, como padre Alphonse faz, até ficar tão louco de dor que vê Deus? — perguntou Dair. — Não. Eu sou seu chefe. Não permitirei isso.

Logan estava enjoado, seus membros tremiam.

— Não — insistiu Logan. — Eu planejei tudo com cuidado. Quando você morrer, direi ao clã que enlouqueceu, que teve que ser detido. Então vou fazê-los votar, e, como não há mais ninguém com o sangue de Padraig além de mim, eu serei o chefe.

— Então vamos voltar, organizar a votação e ver quem ganha — disse Dair.

Logan retorceu os lábios. Tarde demais Dair viu o pesado moitão no punho de Logan, que o acertou na lateral da cabeça com um ruído assustador. Sentiu o mundo deslizar para a escuridão.

51

— Vai confessar que está ligada a Satanás, que pratica as artes obscuras da feitiçaria? — interrogou padre Alphonse.

O padre havia ido até Fia ao amanhecer e acendera velas em um círculo ao redor dela. Ele se mantinha fora do poço de luz, apertando o crucifixo na mão, pronto para derrotá-la se ela se mexesse para lhe lançar um feitiço. Retirou a mordaça para que ela pudesse confessar.

Debatendo-se contra as amarras que a prendiam à cadeira, Fia sentiu as cordas morderem seus pulsos. Sangue quente escorria por suas mãos. Ainda assim, ela o encarou ferozmente.

— Eu não sou uma bruxa — ela respondeu. Ele a atingiu, seus dedos ossudos partiram-lhe o lábio. O sangue escorria pelo queixo de Fia. Ele ficou parado diante dela, observando avidamente enquanto seu vestido se encharcava. Fia o encarou: — Solte-me.

Ele jogou água benta no rosto dela, murmurando em latim, e pareceu decepcionado quando viu que o líquido não a queimava. Mas isso não provava nada, nem inocência nem culpa, seus olhos continuaram ardendo na loucura de sua caça às bruxas.

Ela lambeu as gotas da água de seus lábios, sedenta.

— Eu tenho provas, senhorita. Há testemunhas.

— Que testemunhas? Eu não fiz nada! — disse Fia.

— Você amaldiçoou o filho de Effie Sinclair. Ele estava ótimo, mas adoeceu e morreu depois de derrubá-la na aldeia. Você lançou um feitiço sobre a vaca de Alan Sinclair, que também morreu. Muriel Sinclair morreu depois que você a visitou e pôs as mãos nela. Outro garoto também está doente...

Fia ergueu a cabeça, sentiu o peito se apertar, preocupada.

— Quem está doente? Que rapaz?

— Alex Sinclair, como você sabe. Mas ele é forte no Senhor, vai lutar contra sua maldição...

— O filho de Angus Mor? Angus sabe que eu nunca machucaria ninguém. Por favor, padre, se o Pequeno Alex está doente, deixe-me cuidar dele.

— Eu estou orando por ele.

As lágrimas faziam os olhos de Fia arderem.

— Orações sozinhas não salvam uma criança doente. Mande-o para...

Mas se calou. Não se atrevia a mencionar o nome de Moire, sendo que estavam caçando bruxas.

Os olhos do padre brilhavam à luz das velas.

— Você se atreve a colocar seu poder acima do de Deus?

Ele levou o crucifixo para perto do rosto dela. A luz das velas se refletia na superfície polida, fez Fia desviar o olhar, e o padre gritou em triunfo.

— Você desvia os olhos da cruz! Está ligada a outras bruxas? Moire da Fonte a ajudou em suas obras sombrias?

Fia se alarmou.

— Não! Moire é parteira, só uma parteira.

O padre lhe deu outra bofetada.

— Confesse!

A cabeça de Fia balançou e sua visão ficou turva.

— Eu não sou bruxa. Sou curandeira, e uma MacLeod. Uma dos Temidos MacLeod de Glen Iolair! — afirmou, com uma força surpreendente.

— Como você enfeitiçou Alasdair Og Sinclair? — ele perguntou. Ela sentiu um medo novo. O que fariam com Dair? — Você o tentou, desviou-o de Deus sussurrando feitiços. Eu vi com meus próprios olhos. Não foi uma simples canção de ninar que você entoou. Foi um feitiço de sedução, uma cilada, iníqua luxúria.

— Não — Fia conseguiu dizer com os lábios inchados. Onde estaria Dair? Acaso ele acreditava que ela o enfeitiçara? Recordou a expressão no semblante dele quando ele batera a porta. Ele havia falado de fantasmas, de loucura. — Ele não está louco — murmurou. — Não está louco.

O padre pegou o queixo de Fia e virou-lhe a cabeça, deixando que a luz incidisse diretamente nas cicatrizes.

— Estas são as marcas do diabo?

Ela tirou o rosto das mãos dele, encarando-o:

— São marcas de lesões. Todo mundo tem cicatrizes. Até você — respondeu ela, indicando com a cabeça as marcas mal cicatrizadas do chicote, visíveis acima da gola da batina.

— As minhas são marcas sagradas, marcas de piedade e penitência.

— Isso é loucura! — protestou ela.

O rosto pálido do padre ficou vermelho.

— Eu sou o sagrado instrumento de Deus. Eu provei minha devoção ao Senhor, e Ele fala comigo. Ele me fortalece. Ele me deu o poder de derrotar seu mal. Eu sei o que você é. — Recuou. — Acabou. Posso ver sua maldade. Sua alma maligna será purificada pelo fogo. O demônio dentro de você será consumido ao queimarmos seu corpo.

— Queimar?

O terror a deixou sem fôlego, ofegante.

Ele sorriu, feliz por vê-la apavorada, por fim.

— Ah, sim. Não podemos permitir que uma bruxa viva. Você deve ser queimada.

Ela tremia, mas apertou os dentes e o olhou nos olhos.

— Então, você tem que provar que sou realmente uma bruxa. Pode fazer isso? Deve haver um julgamento, testemunhas. Eu sou inocente. Se me matar sem provas, você é que queimará no inferno. Tem certeza, padre? E o chefe dos Sinclair? Ele deve dar sua permissão. Essa é a lei.

Dair não permitiria isso. Ele era um homem gentil, um bom homem. Não acreditava em bruxas, demônios ou maldições. *No entanto, havia dito que vira o fantasma de Jeannie Sinclair*. A incerteza se debatia no peito de Fia como um pássaro engaiolado.

O triunfo cintilou nos olhos do padre. Seu sorriso amarelo era selvagem à luz das velas.

— Eu tenho a permissão do chefe, srta. MacLeod.

Fia sentiu o coração parar.

— Dair permitirá isso?

— Alasdair Og não é o chefe dos Sinclair. Ele está louco, e o povo sabe que ele é o instrumento de Satanás, que foi enfeitiçado por você. *Logan* Sinclair é o chefe.

— Logan? Onde está Dair? — gritou Fia.

Seu medo por ele era muito maior que por si mesma.

— Ele se foi. Não pode salvar você. Ele é um homem transtornado, será confinado, acorrentado, impedido de continuar fazendo o mal. O chefe Logan ordenou isso. Preocupe-se com seu próprio destino agora. Você será queimada, senhorita. Será queimada. — Ele fez um beicinho de decepção. — Infelizmente está chegando uma tempestade, e a chuva apagaria as chamas. Então, teremos que esperar. Mas, quando as nuvens desaparecerem, você será levada à estaca e morrerá.

Ela abriu a boca para gritar, mas ele foi mais rápido. Enfiou a mordaça de volta na boca de Fia e a amarrou atrás de sua cabeça, apertando sem dó. Seu rosto ferido protestou e ela gemeu, mas ele não teve piedade.

Ele apagou as velas uma a uma.

— Descanse, se puder. Ou reze, se se atrever. Não que vá fazer diferença. Ouvirei sua confissão se desejar, mas sua penitência será a mesma.

As lágrimas de Fia encharcaram o pano em sua boca. Lágrimas não por si mesma, mas por Dair. Certamente Meggie a encontraria, ou Angus, ou John. Eles a encontrariam e dariam fim àquilo.

Mas o amanhecer tempestuoso atravessou as mantas que cobriam a janela e ninguém apareceu.

52

Dair estava tendo outro pesadelo. Sabia o que viria... Escutar o grito de Jeannie, ver os soldados ingleses abordando seu navio com espadas em punho, assassinando sua tripulação. Mas, dessa vez, o sonho era diferente. Ele estava navegando, e o navio estava em perigo. Suas mãos frias e entorpecidas ao leme procuravam um curso seguro através de águas perigosas. O navio foi arremetido pelas ondas, e Dair deslizou pelo convés, parando com um tranco. A dor nos braços o despertou, e ele abriu os olhos.

Não era um sonho. Ele estava a bordo do *Maiden*, não mais ancorado. O navio se afastara e singrava fora de controle em mar aberto, e ele estava amarrado ao mastro enquanto o vento lançava a chuva em sua carne como se fossem agulhas.

— Logan! — berrou.

Mas a tempestade arrancou a palavra de sua garganta, jogou-a longe, e não houve resposta.

Ele estava sozinho. Quanto tempo se passara? Já era dia, embora o céu estivesse escuro e ameaçador, e a tempestade caísse com força. As velas estavam soltas, e o leme girava descontroladamente. Ele conhecia a costa, os perigosos penhascos, bancos e promontórios. Sem uma mão orientadora para guiar, o *Maiden* estaria condenado, naufragaria na costa rochosa com ele a bordo, amarrado, incapaz de se salvar.

Mas essa era a intenção de seu primo.

Dair puxou as cordas que o amarravam, mas elas se apertaram mais, como os grilhões que o haviam acorrentado no Forte de Cold-burn.

Mas ainda havia um perigo maior. Não para ele, mas para Fia, a mulher que amava.

De novo ele puxou as cordas molhadas com todas as suas forças. Sentiu a aspereza ferir seus pulsos e se apertar mais.

53

— Certamente Fia não se aventuraria em uma tempestade como essa — disse John.

Sua capa e a de Meggie estavam encharcadas quando retornaram da aldeia. A tempestade havia atingido seu auge. Os aldeões não os receberam como de costume. Estavam de luto de novo, dessa vez pelo filho de Effie e por Muriel Sinclair. As pessoas os espreitavam pela fresta de portas semiabertas, faziam sinais, como Moire, contra a feitiçaria e o mal. Não havia vestígios de Fia ou Dair.

John pegou o braço de Meggie e se inclinou sobre ela para protegê-la o máximo possível enquanto seguiam o caminho do penhasco em direção ao castelo. O vento era forte, a chuva caía de lado. Meggie parou de repente e mirou a baía, seus olhos azuis se encheram de lágrimas.

— E se ela caiu e se machucou, ou pior?

John escrutou a praia vazia abaixo, observou ondas selvagens flagelarem a costa, torcendo para que os medos dela fossem infundados. Examinou, a distância, o local onde estavam ancorados os navios, e além deles. Então, parou e redobrou sua atenção. Havia apenas um navio. No dia anterior havia dois.

John pestanejou, seu coração ficou apertado. Inspirou profundamente e disse:

— Ontem havia dois navios na baía. Um desapareceu. Penso que talvez Fia e Dair possam ter...

— Fugido? — completou Meggie, balançando a cabeça. — Não. Ela sabe muito bem que meu pai levantaria sua espada medieval contra qualquer homem que ousasse agir tão desonrosamente com uma de suas filhas. Fia seria viúva antes de ser noiva!

Ela parecia ter certeza do que dizia.

— Você nunca se apaixonou, Meggie? — perguntou John. — Até pessoas sensatas fazem coisas loucas, *impetuosas*, quando estão apaixonadas.

— Não Fia.

John franziu o cenho diante de sua teimosia.

— Como você pode saber?

Meggie apontou para o castelo, quase invisível sob a chuva.

— Porque Beelzebub ainda está aqui, no estábulo. Eu verifiquei. Fia jamais o deixaria para trás. Ela está aqui, em algum lugar. Se ela partiu, se ele a levou, não foi de bom grado. Não sem esse gato. — Ela mirou a baía, vazia exceto por um navio. Seu semblante estava tomado de preocupação quando o encarou. — Então, onde está minha irmã?

John era quase especialista nos tipos de lugares onde amantes poderiam encontrar um pouco de privacidade — depósitos, celeiros, cabanas vazias, bosques, até grutas nas colinas. Mas dificilmente poderiam checar todos durante uma tempestade. Ele pegou o braço de Meggie e começou a andar de novo.

— É melhor pensarmos nisso com calma.

54

Angus olhou ao redor de sua cabana. Sempre havia sido um lugar abençoado pela felicidade e a boa fortuna. Agora, o Pequeno Alex estava ao lado da lareira, pálido e apático. Pelo menos ele estava vivo. Annie soluçava sobre sua amada avó, que morrera silenciosamente durante a noite, pacífica como um navio se soltando das amarras e singrando as águas.

Ele abraçou sua esposa, confortando-a.

— Vovó estava bem ontem, mais alegre. Pensei que estivesse melhorando — lamentou Annie.

— Ela era muito velha — murmurou Angus contra os cabelos sedosos de sua esposa.

Ela ainda estava de luto pelo bebê deles, e agora isso... Annie balançou a cabeça e encarou o marido.

— As pessoas estão dizendo que não foi morte natural. Não logo após o falecimento de Robbie, e Alex mal, e a vaca de Alan... Não havia motivo para Robbie morrer. Ele não era velho, era saudável, forte. Effie disse que foi bruxaria, que Robbie e Alex foram amaldiçoados.

— Isso é bobagem — disse Angus.

— É mesmo? Que razão havia para uma criança saudável morrer? Para uma vaca saudável? Alan encontrou o animal no estábulo com a língua inchada e os olhos virados para trás. Não foi morte natural. — Annie enxugou os olhos. — Fia MacLeod tratou o pé de Alan depois que ele pisou em um prego. Ele se esqueceu de lhe oferecer pagamento, Angus.

Ele sentiu a boca seca.

— Fia? Ela jamais machucaria alguém. Ela curou Dair...

Annie balançou a cabeça.

— Não, não curou... Ele ainda está louco, não é? Os Sinclair foram amaldiçoados com um chefe louco. Ela não é curandeira, e enfeitiçou este clã.

— Onde você ouviu isso? — perguntou Angus, soltando-a.

— O padre disse isso na noite em que Padraig morreu, e outros estão dizendo também. O povo pensa que Logan deve ser chefe. Eu sei que você é amigo de Dair, Angus, mas nosso filho quase morreu, e vovó era a única que conhecia rezas antigas contra bruxas. E agora ela está morta, no auge da vida.

— Ela tinha mais de oitenta anos — murmurou Angus, mas ainda imaginando se poderia ser verdade.

Onde havia milagres, o oposto também existia. Foi em direção à porta.

— Aonde você vai? — indagou Annie.

— Preciso falar com Dair.

Annie tirou o pequeno crucifixo de seu pescoço e ficou na ponta dos pés para pendurá-lo no do marido.

— Tenha cuidado — pediu.

Ele viu o medo nos olhos dela. Ela realmente acreditava que Fia MacLeod era uma bruxa e que o clã estava amaldiçoado. Enrolou o manto na cabeça para se proteger da chuva e se abaixou para passar pela porta. Recordou a mão suave de Fia na cabeça do Pequeno Alex, como ela curara o cachorrinho com um espinho na pata... Muriel *gostava* de Fia. Poderia ela realmente ter traído todos assim? *Não*, murmurou. *Não*.

Mas sentiu um arrepio percorrer sua espinha, e não tinha nada a ver com a chuva.

As cabanas estavam bem fechadas como proteção contra o clima e a sorte. Ninguém o chamou enquanto ele atravessava a aldeia e seguia o caminho que levava ao castelo. Em um dia tão sombrio e tormentoso como este era fácil acreditar em maldições. Quantos Sinclair haviam morrido — haviam sido assassinados — no intervalo de meio ano? E Dair ficara louco, pior que morto. E, agora, crianças e vacas. Angus parou no penhasco e fez um sinal contra o mal.

Então, percebeu que o *Maiden* não estava na baía. Ficou parado olhando para o lugar vazio que o navio havia ocupado. Era o orgulho da frota de Sinclair, e agora...

Talvez houvesse rompido as amarras devido à tempestade. Ele escrutou o mar, mas estava vazio, e a visibilidade era ruim. A tempestade durara horas, e ainda estava chovendo.

Angus apressou o passo com um mau pressentimento na boca do estômago. Precisava encontrar Dair.

55

O sino reuniu os aldeões à porta da capela. Chegaram sombrios, e ficaram ali em pé para escutar. Logan estava ao lado do padre, de braços cruzados, expressão austera e forte, cópia ensaiada do rosto de Padraig. Ainda assim, ninguém olhava para ele. Esperavam que o padre falasse.

— Fia MacLeod foi declarada culpada de feitiçaria. Tenho sua confissão — disse o padre Alphonse. — Ela deve ser queimada. Temos que livrar este clã, este lugar, de seu mal.

— Onde está Dair? O chefe deve aprovar isso — falou Tormod Pyper, apoiado pelos seus. — É tradição e lei.

Logan deu um passo à frente.

— Alasdair Og roubou um navio e fugiu na tempestade. Certamente isso prova que está louco. Eu sou o chefe agora.

Houve mais expressões de tristeza que de alívio. O que isso significava? Como Logan deveria lidar com isso? Ele balançou a cabeça tristemente, firme, mas solene, dizendo:

— Os Sinclair foram amaldiçoados com a má sorte desde que nossa Sagrada Donzela, minha irmã Jean, morreu. E quem foi responsável por isso? — Ninguém respondeu. Logan revirou os olhos, impaciente. — Alasdair Og — disse. O povo parecia desconfortável, mas ainda não convencido. — E Fia MacLeod. Ela é uma estranha, uma bruxa, e trouxe mais má sorte para este clã, e...

— Sim, a bruxa é culpada! — gritou Effie, e por fim a multidão se agitou e começou a murmurar.

Logan quase caiu de alívio.

— Sim! E agora devemos queimá-la.

Ruari Sinclair olhou para o céu, em dúvida.

— Está chovendo. Como podemos queimar algo na chuva?

— Com certeza o fogo se apagaria, se conseguíssemos acendê-lo — concordou Jock.

Logan apertou os dentes. Por que estavam tão relutantes a consertar as coisas, a fazer a vontade de Deus — *sua* vontade?

— Então, vamos esperar a chuva passar. — E apontou para o meio da pequena praça. — Coloquem uma estaca para amarrá-la, juntem madeira, preparem-se — ordenou.

Effie Sinclair e Alan seguiram na frente, ansiosos. O resto do clã se mexia mais devagar, mas todos foram.

Padre Alphonse se ajoelhou na lama e voltou o rosto para o céu em ebulição.

— Será como decretaste, ó, Senhor Deus. A bruxa arderá, e seremos consagrados uma vez mais à Sua santa vontade.

Logan se enrolou mais em seu tartan. Deus podia ficar com o crédito, ele mesmo ficaria com o comando. Estava frio demais para um sermão, molhado demais.

— Supervisione — ordenou ao padre, e foi buscar calor e uísque.

56

Se Dair não houvesse sido amarrado ao mastro, as águas furiosas o teriam jogado por sobre a amurada. Seus braços doíam pela força que fazia para se segurar a cada onda que atingia o navio, e ele sentia o corpo ser jogado tão longe quanto permitiam as cordas que amarravam seus pulsos, esticando ossos e músculos quase até o ponto de ruptura. Conseguira ficar em pé, gelado e dolorido, e estudava o oceano com atenção aguçada. Não havia terra à vista, e ele se perguntava até onde havia chegado e como diabos aquilo acabaria. Pensou que era um homem de muita sorte por a tempestade ainda não haver arremetido o navio contra a costa.

Quão afortunado seria se ele conseguisse sobreviver mais uma vez, mas Fia não? Logan não se atreveria a queimá-la, e certamente Angus, Jock e Ruari eram sensíveis demais para permitir uma coisa dessas. Isso significaria guerra com os MacLeod, vingança, ainda mais mortes. Dair sentia a fúria impotente queimá-lo. Se Logan fizesse mal a Fia, Dair não esperaria a vingança do pai dela. Ele mesmo mataria seu primo, rasgá-lo-ia ao meio... Apertou os punhos. Acaso as cordas estavam mais frouxas que antes? Dair as puxou de novo enquanto o navio balançava ao vento, selvagem como um golfinho. Prendeu a respiração, sentindo uma sombra de esperança — e, no momento, esperança era tão bom ou melhor que sorte. Logan não era marinheiro. Enjoava no mar. Dair recordou como ele e Jeannie o provocavam por causa disso, até fazê-lo chorar. Então, saíam sem ele, deixando-o sozinho na praia. Com o tempo, Logan se recusara a se envolver com qualquer coisa que tivesse a ver com navios, embarcações e mar. Nunca aprendera a nadar, nem a navegar, nem a fazer nós direito.

Dair riu alto, deixando a esperança aquecer seu corpo gelado por um instante. Então, torceu os dedos contra os nós que o amarravam ao mastro e começou a trabalhar.

57

O amanhecer tingia o depósito com faixas de luz acinzentada. Do lado de fora, a chuva continuava, tamborilando com a cadência de um carrasco, e Fia sentia o coração martelar em seu peito. Estava com muita sede, fome, tinha cãibras nos membros, entorpecidos por ficar na mesma posição por tanto tempo. Quantas horas haviam se passado?

Ninguém aparecera, nem padre Alphonse, Logan ou Dair, nem mesmo Meggie. Um novo medo a dominava. Sua irmã estava segura? Orou por isso, e por Dair.

Ouviu barulho de chaves, e o pânico tomou seu peito. *Já?* Padre Alphonse entrou com Angus Mor. Angus estava atrás do padre com as mãos entrelaçadas e uma expressão fria. Ele era seu amigo, amigo de Dair. Por que estava ali? Talvez tivesse notícias de Dair. Fia lhe lançou um olhar suplicante acima da mordaça. *Não sou bruxa...*

Ela lutou de novo contra as cordas que a amarravam, embora soubesse que era inútil. Seus pulsos estavam entorpecidos, e seus dedos cobertos de crostas de seu próprio sangue.

— Gostaria de falar com ela — disse Angus bruscamente. — Ela amaldiçoou meu filho, a avó de minha esposa, meu chefe... e Dair.

— Ele engoliu em seco, e Fia sentiu as lágrimas encherem seus olhos. Dair estava morto? O rosto duro de Angus era ilegível. — É meu direito, já que serei eu a levá-la daqui para a expiação — argumentou ele, encarando-a. — Vim exigir que desfaça o feitiço que lançou contra nós.

Os olhos do padre ardiam como carvão em brasa. Ele era uns trinta centímetros mais baixo que Angus, e quarenta e cinco quilos mais leve, um homem frágil. Entregou seu crucifixo na mão do protetor do clã, dizendo:

— Ela está amarrada e amordaçada, mas o diabo é inteligente. Seja rápido.

Angus assentiu. Fitou-a com o punho apertado e os olhos gelados. Não realizou nenhum movimento para desfazer as amarras, e um novo medo fez o coração de Fia disparar. Preparou-se para a dor quando ele se inclinou sobre ela com o punho apertado, mas ele não lhe bateu.

— Meu filho está vivo, não morreu. — O alívio tomou o semblante dela brevemente, porém a expressão de Angus ainda era a mesma. — Mas outros estão mortos. Dair... — Ele engoliu em seco, seus olhos brilhavam. — Dair desapareceu, louco de novo.

— Ele está morto — interveio o padre. — Por culpa dela, da maldição dela.

Morto? Fia não conseguia respirar. *Morto?*

Os olhos de Angus eram selvagens, tomados de confusão e tristeza.

— Não podemos ter uma bruxa aqui em Carraig Brigh. Entende, senhorita?

Ela balançou a cabeça e gemeu através do pano encharcado que enchia sua boca. As lágrimas corriam por suas faces, borravam sua visão.

Ele se aproximou ainda mais, curvou-se sobre ela, bloqueou o resto da sala com seu corpo grande. Fia sustentou o olhar duro de Angus com um suave, suplicante.

— Seu lugar não é aqui — ele rugiu.

E, rápida e furtivamente, levou uma mão para trás do corpo dela. Fia sentiu algo frio e duro contra a palma de sua mão e o pegou. *O cabo de um punhal.* Encarou Angus com surpresa, mas ele recuou subitamente.

— Devo ir, padre. Eles estão preparando o fogo. Voltaremos para buscá-la quando a chuva parar.

Aquilo era um aviso, e uma chance... Ela lhe lançou um olhar de gratidão, mas ele não viu. Angus abriu a porta e passou por ela sem se virar para trás. O padre o seguiu. Fia apertou o punhal em suas mãos trêmulas, concentrando-se para não o deixar cair. Era sua salvação e sobrevivência. Com cuidado, virou a faca, deslizou-a entre a corda e o pulso e começou a cortar.

58

Era quase noite quando a chuva diminuiu. Angus estava na entrada de sua cabana observando as pessoas correndo ansiosamente de um lado para o outro na praça, empilhando maços de gravetos e palha ao pé da estaca que haviam instalado para Fia MacLeod. Logo iriam buscá-la, arrastá-la até ali, amarrá-la e queimá-la.

Isso não estava certo. Ela não poderia se defender, tão pequenina e delicada. Ele havia feito o que podia, e esperava que fosse suficiente, que ela o houvesse entendido. Caso contrário — ele mudou de posição, inquieto —, tinha um *sgian dubh* em seu cinto. Cortaria a garganta dela, dar-lhe-ia um fim rápido e misericordioso antes que as chamas a alcançassem. Não deixaria nenhuma moça sofrer, especialmente uma que ele não tinha certeza de que fosse bruxa, apesar das evidências.

Várias mulheres estavam com Annie consolando-a, discutindo como iriam queimar a feiticeira, ansiando por esse momento, com olhos duros, cruéis e seguros. Deixariam para se arrepender quando a manhã chegasse.

— Ela é má — disse Effie. — Quanto tempo teremos que esperar? Eu digo que, se a chuva não parar logo, deveríamos apedrejá-la.

— Sim — sibilou alguém mais. — Vamos arrancar seu coração e queimá-lo.

Angus observou os rostos familiares de amigos e vizinhos, sinistros à luz da fogueira, e sentiu um arrepio. Essas mesmas senhoras haviam aceitado a bondade de Fia MacLeod alguns dias antes. E agora... Olhou para seu filho, ainda pálido e abatido, embrulhado em um tartan, encostado na mãe do jeito que fazia quando era pequeno. Teria Fia feito mal a seu filho?

Se Dair estivesse ali, não permitiria que isso acontecesse. Mas Dair desaparecera, morto talvez, certamente louco, e dessa vez para sempre. Angus sentiu uma pontada de dor, fechou os olhos, lamentou por seu capitão, seu amigo, seu chefe.

— Papai? — chamou Alex, ajeitando o tartan.

— Sim, garoto. — Angus passou o braço em volta de seu filho.

— Preciso falar com você.

Angus bagunçou os cabelos do filho.

— Sim. Vamos pescar quando... — Fez uma pausa. — Amanhã.

— Será tarde demais — insistiu Alex. — Podemos ir ao estábulo? — Ele puxou o pai para perto e sussurrou. — Não foi culpa dela. Fia não fez Robbie e eu ficarmos doentes, nem matou a vaca de Alan.

Angus o levou para fora.

— Muito bem, do que está falando? — perguntou.

Chutando a palha, Alex explicou:

— Eu e Robbie encontramos cogumelos nas colinas. Rob achou que eram bons para comer, então os pegamos e os trouxemos, com algumas amoras, para comer no estábulo de Alan. Rob comeu, mas eu não gostei e joguei o meu por cima da cerca da vaca.

— Cogumelos? — indagou Angus, fitando o filho. — Você comeu cogumelos venenosos?

Alex começou a chorar.

— Eu não queria machucar a srta. Fia, nem derrubá-la. Tive medo de falar quando as pessoas começaram a chamá-la de bruxa. Padre Alphonse diz que ela é, e mamãe também, e a mãe de Rob. Ela é bruxa mesmo?

Angus colocou sua mão pesada no ombro do filho.

— Não. Ela é apenas uma moça gentil. Nunca tenha medo de falar a verdade, rapaz, não importa qual seja. É sua honra, seu dever. Você entende?

Alex assentiu.

— Devo dizer a eles agora?

Angus avaliou.

— Não. Eles estão com raiva agora, provavelmente não vão escutar você. Vamos esperar até amanhã de manhã. Com a cabeça mais fria, eles ouvirão a voz da razão.

— Mas a chuva parou — disse Alex.

Angus olhou para fora. De fato.

— Tenho que ir ao castelo. Vá para dentro com sua mãe, rapaz. Feche a porta e não saia.

— Posso ir com você?

— Não, garoto. Não sei bem o que vou encontrar. Mantenha sua mãe segura.

Angus esperou seu filho entrar na cabana e fechar a porta antes de partir para o castelo.

Atrás dele, começaram os gritos.

— Tragam a bruxa, queimem a bruxa!

Ele correu.

59

— Sinto cheiro de fumaça — disse Meggie, segurando o braço de John enquanto voltavam para Carraig Brigh.

Haviam saído a cavalo, procurado navios ao longo da costa, também tinham verificado uma dúzia de cabanas e depósitos vazios. Meggie, indignada e irritada, antes ameaçando matar os dois quando os encontrasse, passou a soluçar ao imaginar o terrível destino que sua irmã poderia ter sofrido.

— Deve ser Ina cozinhando — murmurou John em resposta ao comentário dela.

Talvez encontrassem Dair e Fia no salão, desfrutando de uma ceia quente e uma boa bebida. John também estava preocupado.

À porta do estábulo, ele ajudou Meggie a descer do cavalo, mas ela segurou seu braço quando viu Angus chegando pela muralha externa com expressão sombria.

— Há algo errado acontecendo — disse ela de olhos arregalados, torcendo o nariz como um coelho. — Angus Mor, você viu minha irmã?

Angus tirou o gorro.

— Oh, eu havia esquecido que estava aqui, senhorita — disse, e se voltou para John. — As coisas estão feias, estamos com problemas. Saiam daqui os dois, agora.

Meggie cruzou os braços, declarando:

— Não vou a lugar nenhum sem Fia! O que está acontecendo? Onde ela está?

— Meggie? — chamou Fia, aparecendo na porta do estábulo.

Todos se voltaram para ela.

— Fia! Por onde andou? — Meggie correu para abraçar a irmã, e, a seguir, afastou-a um pouco para olhar para ela. — O que aconteceu com seu rosto? Está cortado, roxo... O que aquele louco fez com você? Papai vai lhe arrancar membro a membro, e... — Fia ergueu a mão para detê-la. John viu as marcas profundas em seu pulso, e Meggie gritou também ao ver as lesões. — Ele amarrou você?

Angus segurou o braço de Meggie, dizendo:

— Não foi Dair! Ele nunca... *Dhia*, não há tempo para explicações. Vocês têm que ir embora. — Olhou para Fia. — A chuva parou. Eles estão vindo...

— Quem? Vindo para quê? — perguntou Meggie. — Preciso de ataduras, unguento e uma faca bem afiada para cortar Alasdair Og...

Angus soltou um palavrão.

— Você é tonta? Não sente o cheiro de fumaça? Eles querem queimar uma bruxa esta noite.

Meggie o fitou.

— Uma bruxa? Que superstição absurda! Bruxas não existem... — Mas subitamente levou a mão à boca. — Fia?

— Sim. Vocês têm que fugir — implorou Angus. — John, você as leva?

— Angus, onde está Dair? — indagou Fia.

O homenzarrão desviou o olhar.

— Não há tempo. Pegue um cavalo e vá...

Fia não se mexeu.

— Não sem saber.

Angus a encarou, engoliu em seco.

— Ele enlouqueceu, pegou um navio e saiu na tempestade sozinho.

— Ela o fitou. Angus disse, desolado: — Ele é o melhor marinheiro que há nestas terras, conhece o mar como um homem conhece sua amante, mas ninguém poderia sobreviver a uma tempestade destas. Não sozinho.

Fia se encolheu contra a porta do estábulo. John segurou-lhe o braço, com medo de que ela caísse.

— Ele está morto? — sussurrou ela.

— Morto? — John sentiu o choque e a dor queimarem seu peito como carvão em brasa.

— Vou pegar um navio e alguns homens e sair para procurá-lo pela manhã — prometeu Angus. — Depois mando avisá-la, senhorita, mas vocês têm que ir.

Fia esfregou os olhos com as mãos, um e depois o outro, forte e determinada, para enxugar as lágrimas.

— Meggie — disse, mirando sua irmã. — Eu tenho que... Quero dizer, nós devemos...

Mas as lágrimas rolaram de novo, molhando seu vestido ensanguentado. Ela tremia, mas John notou Fia endireitar a coluna.

— Canalhas — praguejou Meggie. Com habilidade, arregaçou seus elegantes punhos de renda. — Vamos decidir sobre nossa vingança depois que ouvirmos a história inteira... — completou e pegou o punhal que levava amarrado ao braço.

— Não — disse Fia, com firmeza. — Vamos, Meggie. Jure que não vai contar nada a papai sobre isso.

Seus ferozes olhos cor de avelã desafiavam os azuis de sua irmã. Meggie desviou o olhar primeiro.

— Falaremos sobre isso quando estivermos em casa, Fia MacLeod. *Se* chegarmos em casa. — E voltou-se para Angus e John. — Precisamos de cavalos descansados.

Fia voltou para o estábulo, e Meggie a seguiu.

— Eu esperava que pelo menos uma delas desmaiasse — disse John.

Angus grunhiu.

— As inglesas talvez, mas as mulheres escocesas são feitas de matéria mais robusta. Vamos. Melhor levá-las antes que matem alguém com aquela adaga.

Logan sentia o poder preencher suas veias. Passou o dedo pela borda de seu gorro, adornado com as três penas de águia que o proclamavam chefe.

— Vão buscar a bruxa — gritou. Seus homens correram a obedecer, carregando tochas, clamando por sangue como caçadores. Ele sorriu. Fia MacLeod se acovardaria e imploraria, mas continuaria impotente. A multidão ovacionaria quando as chamas tocassem suas roupas, sua pele, seus cabelos... Ele só tinha que esperar. — Está vendo, Jeannie? — sussurrou. — Vamos nos vingar. Dair está no inferno, e sua prostituta o seguirá. Ela não o terá.

Tudo que ele tinha a fazer era esperar mais alguns minutos.

60

— Eles estão chegando — murmurou Angus, parado na entrada do estábulo com o punhal na mão.

Os dedos de Fia tremiam enquanto ela selava o cavalo no escuro. Beelzebub estava agachado ao seu lado, com seus pelos brancos eriçados, rosnando para os sons desconhecidos que vinham lá de fora.

— Silêncio — disse ela, e passou a mão nele. Estava com medo, muito medo, e imensamente triste, mas não havia tempo para isso agora. Ela podia ouvi-los chegando pela trilha do penhasco, clamando por sua morte. — Meggie? — chamou.

— Estou pronta — respondeu Meggie. Pegou a mão de Fia e a apertou. — Seu coração está partido, não é?

Fia engoliu em seco, mas não respondeu. Quando tivesse tempo de chorar, a ferida seria realmente profunda, dolorosa e sem fim. Inclinou-se para pegar Bel.

— Vamos primeiro à cabana de Moire. Ela também pode estar em perigo — disse Fia.

— Moire? — contestou Meggie. — Não seja tola. Precisamos ir para casa de uma vez.

— Não! — insistiu Fia, e sua voz era tão aguda que fez Meggie calar. — Não. Primeiro protegeremos aqueles que amamos, nos certificaremos de que estão seguros... vivos. — Ela colocou o gato contrariado em seu alforje e o fechou. Então, procurou na palha até encontrar a outra gata, de olhos amarelos arregalados e pelos eriçados de medo. Fia a ergueu gentilmente e a colocou no outro alforje. — É Angel. Era a gata de Muriel. Ela está cheia de gatinhos, e Bel nunca me perdoaria se eu a deixasse para trás.

— Depressa — disse John à porta. Fia podia ver o brilho da luz das tochas, longo e afiado, rastejando pelo solo enlameado, subindo a trilha, avançando em direção à muralha externa. Os gritos eram mais altos, mais cruéis, aterrorizantes. — Eles estão quase no portão — advertiu John.

— Monte e vá, moça — disse Angus, e ergueu Fia na sela.
Ela pegou sua mão.
— Angus, e se Dair estiver vi...
— Vá, senhorita — pediu ele suavemente, retirando a mão.
Fia enrolou seu manto em volta do rosto. Meggie e John já estavam montados.

— Vamos nos separar quando passarmos pelo portão — disse Fia. — Vá com Meggie, John, e encontre-me na casa de Moire.

Ela se agachou sobre o pescoço do cavalo e bateu forte com os calcanhares em seu flanco. O animal deu um salto e correu pela porta aberta, para o portão à frente. Ela se segurou firme, deixou-o levá-la enquanto as lágrimas escorriam de seus olhos, borrando a luz das tochas. Não pôde ver o ódio nos olhos dos Sinclair, pessoas de quem cuidara, que chegara a amar.

— *Bas no beatha!*

Ouviu Meggie emitir o grito de guerra dos MacLeod. Sabia que sua irmã estava logo atrás dela. Fia virou à direita quando atravessou o portão. Meggie e John foram para a esquerda. A multidão foi atrás dos três, mas não era páreo para os cavalos. John empunhou sua espada, fazendo-os recuar. Fia cavalgou depressa até chegar ao bosque e a multidão ficar muito para trás. Só então parou para olhar para a torre de Carraig Brigh, que parecia um dedo ossudo contra o céu índigo.

— Dair — sussurrou.

Estaria vivo? Se houvesse morrido, ela esperava que ele estivesse em paz, enfim.

Fia precisou de toda a sua coragem, seu amor por Meggie, Bel e Moire para agitar as rédeas do cavalo e partir.

61

Moire saiu depressa da cabana quando Fia desceu do cavalo.
— O que está acontecendo? Sinto cheiro de fumaça.
Colocou a mão no queixo de Fia, examinando os cortes e contusões em seu rosto.
— Não é nada — disse Fia, afastando-se.
A velha curandeira franziu o cenho, preocupada e temerosa.
— Quem fez isso? Não foi Dair...
Passou o braço em volta dos ombros de Fia e a levou para dentro.
Fia havia sido forte durante horas, corajosa por si mesma, Dair e Meggie. Mas sentiu a coragem a abandonar. Deixou-se cair no banco em frente ao fogo, cansada e desprotegida demais para ficar em pé.
— Eles me chamaram de bruxa.
— O padre — sibilou Moire, e fez um sinal contra o mal.
— E Logan.
— Então, o fogo é para você.
Fia assentiu.
— Eu vim avisá-la, Moire. Venha conosco para Iolair, com meu pai...

Moire pegou umas ervas e as triturou em uma tigela de madeira. Acrescentou água e mexeu a mistura com o dedo. O pungente e familiar cheiro das ervas que encheu a cabana era calmante.

— Não posso sair deste lugar. Nem quero. Ficarei bem. A Deusa me manterá segura. E quanto a Alasdair Og?

— Ele se foi — suspirou Fia, sufocando com as palavras. — Saiu de navio na tempestade, está perdido.

— Ele se foi... — repetiu Moire, com tristeza. — Ele tomou seu coração, não?

— Não me arrependo — disse Fia, feroz.

Moire se sentou ao lado dela, mergulhando um pedaço de pano na tigela.

— Deixe-me limpar esses cortes — pediu, mas deixou a tigela de volta na mesa e inclinou a cabeça, aguçando o ouvido. — Mais visitas — murmurou e tirou sua faca do cinto. Fia se levantou, mas Moire apertou seu ombro com a mão, dizendo: — Fique onde está, moça — e saiu.

Um instante depois, Fia ouviu a voz ofegante de Meggie.

— Fia? — Os olhos de Meggie brilharam ao abraçar a irmã. — *Ach! Dhia*, nunca tive tanto medo, mas foi fácil deixá-los para trás. Tolos, todos eles.

John estava logo atrás dela.

— Você está bem, Fia? — perguntou ele, com a mão na espada.

Franziu o cenho ao ver o rosto maltratado dela à luz do fogo. Mas ela anuiu com a cabeça.

Meggie andava de lá para cá.

— Espere até papai saber disso. Ele reunirá o clã e fará os Sinclair caírem de joelhos.

— Não vamos contar a ele — ordenou Fia.

Meggie arregalou seus olhos azuis.

— O quê? Como poderíamos não contar? O Temido MacLeod nunca permitiria que alguém tratasse mal sua filha. Ele vai querer vingança. Vai cortar cada Sinclair do queixo até a virilha com sua espada.

Fia fechou os olhos.

— E de que serviria isso? — perguntou. — Você não vê? Se nos vingarmos, os Sinclair vão retaliar, e isso nunca vai acabar. E precisa acabar. Isso termina aqui, Meggie. Nada de vingança. — E olhando para John. — Alguma notícia de Dair?

John balançou a cabeça.

— Ele teria desejado que eu a mantivesse segura, Fia. Preciso levar vocês para longe daqui, para a casa de seu pai. Você está bem para viajar esta noite?

— Eu preferiria esperar até saber...

— Não seja tola, Fia — reclamou Meggie. — Eles querem queimá-la viva! Você não está segura aqui.

— Ela está certa, você não pode ficar — concordou Moire. — Alasdair Og fez sua escolha. Ela veio buscá-lo, e ele foi. Simplesmente isso.

Fia sentiu o peito se apertar. Seria realmente só isso? O toque de Moire era gentil enquanto limpava os ferimentos de Fia, e as ervas eram calmantes. A pior dor estava dentro dela.

— Ela precisa dormir, mas em um lugar seguro — disse a Meggie e John. — Melhor tirá-la das terras dos Sinclair primeiro.

Ouviram barulho fora, o resfolegar de um cavalo. A espada de John sibilou quando ele a tirou da bainha. Meggie pegou seu punhal, e ambos se postaram na frente de Fia.

Permaneceram imóveis até a cortina que cobria a porta ser levantada.

— Angus! — gritou Fia.

Ela se levantou do banquinho com esperança no olhar. Mas os olhos dele estavam na espada de John.

Angus apertava seu gorro entre as mãos grandes.

— Neste momento, desejo implorar seu perdão, senhorita. O Pequeno Alex me contou a verdade sobre o que aconteceu. Não foi bruxaria, foi apenas um erro terrível e triste. Falarei com o clã pela manhã, quando todos estiverem mais calmos para escutar. Uma noite correndo pela floresta na direção errada procurando por você vai esfriar a cabeça deles. Acabarão sendo razoáveis de novo, com o tempo, mas não é seguro que fique em Carraig Brigh. Espero que possa perdoar os Sinclair. Não somos gente má, apenas ficamos assustados.

— E Dair? — perguntou Fia, de novo.

As feições de Angus eram de pesar.

— Logan disse que ele ficou louco, alucinado... — Ele se afastou, sacudindo a cabeça. Fia reconheceu a tristeza, a fatalidade em sua voz. Sentiu a dor da perda esmagar seu peito como uma pedra pesada que ela carregaria durante muito, muito tempo. Angus se voltou para John, dizendo: — Vai levar as garotas em segurança para a casa do pai, John Inglês? É melhor partirem agora, enquanto ainda está escuro.

— Claro — disse John.

— Então vou me despedir, cuidar das coisas. — Angus tinha lágrimas nos olhos ao falar para Fia: — Que Deus a acompanhe, Fia MacLeod.

Não haviam se afastado mais de algumas milhas quando foram emboscados. Fia ouviu o silvo do aço, o poderoso grito de batalha dos Sinclair, e olhou em volta nervosamente.

— Corram! — gritou John, enquanto enfrentava um dos atacantes no escuro. Espada contra espada, o aço tinia. Seu oponente estava vestido de preto, quase invisível no escuro. Outra sombra se aproximou de Fia, tentou apanhá-la, mas ela se abaixou e se afastou com o cavalo.

— Meggie! — gritou e viu o brilho da seda quando sua irmã escapou de mais um cavaleiro e desapareceu entre as árvores.

Outras mãos tentaram pegá-la de novo, e alguém soltou um palavrão quando ela, empunhando seu punhal, atingiu a carne. Ela se inclinou sobre o pescoço do cavalo e cravou os calcanhares no animal. Seu coração batia acelerado de medo. Outro atacante apareceu, conseguiu agarrar o tartan de Fia. Ela o sentiu se apertar em seu pescoço, sufocando-a, enquanto ele a puxava para trás. Ela incitou o cavalo, mas não conseguia respirar nem ver; então, atacou freneticamente com seu punhal. Sentiu seu cavalo cambalear, vacilante.

Levou as mãos a sua *arisaid*, tentando afrouxá-la, para deixar o ar entrar em seus pulmões. O broche que a prendia se cravou em sua garganta. Manchas vermelhas giravam diante de seus olhos.

— Dair — sussurrou.

Mas era tarde demais.

62

Dair protegeu os olhos do azul intenso do céu e observou o voo circular do açor acima do mastro do navio. A ave gritou para ele, arremeteu e girou para os penhascos distantes, guiando-o para casa.

A tormenta havia acabado. Ele esperou que as nuvens desaparecessem para poder ver as estrelas. O vento havia soprado o navio léguas distante da costa, mas Dair conhecia o caminho para casa. Arrumou as velas e pegou o leme, e, na luz clara, fresca e azul da manhã, teve certeza de uma coisa: não estava louco.

Tinha coisas a fazer assim que atracasse. Primeiro, encontraria Logan e retomaria seu legado, seu direito de ser chefe.

E então pretendia se casar com Fia MacLeod.

Ele *amara* Jeannie. Teria feito qualquer coisa para salvar sua vida, mas ela era sua prima, sua amiga de infância. Dair amava Fia como mulher, sua mulher, a outra metade de sua alma, e não podia viver sem ela. Talvez por isso ele houvesse sobrevivido quando sua tripulação e sua prima morreram, e por isso também não morrera agora, sozinho, no navio no meio do temporal. Fia era seu destino e sua salvação.

Ela estivera com ele durante a tempestade, em sua mente e seu coração, corajosa, ousada e linda. Fia era a pessoa mais forte e mais destemida que ele já conhecera. Tinha que voltar para ela e lhe dizer isso. Verdadeiro como a Estrela Polar, o amor de Dair por Fia Mac-Leod o guiou para casa, para Carraig Brigh.

63

Logan observava o salão. Estava uma bagunça de garrafas de vinho vazias, uísque derramado e homens bêbados, mas o castelo não fazia uma celebração adequada havia muito, muito tempo.

Agora tinham boas razões para comemorar. Ele era o chefe, a bruxa estava morta e o louco desaparecera. Por fim a maldição havia sido vencida.

No dia seguinte, ele viajaria para Edimburgo a fim de se juntar aos grandes senhores da Escócia — seus pares agora — e debater a coalizão com a Inglaterra.

Logan pendurara o retrato de Jeannie em um lugar de honra, acima da lareira, nesse salão — essa fora sua primeira ordem. Mandara pôr velas ao redor, transformando-o no santuário da Sagrada Donzela de Carraig Brigh. Padre Alphonse rezava missa por sua alma três vezes ao dia.

Sob o retrato havia uma oferenda: um tartan MacLeod carbonizado e um pedaço de couro com pelos brancos ensanguentado. Ele sorriu ao relembrar como seus homens ouviram com atenção quando ele lhes contara que frustrara a fuga da bruxa, que a apunhalara no coração quando ela se erguera para amaldiçoá-lo e que matara também o gato do demônio. Que Tormod Pyper fizesse uma canção sobre isso!

Logan contemplou o rosto pintado de Jeannie. Como ela teria ficado orgulhosa! Ele imaginou a admiração em seus olhos, só para ele — todo o amor que ela havia dado a Dair, sem deixar nada para ele. Logan sorriu, piscou para ela do jeito que Dair fazia e ergueu à sua amada irmã mais um brinde.

64

— É possível navegar somente com quatro homens? — perguntou Niall a Angus enquanto juntavam suprimentos na praia.

— E se nos pegarem? Logan estará de olho para evitar problemas.

Na baía, Angus observou o *Lileas*, o último navio dos Sinclair. Jogou um rolo de corda no fundo do barco, já repleto de equipamentos.

— Não estará, não. Ele está bêbado, e metade do clã junto. Quando o uísque acabar, estaremos longe daqui. Eles não vão se preocupar em nos perseguir. — Ele notou a dúvida nos olhos de Niall. — Está com medo?

Niall endireitou os ombros.

— Claro que não — respondeu. — Estou só imaginando se essa é a maneira certa de fazer as coisas.

— Você quer Logan como seu chefe? — perguntou Angus. — O garoto é um tolo.

Ruari ergueu os olhos.

— E se Dair estiver realmente louco? Isso seria melhor?

Angus jogou um barril de água fresca no barco, dizendo:

— Ele não está louco. É remorso e tristeza. Todos o viram na noite em que o chefe morreu. Ele esteve lúcido quando foi necessário. Dair viu coisas no Forte de Coldburn que arrasariam o coração de qualquer homem decente, e Fia MacLeod... — Ele não conseguiu terminar.

— Ela o salvou — murmurou Jock, pestanejando, com os olhos marejados. — Ela não merecia ser tachada de bruxa e morrer do jeito que morreu.

— Não — sussurrou Angus, sentindo o peito apertado de tristeza mais uma vez. — Eu não vou ficar aqui e aceitar o maldito Logan Sinclair. Vou encontrar Dair se ele ainda estiver vivo, e trazê-lo de volta para Carraig Brigh. Foi escolha de Padraig que ele fosse nosso chefe.

— E se ele estiver morto? — perguntou Ruari. — Ou perdido?

— Ou louco de verdade? — acrescentou Jock.

Angus colocou mais coisas no barco.

— Então vou pegar minha família, sair navegando e nunca mais voltar.

— Papai! — O grito do Pequeno Alex era alto e agudo como o de uma gaivota. Angus fez sombra sobre as vistas e olhou para cima. Viu a cabeça de seu filho assomada à beira do penhasco, onde o garoto estava de vigia enquanto os homens se preparavam para navegar. — Um navio!

Angus se voltou para o mar. Não viu nada. Pegou um telescópio e subiu o penhasco, postando-se ao lado do filho.

— Ali — disse Alex, apontando.

Angus olhou através da lente.

— O que é? — perguntou Ruari, ofegante por causa da subida.

Jock e Niall se juntaram a ele.

Angus perdeu o fôlego. Riu, e então gritou e socou o ar na beira do penhasco.

— Ali, rapazes! Eu conheço esse navio como conheço o doce rosto de Annie. É o *Maiden*. Agora, eu pergunto a vocês: um homem louco poderia navegar em uma tempestade e voltar sozinho?

— Alguém que não fosse louco tentaria? — perguntou Ruari, mas estava sorrindo.

Todos se deram os braços e comemoraram, e então Angus correu para o barco e saiu remando para encontrar o navio quando entrasse na baía.

— Você voltou! — disse Angus, dando tamanho tapa nas costas de Dair que o deixou sem fôlego. — Eu sabia que não estava morto. Estávamos indo buscá-lo para trazê-lo para casa, mas você nos poupou o esforço.

— Onde está Logan? — indagou Dair, saltando para a praia de seixos, do mesmo modo que sempre fazia depois de cada uma das mais de cem viagens.

Ele sempre adorara voltar para casa, mas dessa vez tinha certeza de que não seria bem-vindo.

— Ele está no salão, comemorando — disse Ruari, sombrio.
— Meu funeral, talvez? — perguntou Dair.
— O *ceilidh*. Ele se proclamou chefe — contou Niall.

Dair imaginou a cena no salão de seu pai — seu salão. Tormod Pyper recitaria a linhagem dos chefes Sinclair, de Sir Richard Saint-Clair até o próprio Logan. Imaginou sobre que boas ações cantaria quando chegasse a Logan. *Certa noite, vestido de mulher...*

O Pequeno Alex se jogou sobre Dair e o abraçou. Dair bagunçou seu cabelo, dizendo:

— Tenho uma tarefa para você, rapaz. Onde está a srta. Fia? Vá lhe dizer que voltei. — E para os homens: — Vamos acabar este dia com um casamento, rapazes. O que acham? — Os homens fitaram os seixos, sem responder. Havia lágrimas nos olhos do Pequeno Alex. Dair sentiu um nó no estômago. Certamente Logan não ousaria matar a filha do Temido MacLeod... — Onde ela está? — perguntou Dair, apertando os dentes.

— Ela se foi, Dair — disse Angus.
— Voltou para a casa do pai?

Dair olhava para os homens ao seu redor, parados ali com a cabeça baixa e o gorro nas mãos.

Angus balançou a cabeça.

— Não. Ela está morta. Logan... — Mas não pôde continuar. Uma lágrima rolou por seu rosto.

Dair ficou sem ar. O frio da manhã desapareceu quando uma fúria ardente tomou seu peito. Uma névoa vermelha bloqueou sua visão, mas não era loucura dessa vez.

— Dê-me uma espada.

— O que pretende fazer? Quero dizer, estamos com você, claro — disse Angus, entregando a arma solicitada.

Dair prendeu a espada no quadril, sobre seu tartan duro de sal, sem responder. Fazia muito tempo que ele não portava uma arma, pronto para a batalha.

— Pretendo retomar meu clã — disse Dair.

Vingança. Ele queria vingança. A névoa vermelha ficou mais densa.

— Com derramamento de sangue, contra os nossos? — perguntou Niall. — Quantos homens acha que teremos que matar?

— Eles são nossos parentes — murmurou Ruari. — Não consigo me imaginar enfiando uma espada em nenhum deles. Nem mesmo em Iain Murray, e eu odeio aquele bastardo.

A névoa foi desvanecendo. Dair olhou penhasco abaixo.

— Espero que não cheguemos a isso — disse. — Com sorte, o bom senso salvará o dia.

E começou a escalar a trilha do penhasco.

— Quer que o carregue? — perguntou Angus.

Dair balançou a cabeça.

— Desta vez não.

Eles o seguiram. A perna de Dair doía, mas ele conseguiu. Por ela, por Fia, ele faria justiça.

65

Dair chegou ao grande salão, que havia abrigado uma dúzia de gerações dos Sinclair, com seu tartan úmido e cheio de crostas de sal, o rosto queimado pelo vento, o cabelo selvagem e os olhos em chamas.

Parecia um louco.

— Você é o belo e bravo chefe em cada detalhe — disse Angus, aprovando.

— Só falta um gorro de penas — acrescentou Niall, fitando Dair com evidente admiração.

— Pegue minha espada — disse Ruari. — Assim, terá uma em cada mão. Logan é um imbecil, mas é perigoso, louco como... — Fechou a boca tão rápido que seus dentes bateram. — Eu já disse que você parece o *Laird* dos Mares que todos nós recordamos?

Dair olhou para o pequeno grupo de homens — homens que haviam crescido com ele, navegado com ele e servido a seu pai. Não havia dúvida naqueles semblantes, medo algum de que ele estivesse louco. Havia apenas lealdade e determinação.

— Quais são as ordens, chefe? — perguntou Angus.

— Fiquem comigo — disse, como seu pai sempre havia feito.

Eles entraram em formação e marcharam atrás de Dair.

Sua perna doía, mas algo pior — uma sede de vingança, quente, sombria e malévola — enchia seu peito. Fia estava morta, e Logan era o responsável. Ele lutaria contra seu primo se fosse necessário, mas, no fim desse dia, seria o chefe dos Sinclair. Não haveria votação, sem dúvida.

Niall abriu a porta de ferro que conduzia ao salão. Dair ficou no limiar, examinando o caos ali dentro.

Logan estava acomodado na cadeira do pai de Dair com uma garrafa em uma mão e uma das criadas da cozinha na outra. Ao seu redor, os homens bebiam e jogavam. Andrew Pyper estava no canto, tocando sua gaita de foles.

A música parou quando Andrew ergueu os olhos e viu Dair na entrada.

— Dair! Você é um fantasma?

Dair ignorou todos, menos Logan. Seu primo ficou pálido e deixou cair a garrafa, que se espatifou, derramando o vinho no chão de pedra, como sangue.

— Não, não sou um fantasma — disse Dair. — Não existem fantasmas em Carraig Brigh, não é, primo? — Avançou, sustentando o olhar de seu primo. Logan ficou da cor do vinho. — Exceto, talvez, a sombra de meu pai. Se alguma vez um homem teve motivos para assombrar seus parentes, foi esta. Padraig Sinclair certamente não está conseguindo descansar.

O medo atravessou os olhos de Logan. *Tão parecidos com os de Jeannie.* Mesmo assim, ele se levantou, apontando para Dair.

— Vejam só, meu primo louco voltou para casa. Alguém o pegue e o tranque na torre, onde ele pode vociferar e babar sem ser visto.

Atrás de Dair, Angus e Niall puxaram suas espadas, que sibilaram alto no silêncio devasso. Ninguém se mexeu.

Dair olhou ao redor do salão. O retrato de Jeannie pendia acima da lareira. Seu rosto gentil, tão parecido com o de Logan, olhava para

Dair. Não havia maldade nele, nem ódio. *Perdoe-os*, ela havia sussurrado no fim...

Então, Dair viu algo na mesinha sob o retrato. Reconheceu o azul suave do manto MacLeod — o tartan de Fia. Estava enegrecido pela fumaça, manchado de sangue, quase irreconhecível, mas ele o identificou. Um raio transpassou seu coração.

Avançou para tocar a lã arruinada. Próximo, um pedaço de couro com pelos brancos estava fincado à mesa pela ponta de um punhal. Havia uma Bíblia e um rosário ao lado, naquele santuário profano.

Dair apertou o punho de sua espada emprestada. Foi tomado de raiva e tristeza, que ameaçaram derrubá-lo. Mas ele foi mais forte. Uma gota de suor escorreu entre suas omoplatas, e o sangue bombeava em seus ouvidos. A sala ficou turva, e os gritos de Jeannie ecoaram de novo em seu cérebro — só que, dessa vez, eram de Fia. Queria atravessar a lâmina que tinha à mão no peito de Logan, vê-lo sangrar e sofrer.

Logan se afastou quando Dair se voltou para encará-lo, e gritou:

— Alguém me dê uma espada. — Mas ninguém se moveu. Logan praguejou, atravessou o salão e pegou um machado. Voltou-se para os homens ao seu redor. — Vão deixar um louco tomar o bom senso de vocês? Ele é insano, um assassino! — gritou, apontando para o retrato de Jeannie. — A Sagrada Donzela ordena que vocês livrem Carraig Brigh da maldição. Matem-no!

Dair riu com amargor.

— Você contou a eles que se fez passar pelo fantasma de Jeannie, que vestiu as roupas dela, usou seu perfume? Que foi ao meu quarto à noite, no escuro — disse Dair calmamente —, que sussurrou para mim?

— O quê? — disse Will Sinclair, levantando-se. Niall apontou sua espada para a garganta de Will, mas este olhou para Logan com horror. — Ele... Logan... *vestido de mulher?*

— E usando perfume? — perguntou Jock. — *Perfume de mulher?*

Um murmúrio correu o salão.

Logan ficou escarlate.

— Você não pode provar isso! O fantasma de minha irmã caminha pelos salões deste castelo, assombra-nos, pede vingança. Vocês vão aceitar a palavra de um louco, um assassino, um ladrão de navios, contra a minha, seu chefe?

— Há provas? — perguntou Will Sinclair.

— As roupas de Jeannie estão no depósito da cozinha — disse a criada, dirigindo-se para o lado de Dair. — O chefe Padraig ordenou que fossem guardadas depois que ela morreu. Logan tem a chave.

— Ela não nos assombraria — disse Jock, mirando o retrato de Jeannie. — Ela era a mais doce e gentil das moças.

— Como Fia MacLeod — falou Angus. — Agora, essa é uma moça com motivo para nos assombrar. Isso se o pai dela não vier e matar todos nós por assassiná-la.

Logan ficou quase roxo.

— Ela era uma bruxa! A Bíblia diz que devemos matar as bruxas. Eu fiz o sagrado trabalho de Deus despachando-a. Mande chamar o padre Alphonse, ele lhes dirá.

Ninguém se mexeu. Dair viu a dúvida na feição de cada homem.

— Fia MacLeod não era uma bruxa. Ela não fez nada além de ser boa para este clã, e como sua bondade foi paga?

Os homens baixaram a cabeça, envergonhados.

— Você *realmente* se vestiu como Jeannie para assombrar Dair? — perguntou Jock a Logan de novo.

— Eu estava tentando fazer o que é certo! Dair é o louco, não eu. Como chefe, ordeno que vocês o prendam. — Logan revirou os olhos.

— Dair me parece bastante sensato — disse Will. — Talvez seja melhor examinarmos aquele depósito.

A porta se abriu com um estrondo e todos os olhos se voltaram.

John Inglês entrou com o braço em uma tipoia, o punhal na mão, empurrando um prisioneiro para dentro do salão. A velha Moire o seguia.

— Este é Duncan Murray — disse Niall, olhando para o cativo.

Duncan vestia roupas pretas, e seu rosto estava sujo de fuligem. Só o curativo na mão era branco. Seu semblante deixava transparecer o medo, e ele se contorcia, como se enjoado.

Logan emitiu um som inarticulado ao vê-lo, e ao notar como o rosto de John se iluminava por encontrar Dair.

— Misericórdia — disse Duncan, caindo de joelhos na frente de Dair. — Não deixe que ela me torture mais!

— Conte para eles. — Moire bateu na orelha de Duncan.

O homem olhou em volta, nervoso, claramente apavorado. Agarrou-se ao tartan de Dair.

— Perdão, Alasdair Og. Vim implorar seu perdão, embora não o mereça. A velha Moire me deu veneno, jura que vou morrer se eu não confessar. Deus me ajude, eu fui um dos homens que emboscaram seu pai naquela noite, com...

Logan se aproximou do homem, gritando quando seu punho acertou o maxilar de Duncan, derrubando-o de costas.

— Levem-no para fora! Ele matou o chefe, deve morrer agora! Cortem sua língua! Alguém me dê um punhal — berrou Logan, chutando Duncan, que se enrolou como uma bola para se proteger.

Dair fez um sinal com a cabeça para Angus, que imobilizou Logan.

— Acho melhor ouvirmos o que Duncan tem a dizer — ordenou Dair.

Moire cutucou bruscamente as costelas de Duncan. Ele gemeu e começou a falar.

— Nós deveríamos prender Padraig, mantê-lo cativo até ele...

— Cale-se! — explodiu Logan, debatendo-se em vão nos braços de Angus.

Moire deu um passo à frente e fez um sinal sobre Logan.

— Faça-o se calar, ou vou fazer o que eu fiz com ele — ela advertiu, apontando para Duncan, que se encolheu.

— O que ela fez? — perguntou Niall.

Duncan só gemeu.

Moire olhou para Dair.

— Ele veio até mim porque havia levado uma facada na mão. Não disse quem o esfaqueara, mas ele tinha isto...

Pegou um broche e o mostrou a Dair.

Dair sentiu a boca seca quando o apanhou.

— É de Fia.

— Sim — disse Moire. — Ele se recusou a dizer como o havia conseguido. Eu lhe dei uns... *incentivos* para ajudá-lo a se lembrar. — Duncan gemeu, lamentoso. — Diga a Alasdair Og o que você fez, Duncan Murray, ou medicarei você de novo.

Ele se encolheu e se persignou.

— Logan sabia que Fia MacLeod, quando fugiu, correria para casa. Nós a cercamos no bosque, ela, sua irmã e John Inglês. Eu a peguei, mas ela me deu uma facada. Então Logan a agarrou...

— Cale-se! — gritou Logan. — Mentiroso! Nunca vi esse homem antes.

Niall coçou a cabeça.

— Você o conhece desde sempre, Logan. Todos nós o conhecemos. Sempre achei que vocês dois fossem amigos. Muitas vezes os vi juntos — disse.

Duncan soluçava.

— Foi tudo ideia de Logan. Ele prometeu que ficaríamos ricos, que eu seria capitão da guarda quando ele se tornasse chefe — explicou.

— Você emboscou meu pai? — perguntou Dair, apertando os dentes. — Você matou seus próprios parentes?

Duncan se encolheu.

— Logan deveria aparecer na emboscada, salvar a vida do chefe, e, em troca, o chefe o nomearia seu herdeiro. Ninguém deveria morrer, mas Logan começou a matar nossos conhecidos, homens do clã, vizinhos, amigos. — E, apontando um dedo trêmulo para Logan, acusou: — Foi você que esfaqueou o chefe.

Ouviu-se um grito coletivo no salão. Homens se levantaram, correndo para Logan.

— Ele está mentindo! — gritou Logan. — Eram os MacKay, ladrões sorrateiros, que têm inveja dos Sinclair!
— Você tem provas disso? — Dair perguntou.
— Juro que é verdade — Duncan respondeu. — Logan matou Lulach para que ele não lhe contasse a verdade, Dair. Lulach não participou, mas nos viu. Eu me arrependo agora, mas Logan disse que você era louco, malvado... Eu só queria ser capitão da guarda.
Angus, que ainda segurava Logan, sacudiu-o.
— Você matou o chefe, e matou uma moça inocente que nunca fez mal a ninguém. Se não havia uma maldição sobre nós, agora há. Os MacLeod cairão sobre nós como lobos para vingá-la. Somos homens mortos, e você provocou isso, Logan, não Dair.
— Fia não está morta — disse John. No barulho de vozes inflamadas, Dair se perguntava se havia escutado o inglês corretamente. Levantou a mão, pedindo silêncio, encarou o amigo e esperou, prendendo a respiração. — Três homens nos cercaram no bosque — disse John. — Eu vi Fia apunhalar um deles, provavelmente Duncan. Vi Logan agarrar o tartan dela, mas ela abriu o fecho, Dair. Deixou o tartan na mão dele e correu livre. Meggie também. Eu as teria seguido, mas alguém me atingiu e me derrubou do cavalo. Fiquei inconsciente, e eles me deixaram ali para morrer, no escuro. Acordei com dor de cabeça e um braço quebrado, e fui pedir ajuda a Moire. Encontrei Duncan lá, com a mão costurada. — Ele olhou Dair nos olhos. — Fia não está morta, eu juro.
— Mas Logan matou o gatinho dela — disse Ruari, pegando a pele e sacudindo-a diante de Logan.
John a tirou dele, franzindo o cenho.
— Isto não é pele de gato, pelo menos não de Beelzebub. O pelo dele é áspero. Este é macio, deve ser de coelho. Ou de arminho, mas não daquele gato.
Dair sentiu o peso, o horror das mentiras. Seu pai estava morto, seis homens com ele, e Fia havia sofrido nas mãos de Logan. Voltou-se para seu primo rugindo e acertou-o na boca com força. Logan gritou quando viu sangue escorrer.

Dair fechou o punho de novo, a fúria ardia em suas veias. Mas Moire se pôs entre ele e Logan.

— Você não vai cometer um assassinato, Alasdair Og. O clã deve decidir o que fazer com ele.

Logan se soltou de Angus e ajeitou seu tartan. Disse:

— Você não fará nada. Eu sou o chefe dos Sinclair de Carraig Brigh, escolhido por este clã.

— Na verdade, nunca votamos — disse Will. — Com a queima da bruxa e tudo o mais, não houve tempo.

— Então vamos votar agora — decidiu Angus, erguendo o braço de Dair no ar. — Quem vota em Alasdair Og para chefe do clã Sinclair? — Houve um rugido de aprovação. — E quem vota em Logan? — perguntou de novo. Olhares raivosos fitavam Logan, o salão ficou em silêncio. — Está resolvido. Dair é o chefe — disse Angus. — Exatamente como Padraig desejava.

— O que faremos com Logan, chefe? — perguntou Will.

Dair olhou para seu primo. Logan parecia derrotado, jovem demais. Sangue escorria de seu nariz quebrado. Dair hesitou, recordou o mesmo olhar no semblante de Jeannie, o sangue em seu rosto...

Mas Logan ergueu a cabeça, lançando a Dair um olhar de ódio absoluto, selvagem.

— Vá para o inferno, Dair! — disse e correu para a porta.

— Atrás dele — ordenou Angus aos homens.

Dair o deteve.

— Não, eu vou — disse.

— Fique à vontade. Seremos sua retaguarda — insistiu Will.

O portão dos fundos estava aberto. Dair saiu e viu Logan indo em direção ao dólmen.

— Logan! — gritou Dair.

Seu primo deu meia-volta. Soluçava alto.

— Eu a amava. Amava vocês dois, mas vocês nunca tinham tempo para mim. Eu nunca fui bom o suficiente, ou corajoso o bastante, ou inteligente. Vocês riam de mim, abandonavam-me na costa enquanto iam navegar juntos. E você a deixou morrer! — Pegou uma pedra do dólmen e a rolou penhasco abaixo. — Eu tinha que provar que a amava, que era melhor que você. Tive que vingar a morte dela, fazer você pagar. — Ele apanhou outra pedra e a atirou, com um grito de raiva. — Eu sabia que ela me notaria se eu fosse chefe. E me amaria então, e olharia para mim do jeito que olhava para você.

Ele tirou outra pedra da pilha, fez força para levá-la até a beira do penhasco. Mas, dessa vez, tropeçou. Gritou quando perdeu o equilíbrio, caiu para a frente e deslizou pelo precipício.

— Não! — urrou Dair. Ele correu para a borda e olhou para baixo. Logan estava pendurado em raízes enroscadas, acima das pedras pontiagudas e as ondas famintas. — Segure minha mão — disse, esticando-se.

Mas Logan se afastou. A loucura e o ódio nublavam seus olhos.

— Não — ele sussurrou. — Não. — Dair se inclinou mais, tentando alcançar a mão de seu primo. Quase conseguiu, mas Logan se afastou. — Não me toque com essas mãos manchadas com o sangue sagrado dela — gritou.

A terra começou a ceder sob suas mãos, e ele arregalou os olhos por um momento. Dair tentou pegá-lo de novo, mas já era tarde demais.

Angus agarrou Dair pelo cinto e o puxou.

— Não, chefe. Acabou.

Logan caiu sobre as rochas, morrendo instantaneamente. Pousou na piscina que Jeannie adorava. Angus fez o sinal da cruz e sacudiu a cabeça tristemente.

— Ele teria levado você junto. Não havia nada que você pudesse fazer — disse.

Dair não conseguiu falar por alguns minutos. Então deu meia-volta, pedindo:

— Procure o padre. Enterre Logan.

E voltou para o castelo. Moire o esperava na muralha externa.

— Então, o que fará agora, chefe? Fia está viva, e você também, como a Deusa decretou. Vai atrás dela?

Dair assentiu.

— Vou para Glen Iolair agora mesmo — garantiu ele.

Mas Will o puxou pela manga, dizendo:

— Você não pode, Dair. Ainda não. Tem deveres como chefe. O Ato da Comissão da União está reunido em Edimburgo, e você tem que estar lá, e já está atrasado. A moça está segura; ela só precisa esperar por você — Will afirmou. Dair sentiu frustração. — Padraig disse que seria uma decisão rápida. Os ingleses já deram sua aprovação. Não levará mais que alguns dias.

Dair suspirou.

— Então iremos para Edimburgo na próxima maré — disse.

Moire o seguiu.

— Ela ama você — afirmou. — Você a ama?

Ele fitou a velha.

— Não acha que Fia deveria ser a primeira a saber? — provocou.

Ela sorriu, riu e então suspirou.

— Estou indo — disse e virou-se para partir.

— O que você fez com Duncan? — perguntou Dair.

Ela sorriu de novo.

— Tem medo de que seja um feitiço? Eu não sou mais bruxa que Fia. Só lhe dei algo forte para purgar suas entranhas. Se ele pensou que fosse veneno, ou uma maldição, não tenho nada com isso.

Ele se inclinou e deu-lhe um beijo no rosto.

— Você é uma moça inteligente, Moire da Fonte — disse.

Ela corou até as raízes de seus cabelos grisalhos.

— Ah... Trate de se apressar. Você teve seu milagre, Alasdair Og. Agora a moça está à espera do dela.

66

Donal MacLeod estava em seu salão sorvendo miseravelmente sua cerveja. No lado oposto do aposento, suas filhas tagarelavam como gansos. Falavam sobre Fia e Meggie, que estavam ausentes do bando. As duas voltaram para casa havia quase quinze dias, e andavam estranhamente caladas — pelo menos com ele. Ele sabia que haviam deixado os Sinclair em pleno luto pelo chefe, mas as circunstâncias que haviam levado à morte do homem permaneciam obscuras, e, por mais que tentasse, Donal não conseguira obter uma resposta direta de nenhuma das duas.

Ele seria obrigado a pressionar uma de suas outras filhas e persuadi-la, convencê-la ou ameaçá-la para arrancar a verdade de seus lindos lábios. Ou as alinharia como um regimento de soldados e ordenaria que dissessem que diabos estava acontecendo em sua própria casa.

Fia e Meggie simplesmente haviam atravessado a muralha certa manhã, com uma escolta dos MacKay, anunciando que estavam em casa de novo. Fia estava ferida, seu rosto cortado, os olhos rodeados de terríveis círculos escuros. Dissera que havia caído do cavalo e que perdera seu tartan na floresta. Ele acreditara, visto que ela era uma moça muito desajeitada. Os MacKay não tinham nada a acrescentar, a não ser que haviam visto as senhoritas na floresta, em suas terras, cavalgando sozinhas, e se ofereceram para acompanhá-las a casa em segurança. Então ali estavam elas, sem nenhuma explicação de como ou por que, sem nenhum dos baús e caixas e dezenas de vestidos finos com que haviam partido.

Donal se sentia profundamente ofendido. Acaso o povo de Carraig Brigh não poderia ter cedido um único homem para acompanhar adequadamente suas filhas para casa, mesmo estando de luto? Ele diria poucas e boas ao novo Sinclair, caso um dia o encontrasse.

— E quanto a Alasdair Og, herdeiro do chefe? — perguntara Donal a Fia. — Preciso enviar homens para lhe ensinar boas maneiras?

— Não, papai. Ele está... Ele está morto também — falara Fia, com expressão neutra e o queixo erguido.

E nem ela nem Meggie disseram mais nada sobre isso.

E agora, depois de dias sem ver Fia, por fim ele a encontrou na sala de estar preparando um unguento para um dos MacKay, que haviam ficado quando viram as adoráveis filhas de Donal.

A seus olhos, Fia parecia pálida e magra. Mas, aos do belo MacKay, encostado na mesa, observando-a com um sorriso malicioso, aparentemente parecia no ponto. O rapaz pelo menos teve o bom senso de corar e pedir licença para se retirar quando Donal entrou na sala.

— Essa gatinha que você trouxe para casa com Beelzebub está bem gorda — disse Donal, puxando assunto.

Fia deu um leve sorriso, explicando:

— Ela não está gorda, papai. Está recheada de gatinhos. Beelzebub fica levando para ela todo tipo de petiscos: doninhas, tetrazes, ratos-de-água, e deixando-os a seus pés. Acho que ele está apaixonado.

Acaso havia um pouco de tristeza nos olhos cor de avelã de Fia? Donal estreitou os seus. Havia algo na expressão dela que não estava ali antes. Ela estava... *diferente* desde que voltara. Por um lado, ela não caíra, nem tropeçara, nem derrubara nada. Por outro, conversava com as pessoas encarando-as diretamente nos olhos e dava sua opinião.

Ele a vira discutir algo com as irmãs, e a surpresa fora suficiente para silenciá-las. Passaram a pedir conselho a Fia, e a escutavam. As pessoas notavam quando Fia entrava em um aposento, e notavam ainda mais quando ela não estava.

— O que planeja fazer, agora que está em casa de novo? — perguntou ele.

— Pensei em ir até a aldeia hoje ver se alguém precisa de um unguento ou de uma palavra gentil.

Ele notou os círculos escuros sob seus olhos e um brilho que parecia de lágrimas. Pegou a mão dela, massageando seus dedos com o polegar.

— Deixe que Ada vá, menina. Descanse — disse.

Ela olhou para ele por baixo dos cílios, um olhar mordaz e repreensivo, maduro, feminino. Ele ficou sem fôlego.

— Não quero descansar, papai.

— Então dê um passeio pelas colinas, como você fazia, ou vá costurar com Aileen — ele sugeriu. Ela balançou a cabeça. Donal sentiu uma onda de frustração. — O que você quer?

A expressão de Fia era triste e solitária, como ele jamais havia visto. Ela deu um grande suspiro, cheio de saudade e dor. Ele sentiu um arrepio. Se não a conhecesse, teria pensado que Fia estava apaixonada. Fia, sua menina sensata, frágil e desajeitada. Mas isso era impossível.

Ou não? Pensou de novo no MacKay que estava ali com ela antes de ele entrar. *Antes de interromper.* Oh... Donal quase sorriu.

— Há alguma coisa que eu possa fazer, Fia? — perguntou ele.

Ela balançou a cabeça. Para uma moça apaixonada, ela parecia terrivelmente triste.

— Não, papai. Nada — disse ela, e voltou a misturar ervas.

67

— Você vai dizer sim, moça?
Fia estava no salão do castelo de seu pai com David MacKay, sobrinho do chefe do clã MacKay, lorde Reay. David era atencioso, amável e sólido. Estava em Iolair havia apenas uma semana e já decidira que queria se casar com ela. Ele estava em idade de casar, dissera, e seu clã precisava de uma curandeira. Casar-se proporcionaria prestígio ao rapaz. Ele era herdeiro de seu tio, depois de cinco primos, e tinha um bom rebanho de vacas, um casebre próprio e uma boa parcela de terra. Tudo que queria era uma esposa e filhos. Eram todos motivos sólidos e bem ponderados para lhe propor casamento, mas ele não havia dito nada sobre amor.

Fia prometera pensar no assunto e dar-lhe uma resposta antes que ele voltasse para casa, dali a uma semana.

E por fim chegou o dia.

Fia andava para lá e para cá com o coração apertado. Não comia nem dormia. Não tinha notícias de Carraig Brigh, e isso certamente significava... Ela não podia suportar pensar em Dair morto. Chorava por ele, lamentava, amava-o ainda e imaginava se o amaria para sempre. Ele lhe havia mostrado paixão e amor, ardente e doce, e ela achava que não poderia viver sem isso. Ainda assim, David MacKay era uma escolha sensata. Ele lhe daria uma casa, e filhos, e seria um marido confiável. Não era tudo com que ela havia sonhado? *Sim. Talvez, antes de Dair...*

Poderia ela ser uma boa esposa para David, ou o fantasma de Dair viveria entre eles? Levou a mão a seu coração partido, sabia a resposta.

Seu pai estava alegre, esperando que ela dissesse sim. David também falara com ele. Ela deveria fazer o que seu pai esperava, o que David desejava. Até mesmo Meggie, que sabia a verdade, encorajara-a a deixar o passado para trás e se casar com o homem.

Quando chegou o dia de responder, Fia se sentou em frente a David no salão de seu pai. Fitou aquele rosto honesto, expectante, e as faces igualmente expectantes de seus parentes e dos dele.

Sim. Ela havia ensaiado isso em sua cabeça uma infinidade de vezes. Uma palavra tão simples, mas que agora, chegada a hora de ser dita em voz alta, ficava presa em sua garganta.

— Então, moça, o que diz? — perguntou David.

Ela fitou a boca do rapaz. Seus lábios eram finos, meio ressecados. Ela tinha uma pomada para isso, para amaciá-los... Era isso tudo em que conseguia pensar? Ela não imaginava como seria beijá-lo, não sentia seu coração palpitar, nem um frio na barriga pelo desejo de estar em seus braços. Engoliu em seco.

— Quero dizer que...

— Fia.

A voz passou por ela como uma espada. Ela se voltou, quase caiu. Dair Sinclair estava parado atrás dela. Ele a pegou pelo braço para equilibrá-la, e um raio atravessou seus membros. Ah, ali estava o desejo, como fogo líquido, tão doce e familiar.

— Você é um fantasma? — sussurrou ela.

Ela ouviu o banco ranger quando David MacKay se levantou e perguntou:

— Quem é esse homem?

O coração de Fia disparou. Se David estava vendo Dair, isso significava que ele não era um fantasma. Ele estava realmente ali, tão bronzeado e intenso como ela se recordava. Ela notou o fino tartan, o broche, o gorro justo com três penas de águia. Ele estava magnífico, poderoso e bonito. Não tirou os olhos do rosto dela nem soltou seu braço. Fia mirou aqueles olhos profundos e cinzentos como as águas da baía dos Sinclair. Não havia loucura neles. Havia esperança, e algo mais, algo que lhe tirou o fôlego, que fez seus mamilos endurecerem e sua mão se enroscar em sua saia de lã.

Fia não estava preparada para a emoção que a arrebatou, para a surpresa que era ele vivo e inteiro, ali parado no salão de seu pai. O ar zumbiu em suas orelhas e o mundo se inclinou sob seus pés. Ela havia passado a noite andando de um lado a outro, pensando. Não havia comido, deveria ter dormido. E agora...

— Você está aqui — conseguiu dizer, e então o mundo ficou preto.

68

Donal franziu o cenho. Pela segunda vez, um chefe dos Sinclair entrava em seu salão, não convidado e inesperado, e causava rebuliço. Apesar das cicatrizes no rosto, Alasdair Og Sinclair tinha mesmo a aparência de um chefe, tanto quanto seu pai, e os homens que o acompanhavam pareciam extraordinariamente contentes por ver Fia. Eles só tinham olhos para ela dessa vez, mesmo que suas outras filhas fizessem o possível para lhes chamar a atenção.

Todos os homens presentes correram para ajudá-la quando Fia desmaiou, mas foi Alasdair Og que a pegou, segurando-a contra seu peito e impedindo que ela caísse no chão.

Donal franziu o cenho diante da audácia do homem. Os Sinclair haviam interrompido de maneira rude um momento que seguramente o faria o mais feliz dos pais. Fia estava prestes a aceitar David MacKay. Uma filha casada — ou praticamente — e faltariam apenas onze. Mas agora o Sinclair segurava Fia como se lhe pertencesse, e Donal não estava gostando nem um pouco disso. E, aparentemente, nem David MacKay, embora estivesse parado feito um tronco, de boca aberta ao ver o chefe Sinclair, sem dizer uma palavra. Foi Donal quem avançou e pegou a filha em seus próprios braços.

— O que pretende entrando aqui e assustando minha filha? — perguntou.

Alasdair Og tirou o gorro. Seus homens fizeram o mesmo.

— Eu vim pedir sua bênção para me casar com Fia.

— O quê? — disse David MacKay por fim, arregalando os olhos. E os outros quatro MacKay resmungaram, contrariados. — Você não pode — disse David. — Ela está comprometida comigo.

Donal estremeceu. Fia, na verdade, não havia dito sim. Ele olhou para a filha, ainda inconsciente em seus braços. Estava ficando pesada.

Meggie puxou o pai pela manga, sussurrando:

— Papai, preciso lhe dizer uma coisa.

Mas os Sinclair estavam encarando os MacKay, e parecia que uma batalha estava prestes a começar naquele salão.

— Isso é verdade? — perguntou Alasdair Og. — Ela está prometida?

— Papai — sussurrou Meggie, de novo.

Donal se livrou da mão dela e ergueu o queixo.

— Sim. Bem, mais ou menos — disse.

Ele olhou para David MacKay. O garoto parecia desconcertado, e grande e estúpido como um touro.

— Papai! — gemeu Meggie.

Donal ajeitou Fia em seus braços. Era estranho estar segurando sua filha, tentando ter uma conversa sensata e tomar uma decisão muito séria. O fardo, por assim dizer, do bem-estar e da futura felicidade de sua filha recaía sobre ele, tanto como pai quanto como chefe de seu clã.

Ele fitou os dois homens à sua frente. Em seu coração, preferia David MacKay, pois não era um pirata nem um *laird* dos mares. E não era louco, pelo que Donal podia ver, nem chefe de um clã com reputação duvidosa. O rosto e a figura de David falavam de um bom senso sóbrio, uma vida segura, sólida e calma, ao passo que Alasdair Og era impetuoso, imprevisível e ousado. Donal olhou para Fia. Ele não podia imaginar sua filha doce e gentil querendo ser esposa de um homem assim. Só de olhar para o Sinclair, ela havia desmaiado. Não, ela ainda era frágil, desajeitada e avoada — embora por fim houvesse mostrado o aço em sua feitura. Donal não tinha a menor ideia sobre o que ela sentia por qualquer um dos pretendentes e, visto que estava inconsciente... Ele parou, pensou, e a sala permanecia em silêncio ao seu redor. A multidão de MacKay, Sinclair e MacLeod olhava para ele, aguardando sua decisão.

— Eu escolho David MacKay.

Os MacKay ovacionaram. Os Sinclair ficaram em silêncio. Alasdair Og ficou vermelho, mas não mexeu nem um músculo.

— Oh, papai, não! — gritou Meggie.

Donal a fuzilou com o olhar.

Fia escolheu esse momento para acordar. Abriu os olhos, lentamente mirando seu pai.

— Dair — murmurou.

E Donal soube imediatamente que havia feito a escolha errada. Sentiu seu coração se apertar. Ainda assim, ele se pronunciou, não podia voltar atrás.

— David — corrigiu. — Eu dei sua resposta, filha. Você vai se casar com David MacKay.

A dor tomou os olhos de Fia, e isso foi como um golpe para Donal.

— Não — ela sussurrou. — Oh, não.

Ele a soltou, mantendo a mão em sua cintura para estabilizá-la. Ela tentou focar sua atenção, pálida como uma mortalha, e seus olhos encontraram os de Alasdair Og. Ele deu um passo em direção a Fia, e ela estendeu a mão. Donal a agarrou pelo pulso, puxando-a para trás.

— Eu fiz minha escolha — Donal afirmou.

— Mas não é a escolha de Fia — disse Meggie. — Ela ama Dair, papai.

Os Sinclair assentiram com a cabeça. Meggie se posicionou entre eles, de braços cruzados. Suas irmãs se juntaram a ela, olhando feio para *ele*, seu *laird* e pai.

O calor da frustração subia pela nuca de Donal.

— O que vocês sabem sobre isso? Eu sou o *laird* deste clã. Eu sei o que é melhor para minha própria carne e sangue, não?

— Ela não pode se casar com David MacKay — disse Isobel.

— Claro que não — concordou Gillian.

— Realmente não posso, papai — disse Fia, implorando que ele mudasse de ideia.

Mas os MacKay sorriam, comemorando. Se voltasse atrás, Donal pareceria fraco e tolo.

— Você vai se casar com David — insistiu.

O olhar que Fia lhe lançou era tão feroz que o deixou chocado.

— Não, não vou — disse ela. — Eu quero Dair, papai.

Uma rebelião em seu próprio castelo, na frente dos convidados? Donal não podia suportar isso. Ele tinha seu orgulho.

— Você fará o que eu disser, Fia MacLeod, e, enquanto não mudar de ideia, vai ficar na torre para pensar sobre sua responsabilidade para com seu *laird* e pai. — Ele convocou dois de seus homens, que assistiam à cena com interesse. Provavelmente estavam apostando no resultado. — Levem-na e tranquem-na — ordenou.

Donal ficou observando enquanto a levavam embora, carregada como uma criança pelos cotovelos para que não tropeçasse na escada. Ela olhava para ele por cima do ombro, revoltada, com raiva. Havia duas manchas vermelhas em suas faces, e a exasperação cintilava claramente em cada linha de seu corpo. Dificilmente ele poderia acreditar que essa era sua filha doce, obediente e gentil.

— Oh, papai — disse Meggie, trêmula.

Alasdair Og não desviava sua atenção de Fia. Donal prendeu a respiração. Acaso ele lutaria por ela? Ele não se mexera.

As filhas de Donal caíram sobre ele, tagarelando, apertando, empurrando e insistindo que ele estava errado.

— Errado? — rugiu Donal. — Errado? Eu sou o Temido MacLeod de Glen Iolair, e nunca estou errado!

As meninas se calaram. Os MacKay pararam de comemorar. Os Sinclair estavam atentos, derrotados com dignidade, e Alasdair Og Sinclair fitava a escada agora vazia com uma expressão neutra, de chefe, de um homem desabituado a receber um não como resposta. Donal podia ver a tensão no maxilar de Dair e seus dedos brancos pela força com que apertava o punho da espada. Era a aparência de um homem que amava uma mulher de maneira tão feroz que faria qualquer coisa para tê-la.

Donal sentiu o estômago revirar. *Ach! Dhia*, definitivamente ele estava errado, mas já estava feito. Deveria fazer com que os Sinclair fossem embora. E o que Alasdair Og faria, então?

— Vocês podem passar a noite aqui, Sinclair — disse. — É uma longa viagem de volta a Carraig Brigh, e parece que vai chover.

Com isso, Donal saiu do salão, esperando que, de alguma forma, tudo desse certo.

69

Nem mesmo a prisão na torre podia diminuir a alegria de Fia. Dair estava vivo. *Por que ele estava ali?* Ela não tinha ideia, uma vez que havia desmaiado como uma tola, e seu pai havia dito sim a David MacKay enquanto ela estava inconsciente.

Isso era um desastre. Ela não podia se casar com David. Mas, se não o fizesse, poderia passar o resto da vida trancada nessa torre, sozinha, chorando por Dair. Seu pai era um homem teimoso. Bem, ela também. Sentou-se na beira da cama e esperou. E esperou um pouco mais.

O frio se infiltrava pelos antigos muros de pedra, fazendo seus dentes baterem. Ela sentiu nos ossos aquele medo antigo e familiar que não tinha desde a infância. Seus próprios fantasmas a haviam assombrado ali, naquele quarto onde passara longas semanas de dor e pesadelos quando era criança. Fia sentiu uma onda de pânico tomar seu peito. A morte de sua mãe não havia sido culpa dela. Ela devia ter contado a seu pai, muito tempo atrás, o que realmente acontecera. Fia atravessou o quarto e puxou a porta. Estava trancada, por ordem de seu pai. Ela tinha que sair, procurá-lo, dizer-lhe a verdade, convencê-lo de que ela não era tola ou frágil. Ela conhecia sua mente e seu coração. Ela queria...

Fia se voltou quando ouviu o barulho da janela se abrindo com estrondo. Um vulto atravessou, balançando em uma corda, e pousou no chão aos pés dela.

— Dair! — gritou Fia.

Ele abriu um sorriso de pirata e se curvou.

— A seu serviço, senhorita.

— Como... — Ela apontou para a janela. — Estamos a quarenta pés de altura!

— Se um pirata não pode ganhar o que quer, ele rouba. Pelo menos é o que dizem. Quarenta pés não são nada. Eu escalei os cordames e mastros dos navios toda a minha vida, moça. Se bem que nunca por nada tão importante quanto isto — disse ele. Ela se atirou em seus braços, seu pirata, seu *Laird* dos Mares, seu amante, e o beijou. Depois de um longo momento, ele pegou o queixo de Fia com os dedos, dizendo: — Me disseram que você estava morta, Fia.

Ela passava as mãos pelos braços, os ombros, o rosto dele. Dair estava quente, vivo e inteiro.

— Morri quando me disseram que você estava desaparecido. — Ela ficou na ponta dos pés e o beijou de novo. — Nunca estive mais viva do que neste momento.

Ele resistiu a seus beijos, segurou-a à distância da extensão de seus braços.

— David MacKay é um bom homem, Fia.

Ela pestanejou.

— Claro que sim — disse.

— Ele seria um bom marido, e os MacKay são gente honrada.

— Não tenho dúvidas disso — concordou ela, deslizando a palma das mãos sobre o peito familiar e amado dele.

Ele saiu do alcance dela completamente.

— Você quer se casar com ele? — perguntou.

Ela avançou sobre ele e passou os braços em volta de sua cintura. Respondeu:

— David MacKay é forte, gentil e uma companhia agradável. Mas ele está destinado a outras moças, não a mim. Eu quero um pirata que escale a torre mais alta e atravesse uma janela para me resgatar, alguém atrevido, ousado e impetuoso, um homem que faça uma mulher se sentir como uma princesa quando ele a segura nos braços, que a ame...

Ele a puxou para si, apertando-a contra seu coração.

— Eu te amo, Fia MacLeod. Se você não tivesse ido para Carraig Brigh... — Ele engoliu em seco. — Você me salvou, me trouxe de volta de um inferno, me fez viver de novo.

— E eu te amo. Você é como o ar para mim, como a luz. Mas eu não o curei. Você nunca esteve louco — sussurrou ela. — Só estava perdido e sofrendo.

Ela o beijou, e por um longo momento nenhum dos dois disse nada. Por fim, ele interrompeu o beijo.

— *Ach!* Moça, você me distrai de meu propósito. — Ele caiu de joelhos. — Quer se casar comigo? Você desmaiou antes que eu pudesse propor adequadamente.

O coração de Fia se abriu como uma rosa florescendo.

— Sim — disse ela solenemente. — Sim, claro que sim!

Ele sorriu.

— Você pode perdoar os Sinclair, sentir-se segura e em casa entre nós de novo? Logan está morto, e o padre Alphonse voltou para a França. Ninguém vai lhe fazer mal, e ninguém acredita que você seja...

Ela colocou o dedo nos lábios dele.

— Os Sinclair são bons, assim como seu chefe. Não há nada que me impeça de... — Ela franziu o cenho. — Oh, não! Você vai ter que me raptar, afinal. Teremos que escapar, fugir. Quando papai decide fazer uma coisa, é categórico. É impossível desfazer. Teremos que nos casar primeiro e torcer para que ele nos perdoe...

Ele se levantou e a interrompeu com um beijo.

— Eu comentei que suas irmãs estão do nosso lado? Fia, se um dia eu entrar em uma briga, vou querer que as filhas do Temido MacLeod me deem cobertura.

— O que quer dizer? — murmurou ela.

Ele não respondeu. Pegou-a no colo e a levou para a cama. Caíram os dois juntos. Ela se maravilhou mais uma vez com a perfeição como se encaixavam, como se fossem feitos um para o outro e para ninguém mais. Ele acariciou seu pescoço, seu rosto e começou a desfazer os laços de seu vestido, puxando o tecido de lado para beijar seu ombro.

— Prevejo que seu pai vai mudar de ideia. Em breve, na verdade. — Dair a beijou profundamente, e ela se arqueou para ele. — Deus, Fia, eu quero você — disse ele, mordiscando sua orelha. — A partir do momento em que entrei no salão de seu pai, tudo que pude pensar foi em beijar você, estar na cama com você, amar você.

Ela colocou a mão entre os dois, agarrando sua ereção por cima do tartan.

— Estou vendo. Devemos fazer algo sobre isso?

Ele gemeu e segurou a mão dela.

— Sim, Fia, *och*, sim. Mas espere, moça, espere...

Ela ouviu o barulho da chave na fechadura e ofegou, tentou se sentar.

— Ah, não, é meu pai! Consegue descer pela janela com a mesma facilidade com que subiu? Ou pelo menos se esconder debaixo da cama, ou...

Mas Dair não se mexeu. Beijou-a gentilmente e deu um sorriso tão doce que derreteu o coração de Fia.

— Não se preocupe, *mo ruin*. A propósito, foram suas irmãs que sugeriram isto.

Ele puxou a camisa pela cabeça e a jogou no chão.

— Não! O que está fazendo? — perguntou ela.

Fia tentou pegar a camisa dele e afastar o cabelo dos olhos ao mesmo tempo — quando as fitas e fivelas haviam se soltado? Estavam espalhadas pela bagunça de seu corpete aberto. Dair sorriu para ela e a beijou de novo quando a porta se abriu.

— O que estou fazendo, meu amor? Estou convencendo seu pai a me deixar casar com você, ao estilo pirata.

70

A porta bateu na parede com um estrondo que sacudiu a torre inteira, e o Temido MacLeod entrou, com a grande espada medieval manchada do sangue de seus antepassados na mão. Observou a cena lentamente. Era exatamente como Meggie lhe havia dito — o Sinclair na cama, seminu, e Fia... *bem*... Uma olhada nos lábios inchados pelos beijos, suas bochechas escarlate e o fato de que ela segurava a camisa de Sinclair sobre seu corpete semiaberto contava o resto.

As narinas de Donal se dilataram. Seu peito subia e descia, e a fúria o dominou. Soltando um palavrão, ele ergueu a espada medieval e a apontou para Dair. O homem não mexeu nem um músculo.

— Como se atreve a corromper minha filha sob meu próprio teto? A irmã dela previu que eu encontraria você aqui, Sinclair, mas não acreditei. Você não tem honra?

Fia estava em pé em um instante, pondo-se entre Dair e seu pai.

— Papai, não!

Donal a fitou.

— Fiona Margaret MacPhail MacLeod, eu só tenho uma pergunta a fazer antes de cortar a cabeça dele. Você o ama?

Fia pestanejou.

— Sim, papai, eu o amo, do fundo do coração. Desculpe, mas não posso me casar com David MacKay.

Donal não baixou a lâmina nem uma polegada.

— E você ama minha filha, Sinclair?

Os olhos de Dair estavam fixos em Fia quando ele respondeu:

— Sim, eu a amo. Mais que a vida.

— Então haverá um casamento dentro de uma hora, está claro?

Donal esperou Dair anuir e só então baixou a grande espada. Fia se jogou nos braços de seu pai e deu-lhe um beijo no rosto.

— Ah, papai, estou tão feliz — disse ela.

Ele a abraçou por um momento.

— Dê a camisa de volta ao homem, moça, e vá. Tenho coisas a discutir com esse Sinclair. E não tenho dúvida de que suas irmãs estão esperando para ouvir todos os detalhes enquanto a ajudam a se vestir.

Ela beijou Alasdair Og antes de sair correndo. Estava tão radiante que quase fez os olhos de Donal se encherem de lágrimas.

Suas irmãs estavam realmente aguardando-a.

— E então? — perguntou Meggie, ansiosa.

— Sou uma noiva — disse Fia, antes de explodir em lágrimas de felicidade.

Suas irmãs começaram a tagarelar como pássaros e a levaram até a câmara. A banheira já estava cheia de água perfumada e fumegante, e um lindo vestido de seda azul pendia sobre a porta do guarda-roupa, esperando por ela.

Fia estava atônita. Atravessou o quarto e admirou o vestido, passou a mão pelo suave cetim. Tinha a bainha generosamente bordada com cardos e urzes.

— Papai escolheu o vestido, Fia. Ordenou que fosse arejado e preparado para você. Ele falou algo sobre sinos de fadas. Sabe o que significa?

Fia sorriu. Ela sabia exatamente o que significava.

— Significa que eu sou a pessoa mais feliz, mais afortunada... — Ela sentiu algo bater em sua canela, então viu Bel olhando para ela com um sorriso felino. Inclinou-se para levantá-lo, mas ele correu para longe. — Bel?

— Angel teve os gatinhos esta manhã — disse Jennet. — Cinco, todas meninas. Ela escolheu o guarda-roupa como quarto dos bebês.

Fia abriu a porta do armário. Bel ficou por perto enquanto Fia admirava as gatinhas e acariciava a mãe orgulhosa.

— Parece que todos nós temos algo para comemorar hoje — disse ela.

— É mesmo — concordou Isobel. — Meggie nos contou tudo. Que romântico!

Fia olhou rapidamente para Meggie. *Tudo?* Meggie sorriu.

— Não há nenhum segredo entre as MacLeod.

Uma hora depois, Fia desceu para o salão com suas irmãs. Quase tropeçou no último degrau quando viu Dair a esperando, mas seu pai a pegou a tempo. Dair estava junto à lareira, com os homens do clã Sinclair ao seu lado: Ruari, Niall, Jock e Angus. Eles sorriram ao ver a noiva, até que Angus Mor enxugou uma lágrima dos olhos, fazendo que os outros começassem a fungar.

Donal pegou a mão da filha.

— Está pronta, moça? — perguntou, com um olhar suave, cheio de amor e orgulho.

Apertava a mão dela com dedos quentes e firmes.

— Sim, papai — sussurrou ela, e se pôs na ponta dos pés para lhe dar um beijo no rosto. — Você sabia o tempo todo, não é?

— Eu me casei muitas vezes. Vi a maneira como você olhou para Sinclair, moça. Você ouviu sininhos, não é?

— Ouvi, tão claro como o dia.

Ele esticou a mão para prender melhor uma flor nos cabelos dela. Seu toque foi gentil.

— *Ach!* Você está parecida com sua mãe no dia em que me casei com ela, e nunca houve noiva mais linda, até agora. Tem certeza de que é isso que você quer? A espada medieval está bem ali, na parede...

— Obrigada, papai. É isso que eu quero.

Ele enlaçou o braço dela no seu.

— Então, não esperemos mais.

Fia olhava nos olhos de Dair enquanto caminhava em direção a ele. O olhar claro dele era cheio de amor e alegria. A fúria, o medo e a dor haviam desaparecido. O coração de Fia desabrochou. O pai colocou a mão dela na de Dair, e este fechou os dedos sobre os dela, como se nunca mais pretendesse soltar. Donal enrolou duas longas tiras de tartan sobre as mãos juntas, o padrão MacLeod e o Sinclair, e os noivos trocaram votos diante de Deus, dos MacLeod e dos Sinclair soluçantes. E, quando Dair a tomou nos braços para beijá-la, houve suspiros e lágrimas e gritos de alegria, e os sinos das fadas repicaram para ambos.

Epílogo

Moire acordou no meio da noite quando ouviu os cavalos subindo até sua cabana. Dessa vez ela estava vestida e pronta quando os homens de Sinclair afastaram o pano que cobria a porta e entraram.

— Sua presença é necessária.

Ela franziu o cenho ao vê-los bater a cabeça nas ervas que pendiam das vigas do telhado, derrubando pedaços de folhas secas no chão de terra. Mas eles estavam ansiosos, e ela os poderia perdoar por isso. O cheiro de suor masculino e uísque fez o corvo engaiolado se debater e gralhar, e tentar arrancar o pedaço de linho enrolado em sua asa quebrada. Moire deu uma tira de carne seca ao pássaro para tranquilizá-lo e juntou suas coisas.

As mãos que a levaram para o lombo do cavalo foram mais gentis que da última vez. Ela se segurava firme enquanto seguiam apressados pelo caminho para Carraig Brigh.

Moire ouviu o primeiro grito ao atravessar os grandes dentes de ferro do portão e entrar pela muralha externa. Ecoou nas pedras, agudo e cheio de angústia. Os homens se persignaram, olhando ansiosamente para Moire.

— Não há nada a temer — disse ela, esperando estar certa.
John Inglês e tirou do cavalo e a urgiu a entrar.
— Dair não quer descansar nem comer — disse John.
O grito voltou, afiado e agudo. John empalideceu. Moire chegou à porta da câmara do chefe e John se adiantou para abri-la. Ela balançou a cabeça.
— Você fica aqui fora — disse com severidade. — Vou mandar o chefe sair também. Seu trabalho é mantê-lo aqui, entendeu?
John assentiu com olhos solenes.
Moire entrou. Fia estava deitada na enorme cama, com a barriga inchada, o rosto corado e molhado de suor. Ina e Annie estavam ao pé da cama, esfregando sua testa, murmurando algo para lhe dar coragem. Dair andava de um lado a outro, exausto. Correu para Moire.
— Já faz horas — disse ele.
Os olhos de Dair eram fundos, não havia feito a barba, estava louco de preocupação com sua esposa.
Moire arregaçou as mangas e usou a bacia de água para lavar as mãos.
— Sim, e ainda levará mais horas. O primeiro bebê leva tempo.
Ele parecia enjoado só de imaginar. Fia gritou de novo, e Dair imediatamente deu meia-volta para ir até ela. Mas Moire o interceptou.
— Não, não. Fora. Vá e mande trazerem água quente, e um pouco de caldo e pão fresco. Vá tomar um banho e comer. — Eles se entreolharam, seus olhos se chocaram como nuvens de tempestade, mas ela se manteve firme. — Você pode ser o chefe dos Sinclair de Carraig Brigh, Alasdair Og, mas esta noite é apenas um homem estorvando o caminho. Isso é trabalho para mulheres.
Ele assentiu, derrotado.
— Eu estarei aqui fora se...
Moire o dispensou. Pegou a mão de Fia quando ele saiu e sorriu. Fia sorriu também. *Garota corajosa.*
Moire passou a mão suave e habilmente sobre o monte que era a barriga de Fia. Estava tudo bem. Não demoraria. Ela abriu sua trouxa e pegou uma bolsa de ervas.

— Misture uma pitada disto com vinho e aqueça — ordenou a Ina. Abriu um frasquinho e derramou algumas gotas de óleo na palma de Annie, dizendo: — Massageie a barriga dela com isto.

Voltou-se e começou a preparar os panos de linho, cantarolando baixinho.

Fia olhou para ela.

— Será uma menina ou um menino? — perguntou e Moire se voltou bruscamente para ela. — Sei que você viu os presságios, que perguntou à Deusa, Moire. O que você viu?

Moire engoliu um sorriso.

— Você vai ter que esperar. Tem muito trabalho pela frente, é melhor se concentrar nisso. — Moire riu, e Fia franziu o cenho. — Você não dará ordens esta noite, lady Sinclair. A criança governa agora.

Fia contorceu o rosto quando outra onda de dor a tomou, e Moire contou os segundos baixinho.

— Hora de levantá-la — disse às mulheres, que colocaram Fia no banquinho de parto.

A criança chegou depressa.

— Você teve um menino — anunciou Moire.

— Um menino? — O sorriso de Fia era radiante. — Ele é saudável, forte?

A criança deu um grito alto, e Fia riu de alegria. Mas durou pouco. Fez uma careta quando sentiu outra onda de dor.

— Gêmeos? — disse Annie. — Ah, Fia, que maravilhoso!

A segunda criança nasceu poucos minutos depois.

— E uma menina — disse Moire.

As mulheres arrulhavam e riam, até que começaram a chorar de alegria e correram para avisar o chefe.

Só quando os bebês já estavam lavados e enfaixados, haviam mamado pela primeira vez e Fia estava acomodada na cama de novo, Moire permitiu que Dair voltasse para a câmara. Ele entrou como um lebréu escocês, e Fia sorriu para o marido com tanto amor que até o velho coração de Moire vibrou.

— Dois? — Ele olhava seus bebês com espanto, de um para o outro, como se fosse o primeiro homem a ver um filho recém-nascido, ou gêmeos. Virou-se para Fia. — Você está bem? Vocês três estão bem?

— Gostaria de segurar seus filhos, chefe Sinclair? — perguntou Fia. Dair olhou primeiro para Moire, a grande chefe ali, pedindo permissão. Ela o ajudou a posicionar a primeira e depois a outra criança nos braços, e os bebês pareceram ainda menores pelo tamanho do bravo pai deles. A pequenina sorriu para ele, e o homem derreteu. Ele estava maravilhado. Olhou para Fia de novo e ela sorriu, estendendo a mão para acariciar a pele da criança de cabelos ruivos. — Pensei em chamá-la de Jeannie — disse Fia. — E Padraig para nosso filho, se você concordar.

— Sim. — Dair sorriu.

Do lado de fora, o vento soprava em torno do monumento no penhasco, um suspiro suave e benevolente, carregando o débil perfume de rosas. Pairou em torno do castelo, permaneceu um instante do lado de fora da janela levemente iluminada da câmara do chefe, e então varreu o mar e desapareceu.

Agradecimentos

São muitos agradecimentos...

Escrever um livro é um esporte de equipe. Como sempre, sou grata à minha maravilhosa agente, Kevan Lyon — seu apoio e crença inabalável em mim e nas histórias que escrevo são o vento sob minhas asas. A minha nova editora, Eileen Rothschild, obrigada por trazer essas histórias à vida com suas maravilhosas sugestões e ideias brilhantes. Você é a música por trás das palavras, e estou ansiosa para ver nossos livros brilharem sob sua orientação. Obrigada a Donna Tunney, crítica, parceira extraordinária e querida amiga, que me mostra pacientemente as árvores em minha floresta emaranhada. E a minha família, que ouve os lamentos da escritora aflita dia após dia, ano após ano, e sempre me tira da beira do penhasco. Amo vocês mais do que podem imaginar.

Impresso no Brasil pelo Sistema Cameron da Divisão Gráfica da
DISTRIBUIDORA RECORD DE SERVIÇOS DE IMPRENSA S.A.